LE MONDE D'HANNAH

ARIANE BOIS

LE MONDE D'HANNAH

roman

ROBERT LAFFONT

ISBN 978-2-221-12592-2

À ma mère, qui fut une de ces petites filles dans un train pour Istanbul.

À François, qui m'a fait accepter le passé, apprécier le présent, et m'a donné au moins cinq bonnes raisons de croire en l'avenir.

« Je twisterais les mots s'il fallait les twister
Pour qu'un jour les enfants sachent qui vous étiez. »

Jean Ferrat

1.

«Je crois que ceci t'appartient», osa Hannah, à bout de souffle, à la traîne d'une chevelure rousse qui filait dans la rue de la Roquette. Dans sa main, elle tenait une écharpe, écarlate, comme son visage. La fille, qui portait un tablier gris identique au sien, ne se retourna même pas. Hannah avait dû courir derrière ces jambes montées sur ressort, ce cartable marron qui brinquebalait, ces boucles fauves telle une myriade de feuilles mortes dans la lumière de l'automne parisien. Interloquée, elle insista :

«Dis... Elle est à toi, cette écharpe ?»

Cette fois, la grande s'arrêta net et lui fit face. Une nuée de taches de rousseur, un nez long, trop long dans un visage tout rond. Ses yeux d'un vert irréel, couleur de salade mouillée, transpercèrent Hannah, qui bredouilla :

«Je l'ai trouvée par terre, là-bas...»

Silence. Hannah chercha quelque chose à répondre quand l'étrange créature lui arracha l'écharpe des mains en sifflant :

« Très bien... Et maintenant, laisse-moi tranquille. Sinon je t'étrangle avec ! »

Puis elle relança sa course infernale, ses cheveux de feu au vent, prêts à rompre l'élastique qui les retenait.

Hannah connaissait cette fille. Depuis deux semaines, elles fréquentaient la même classe de huitième, à l'école de la rue Keller. Suzanne Dupuis, elle s'appelait. Mais tout le monde disait « Suzon », avec une nuance de respect et de crainte dans la voix, à cause de ses mains de catcheuse et de sa voix de stentor. Suzon n'hésitait pas à donner du poing quand une élève faisait son intéressante ou se moquait de sa prétendue odeur de rousse. À dix ans, elle avait déjà redoublé. La maîtresse la traitait de tête brûlée, de bonne à rien. Ce dont elle se fichait éperdument.

Hannah reprit sa marche en sautant à cloche-pied, malgré le poids de son cartable. « Bizarre quand même de me répondre comme ça... », se dit-elle. Mais pourquoi une fille telle que Suzon s'intéresserait-elle à une gamine de neuf ans incroyablement timide ?

Hannah tourna au coin de la rue Popincourt, sa rue. À la vue de ses cheveux d'un blond presque blanc, Odette, la crémière à la poitrine imposante, la salua d'un ton jovial derrière son étal :

« Mademoiselle Behar, comment vas-tu aujourd'hui ? »

Odette avait un fils, René, à la bouille joufflue et aux cheveux dressés en épis sur la tête. Il regarda passer Hannah et devint écarlate. Sa maman, alors, éclata de rire, l'invitant à goûter des morceaux de fromage aux textures inconnues ou une cuillère de crème fraîche moulée à la louche. Tous les matins, de gros percherons apportaient le lait dans d'énormes bidons qui s'entrechoquaient et réveillaient Hannah. Elle aimait ce bruit et les crottins semés comme les cailloux du Petit Poucet par les chevaux en remontant la rue. Ce quartier, c'était sa vie. Quatre petites artères où son cœur battait en paix : la rue Popincourt, la rue Basfroi, la rue de la Roquette, la rue Sedaine. Un quadrilatère blotti près de la place Voltaire. Ce « Petit Istanbul », comme aimaient à répéter ses parents, ne dormait jamais vraiment avec ses airs d'accordéon, ses crieurs de journaux, ses apostrophes incessantes d'une maison à l'autre. Tout un petit peuple vivait là, composé de chaisiers, de tapissiers, d'ouvriers ébénistes, de polisseurs de glace. On se bousculait sur les trottoirs étroits, on se claquait la bise. Pendant la semaine, on travaillait dur. Le dimanche, les filles bien mises se promenaient par bancs de quatre ou cinq, les garçons les sifflaient, tentaient de leur parler, et les quelques cafés ne désemplissaient pas. L'orgue de Barbarie semblait accompagner les habitants dans leurs allées et venues, nimber leurs pas de gaieté et de douceur. Là, ils étaient chez eux, entre eux, protégés des regards un peu condescendants des autres Parisiens.

Au 4 de la rue s'élevait un immeuble étroit, haut de cinq étages. Hannah s'engouffra sous la porte cochère par laquelle passaient encore des chevaux au siècle dernier et traversa une cour intérieure où poussaient des brins d'herbe entre les pavés. Un volailler y élevait des poules rousses et blanches, leur tordant parfois le cou, au grand effroi d'Hannah. À côté, un serrurier affûtait ses outils dans son atelier. Lui aussi la salua, du menton. Pas causant, le gars. On racontait qu'il était hongrois mais personne ne connaissait son nom. On le sifflait devant chez lui et il venait dépanner les gens du quartier, sans sourire ni moufter. Hannah habitait la partie sur cour.

Elle monta l'escalier où flottait une odeur d'oignons, de viande et d'épices. Sa mère avait dû aller chez Abramoff, aux Cinq Continents, l'épicerie orientale qui sentait si bon la Turquie, au 66 rue de la Roquette : la menthe, les épices, le kashkaval, ce fromage sec comme un coup de trique, et même le raki dégusté parfois sans façon, près de la caisse, entre habitués. Une fois par semaine (pas plus, l'argent manquait), les familles se rendaient en procession chez le *bakal*, l'épicier en turc. Dès la porte franchie, la fête pouvait commencer. Les femmes goûtaient aux olives conservées dans les tonneaux, les hommes découvraient les épices présentées dans les bassines en émail. Quand le vendeur était de bonne humeur, il offrait aux enfants de la halva aux pistaches ou au chocolat, qu'ils dévoraient sur le trottoir.

Hannah poussa la porte de la maison, la referma doucement, et s'immobilisa en percevant des éclats de voix. Celle de son père, sèche. Celle de sa mère, pincée. Ses parents ne s'entendaient pas. Un mariage arrangé, à la fin des années vingt, à Istanbul, comme il y en avait tant. Il avait fallu marier Haïm, ce doux solitaire qui ne vivait que dans les livres et la poésie, incapable d'exprimer ses émotions, surtout avec les filles. Cécile Levinescu avait souhaité pour sa part échapper à sa Roumanie natale, à un milieu modeste, à l'antisémitisme forcené. Passant facilement de l'euphorie à l'abattement, cette jolie blonde un rien fragile rêvait de changer son fiancé, de s'installer à Istanbul, de mener la vie confortable d'une femme de fonctionnaire. Mais Haïm avait d'autres projets : il avait appris le français à l'Alliance israélite universelle, admirait les Lumières, Hugo, Baudelaire et Verlaine. À la fin de l'Empire ottoman, après la confiscation des biens des minorités par Mustafa Kemal sous couvert de nationalisme, il avait quitté la Turquie pour s'installer à Paris. Pas pour des raisons politiques. Par amour de la France. Un amour presque mystique. Pour lui les bals du 14 Juillet, les Grands Boulevards en été, le Tour de France incarnaient le bonheur sur terre. Cécile s'était inclinée, mais le lui faisait payer tous les jours, toutes les nuits aussi.

Depuis l'entrée en guerre contre l'Allemagne, le mois dernier, les Behar se disputaient souvent pour des peccadilles. Mais là, cela paraissait plus grave.

« Tu n'as pas pu faire cela, Haïm, ce n'est pas possible !

— Tu ne comprends pas... Je suis obligé !

— Obligé ? Obligé à quoi ? Tu es citoyen turc ! Cette guerre, tu n'as pas à t'en mêler... »

Son père continuait, un ton plus haut.

« Tu te trompes, Cécile. La France m'a tout donné. Quand je suis arrivé seul en 1925, je ne possédais rien. Je lavais mes chaussettes dans l'évier d'une chambre crasseuse, louée au mois à l'hôtel de l'Europe. J'ai dû travailler, m'accrocher, porter les "bogos", les ballots, vendre à la postiche, sur les marchés, des tricots de corps et du linge de maison, tout cela pour quelques francs. Aujourd'hui, nous avons une belle boutique, tu gagnes ta vie comme couturière, notre fille est française. Fini l'exil, nous ne sommes plus de passage. Je dois servir ce pays, me montrer digne de lui, me battre avec les autres. »

Cécile aussi se battait, à sa manière.

« Mais ils ne veulent pas de toi ! Un étranger, juif en plus...

— C'est vrai, concéda Haïm. À la Légion, ils n'aiment ni les Juifs ni les étrangers. Un sous-off rigolait même en parlant d'un régiment Royal Youpin... Mais depuis septembre, j'ai tellement insisté qu'ils ont fini par me prendre. Dix fois, j'y suis retourné ! Tu aurais dû voir la foule à la caserne de Reuilly ! Tout le monde voulait se battre : des pères de famille, des étudiants, des commerçants. Ces gars ont compris le danger que représente Hitler. Pour nous tous, les étrangers, les Français, les Juifs.

— Exactement, c'est trop dangereux. Comment va-t-on vivre ? Qui va s'occuper de la *botika* ? »

À ce mot, Hannah, blottie contre la porte, sourit presque. Ses parents parlaient français évidemment, mais se disputaient en judéo-espagnol, le dialecte de Haïm, ce mélange d'espagnol le plus pur, le castillan du XVe siècle, et de mots grecs, turcs ou bulgares, appelé aussi *djudyo.* Une langue chantante, harmonieuse. Ils s'engueulaient aussi dans le yiddish rocailleux de Cécile, ou en turc, croyant qu'ainsi la petite ne comprenait pas. Ils se trompaient, bien sûr. Depuis sa naissance, Hannah attrapait les mots au vol. Elle en saisissait presque tous les sens. Sans le dire.

« Tes parents sont tout près, reprit Haïm. Ils vont t'aider. »

Quand leur fille avait rejoint Haïm en France, Jo et Rachel Levinescu l'avaient suivie. Pas enchantés de quitter la Turquie, après la Roumanie, mais après tout, ils n'avaient que cinquante-cinq ans, ils pouvaient refaire leur vie. La Turquie qui les avait adoptés avait changé. Les problèmes avec les autres communautés, grecque et arménienne, les préoccupaient, des rivalités s'attisaient pour trouver un logement ou du travail. Le statut de *dhimmis,* ces citoyens de seconde zone, protégés certes, mais écartés de nombreux postes et soumis aux brimades de l'administration, leur pesait. En France, le pays des droits de l'homme, ils pensaient vivre tranquilles, près de Cécile, de Haïm et de leurs futurs petits-enfants... « *Machallah* (Si Dieu veut). » Ne disait-on pas « heureux comme Dieu en France » ?

Haïm chercha à faire fléchir sa femme.

« Et puis, ça ne durera pas. Tu sais bien que la ligne Maginot est infranchissable. »

À ce moment, le parquet craqua sous les pieds d'Hannah.

« Chichek ? C'est toi ? »

Chichek. « Fleur » en turc. Son père l'appelait

ainsi. Ou *Hanum* (favorite du harem), ou encore Petit Loukoum. Il avait une passion pour sa fille, qui le lui rendait bien. Tous les deux habitaient un monde à part, un monde à eux. Il lui avait appris à lire et à écrire avant l'école du quartier, il lui rapportait souvent du Zan ou un sucre d'orge enfouis dans l'une de ses gigantesques poches, et le soir, après le dîner, lui récitait du Rimbaud.

Devant leur fille unique, leur merveille aux cheveux clairs, aux yeux bleus comme allumés de l'intérieur, si fine qu'elle en paraissait évanescente, les parents se taisaient subitement. Pourquoi évoquer cette guerre devant elle ? Elle ne comprendrait pas. Mais Hannah comprenait, un peu, à sa façon. On parlait de tout à l'école, même de la folie des adultes.

Ce silence hypocrite lui pesait. Elle voulait fuir ce deux pièces confiné, où le gros ventre du poêle à charbon prenait ses aises. Petite, elle le voyait comme un monstre capable de la brûler si elle passait trop près. En grandissant, elle s'en était rapprochée, au point de le caresser chaque fois qu'elle rentrait, malgré l'interdiction de sa mère. Au milieu de la pièce trônaient la machine à coudre Singer, le mannequin Stockman qu'elle s'amusait à prendre pour une poupée géante, les innombrables boîtes de fil qui servaient à Cécile à ourler des robes, raccourcir des pantalons, repriser des chemises. Le soir, dans la demi-pénombre, avec ses épingles luisantes entre les dents, sa mère ressemblait à un dragon cracheur de feu.

« Tu veux dîner ? J'ai fait des *borekitas.* »

Des borekitas, ces chaussons de viande odorants, voilà ce qui parfumait la cage d'escalier ! Depuis deux ans, Hannah souffrait de crises d'asthme. La trouvant chétive, Cécile la couvait, tentait de la remplumer. Mais Hannah préférait se coucher. Elle dormait sur le canapé aux ressorts épuisés, derrière un paravent qu'on dépliait. Prétextant un mal de tête persistant, elle s'allongea, fixant la fissure au plafond qui semblait s'élargir tel un fleuve. Dans la pièce étroite comme un cercueil, les murs l'engloutissaient.

Elle avait oublié de faire pipi. Pas envie de se relever, d'allumer une bougie, de monter trois marches sur le palier, de s'accroupir en prenant garde ne pas se mouiller dans ces cabinets « à la turque ». Elle essayait de ne pas penser à l'eau qui coule quand on va la chercher dans un grand broc à l'étage inférieur, ni à la douche brûlante qu'elle savoure une fois par semaine avec sa mère aux bains municipaux, rue de la Roquette... Elle soupirait, se tournait sans cesse. Elle s'en moquait bien de la Roumanie, de la Turquie, de ces pays que ses parents évoquaient avec des trémolos dans la voix. Même la guerre, les Allemands et cet Hitler qu'on entendait parfois vitupérer dans le poste de radio l'indifféraient. Demain, il y avait école. Peut-être pourrait-elle dire un mot à Suzanne Dupuis qui l'avait tant surprise par son attitude ?

2.

Pendant deux semaines, Hannah chercha le regard de Suzon en classe, mais l'autre l'ignorait, occupée à ronger ses ongles, à regarder par la fenêtre, à soupirer avec application. Dans la cour, les plus délurées entouraient la rousse, lui chuchotaient à l'oreille, devançaient ses moindres désirs. Hannah observait le manège, fascinée par l'allure de cette fille, sa peau translucide, ses grandes mains qu'elle lançait dans les airs, son insolence, surtout. Dernièrement Suzon avait « répondu » à la directrice, encaissant sans broncher quatre heures de colle. Quand la sonnerie crépitait, la créature s'enfuyait dans un fracas de livres ramassés, de cartable refermés, de chaises repoussées. Toujours en mouvement. Une dynamo en marche.

En classe, on murmurait que la chevelure indomptable de Suzon abritait des poux. Quand quelqu'un osait aborder le sujet, elle se grattait ostensiblement, s'amusait à imiter des poux géants sautant sur les cheveux de ses amies. Hannah ne pouvait se figurer une telle honte. Sa mère inspectait son crâne tous les samedis, brandissant le flacon de Marie-Rose en cas d'hôte suspect.

« Nous devons rester propres ! » martelait Cécile, qui traquait aussi avec un soin maniaque (selon Haïm) la moindre miette égarée dans leurs seize mètres carrés.

Hannah aurait aimé rejoindre la petite bande qui tournait autour de Suzon mais, outre sa timidité, elle n'en avait pas le temps. Un tour de manège sur la place de la mairie ou une promenade dans le quartier lui paraissaient un luxe. Comme tant d'autres enfants, elle devait aider sa mère à livrer les clientes, préparer le thé pour les *vizinas*, les voisines qui s'invitaient l'après-midi, sortir le fil blanc pour les revers et les poches, coudre même tard dans la nuit, en cas de commande importante. Elle passait aussi beaucoup de temps rue Sedaine, au magasin dont la devanture arborait leur nom *Behar*, la fierté paternelle. Cécile n'y mettait jamais les pieds, par principe. Le commerce, c'était vulgaire. Elle aurait préféré voir Haïm dans un bureau, encadré par des horaires, des collègues, des chefs qu'elle aurait pu inviter à dîner.

Hannah adorait l'odeur de pipe qui flottait dans ce magasin, le ballet des représentants et des copains, les boîtes en carton en équilibre instable où dormaient torchons, serviettes, chemises de nuit, tricots de corps, soutiens-gorge, de vrais falbalas. « Du gros et du détail, comme dans la vie », plaisantait Haïm. Elle aimait se déguiser, fabriquer des bateaux avec des brassières aux tailles surprenantes. Son père la rabrouait gentiment : pas convenable, surtout si une cliente entrait. Avait-on vraiment besoin de ce cruel harnachement ? Menue comme une sauterelle, Hannah en doutait, même si sa mère l'assurait qu'un jour son tour viendrait. Ce jour-là paraissait lointain, inaccessible.

Quand Haïm était de bonne humeur, il emmenait sa fille au café, à l'Istanbul ou à l'Athènes. Son préféré, c'était le Bosphore, un modeste établissement de la rue Sedaine où gravitaient les jeunes Juifs turcs ayant fui leur pays pour échapper à un service militaire interminable, sans espoir de promotion, ni même le droit de porter une arme. Un zinc tout en longueur, quelques chaises dépareillées, des affiches défraîchies vantant les paysages d'Anatolie... On n'y allait ni pour le cadre ni pour le café, plutôt médiocre, à dire vrai, mais bien pour se retrouver, entre soi. Les hommes se montraient nostalgiques de leur pays, des rites ottomans comme ceux de la dégustation des pistaches, du petit verre d'eau servi avec la consommation, du café blanc (de l'eau chaude où l'on laissait tremper des fleurs d'oranger) et surtout des conversations loin des oreilles des femmes. Certains poussaient la porte du Bosphore une demi-heure après leur arrivée à Paris : alertés par leur accent, les cochers des calèches les déposaient d'autorité devant le café. Un cousin ou un ami accueillait immanquablement le nouvel émigrant, lui proposait parfois un travail, un matelas ou quelques billets, pour démarrer. Le Bosphore formait le cœur de la Petite Turquie, ce quartier populaire où tout le monde ou presque était pauvre et portait un nom « à coucher dehors ».

Pas de ghetto ici, pas de monde à part, mais un monde particulier. Cette partie du XIe arrondissement était en effet à majorité composée de Juifs du Levant, venus de l'Empire ottoman, de la Grèce, de la Turquie, mais comptait aussi une importante communauté ashkénaze ayant fui la haine et la pauvreté de la Pologne. Ces Juifs cohabitaient avec d'autres étrangers, des Espagnols, des Italiens, et quelques familles françaises modestes. Tous ces gens se mélangeaient, fréquentaient les mêmes cafés, les mêmes bistrots, et allaient danser ensemble le samedi soir. Chacun se débrouillait comme il pouvait pour survivre, sans prêter beaucoup d'attention à la nationalité des voisins. On entendait bien parfois « sale Polack ! » ou « crevure d'Espagnol ! », mais l'écume d'une bière effaçait vite ces insultes presque complices.

En cette rentrée 1939, l'atmosphère avait changé. On ne parlait que de la guerre, des discours enflammés d'Hitler, de l'insuffisance de la diplomatie française. Les journaux y consacraient chaque jour des titres toujours plus gros. Aux fenêtres ouvertes, les radios ébruitaient une rumeur de mort qui s'épandait dans la rue inquiète. On avait déjà à peine de quoi vivre, comment ferait-on si les hostilités se déclaraient vraiment ? Avant de s'endormir, Haïm ne chuchotait plus à l'oreille d'Hannah en allemand, cette langue qu'il aimait tant, celle de Zweig, de Schnitzler ou de Heine.

Un jour, devant l'école, la chance d'Hannah sembla enfin tourner.

« Tu vas me zieuter comme ça longtemps ? » lui lança Suzon. De vert son œil avait viré au noir. Pour une fois, elle était seule. Visiblement, elle n'appréciait pas la solitude, ne serait-ce que quelques instants, et tapait du pied sur le trottoir.

Hannah lui emboîta le pas en se pressant car Suzon, comme la dernière fois, trottait, son écharpe en oriflamme. Elle cherchait ce qui pourrait intéresser cette fille si déroutante. Arrivée à l'angle de la rue, elle ne trouva rien de mieux qu'un timide au revoir. Elle se sentait stupide.

« Mais, grosse bête, tonna Suzon en montrant du doigt la porte cochère de la rue Popincourt, moi aussi j'habite là ! Je t'ai vue par la fenêtre, de l'autre côté de la cour. »

Elle imaginait Suzon loger plutôt boulevard Voltaire ou avenue Ledru-Rollin, des rues plus chics que la sienne, toujours encombrée de forains, de colporteurs, d'artisans. Suzon ne venait pas de loin, comme sa famille à elle. Ses parents n'avaient pas d'accent, et pourtant elle vivait aussi dans cette rue. Le cœur d'Hannah se gonfla d'espoir. Elles se reverraient forcément. Peut-être deviendraient-elles amies. En filant, Suzon lui adressa un clin d'œil canaille.

Hannah avait grandi seule. Les enfants des amis turcs de ses parents ne l'intéressaient guère, et les efforts de sa mère pour lui constituer un cercle de copines l'agaçaient. L'énervait aussi la nostalgie de ces gamines pour cette Turquie qu'elles n'avaient jamais vue, même en photo. Ses grands-parents le lui avaient bien expliqué : son pays, c'était ici, avec eux, avec l'école qui permettait, si l'on s'appliquait, de trouver une bonne place quelque part, de gagner sa vie convenablement. C'était forcément mieux que de bavasser entre femmes dans un logement oriental. Elle était née en France, et non sur les rives du Bosphore, qu'elle ne découvrirait peut-être jamais. Mais curieusement, avec les filles de sa classe, elle avait du mal à se défaire de ses habits d'étrangère. Malgré son français impeccable, elle se sentait différente, redoutait les invitations à recevoir et à rendre. Tout cela lui paraissait compliqué, risqué. Ses craintes avaient fondu dès que Suzon lui avait parlé. Elle voulait connaître cette fille fascinante, s'en faire une alliée.

3.

L'écharpe rouge de Suzon devint leur signe de ralliement. Quand elle voulait rejoindre Hannah, elle l'accrochait à la fenêtre de sa chambre, au troisième étage. De l'autre côté de la cour, au premier, Hannah apercevait la couleur et dévalait l'escalier.

Au début, elle ne pouvait croire que Suzon s'intéressait à elle. D'ailleurs, Suzon l'avait d'abord traitée comme un petit animal, maintenant une distance amusée, mais tendre. Hannah craignait de se montrer ordinaire, de la décevoir. Elles avaient fini par se lier d'un sentiment indéfinissable.

Elles parlaient des heures durant, dans la cour, assises sur leurs talons.

« Tu la trouves comment, toi, la maîtresse ?

— Belle. Et toi ?

— Moi, je serai jamais instit, ça c'est sûr. Tu te rends compte comme elle doit travailler ! La corvée !

— Eh ben, tu voudrais faire quoi ?

— Courir, répondit Suzon, être libre. »

Et, de fait, elles couraient explorer le quartier. Elles jouaient à la marelle sous les platanes du boulevard Voltaire. La terre, le ciel, et elles recommençaient. Leurs chaussettes blanches immaculées, leurs robes à carreaux, leurs cheveux attachés en natte ou en queue-de-cheval, si différentes et si semblables, attiraient l'œil des piétons et leurs compliments. Elles chantaient à tue-tête « Passe ton chemin, vilain Fridolin, retourne dans ton Berlin », une rengaine à la mode ces derniers temps. Pour quelques centimes, elles s'offraient des souris en chocolat dans la boulangerie en face de l'école, le jeu consistait à les sucer le plus longtemps possible. Hannah gagnait chaque fois, Suzon ayant toujours faim. Elles se raccompagnaient sur le palier de l'une ou de l'autre, volubiles, haletantes. Fascinée, Hannah imitait la voix de son amie, sa manière de rejeter la tête en arrière quand elle riait, sa façon princière et désinvolte d'arpenter les rues. Elle restait ébahie devant sa hardiesse. Dernièrement, Suzon avait décidé de sécher l'école, marre du prêchi-prêcha de la « mère Lenormand », la maîtresse. Posé sur un radiateur, le thermomètre avait atteint 39,7. Assez pour se rendormir rapidement.

« Flemmingite aiguë ! avait-elle annoncé à Hannah dans un rire en trompette. Mais ferme ta bouche, tu vas avaler des mouches ! »

Sous ces airs délurés, Suzon se montrait généreuse, affectueuse. À la récréation, elle renvoyait désormais ses anciennes alliées, pour faire la part belle à Hannah. Elle partageait avec elle ses sandwichs au jambon tout en lui caressant le dos. Hannah en aurait ronronné comme un chat. Quand elle accusait la fatigue, Suzon lui portait son cartable, et même son sac de sport, qui cisaillait l'épaule.

« Dis, je suis assez grande, quand même, protestait Hannah pour la forme.

— Laisse, répondait alors Suzon. Ma mère dit toujours que je suis bâtie comme un fort des Halles. C'est un boulot pour moi ! »

Et les deux gamines riaient, rivalisant de simagrées sur le chemin du retour. Seul le travail les séparait. Suzon détestait l'école : « Pourquoi se fatiguer ? » Hannah apprenait avec plaisir. Suzon avait faim de vie, Hannah soif de connaissances.

« Tu es dingue de t'intéresser à ça ! » s'esclaffait Suzon quand elle tentait de la convertir aux fables de La Fontaine.

Hannah avait donc pris l'habitude de lui glisser en douce les exercices de français et de calcul et les poésies recopiées de sa plume Sergent-Major en tirant la langue. Suzon empochait les devoirs et payait en réglisse. Rassérénée par cette amitié, Hannah osait des sourires et des mots vers les autres filles. Exclusive et orageuse, Suzon n'appréciait pas. Elle avait même giflé une imprudente qui voulait s'asseoir à sa place.

À l'école aussi, cette rentrée 1939 ne ressemblait pas aux autres. Dès les premiers jours, on avait dû essayer les masques à gaz, qu'on portait dans une boîte ronde en métal kaki munie d'une bandoulière. Suzon grimaçait en enfilant le sien. « Ouh ! le monstre ! » Hannah trouvait que lorsqu'elles étaient ainsi harnachées, leur visage ressemblait à une gueule de cochon. Le caoutchouc sentait mauvais, et l'ensemble faisait peur. Elles remontaient la rue, chargées comme des ânes, avec leur cartable, leur déjeuner, leur carton à dessins et ce masque affreux, bousculées par les chiffonniers, les rémouleurs, les charrettes à bras qui affluaient en sens inverse. Tous les soirs, il avait fallu s'exercer aux alertes. On sortait deux par deux, sans courir, en se tenant la main. Direction les caves, le métro tout proche. Il n'était pas obligatoire d'emporter son cartable avec soi. Hannah s'inquiétait pour ses devoirs, ses cahiers. Et si une bombe tombait dessus ? Elle travaillait tellement dur. Mme Lenormand avait peint les vitres de la classe en bleu foncé pour éviter qu'on ne les prenne pour cible. On faisait de la charpie avec du tissu et les grandes tricotaient des couvertures hideuses, avec des carrés de laine, pour les soldats au front. Hannah cousait les carrés en experte, en digne fille de sa mère. Suzon se piquait les doigts et jurait à voix basse. On s'amusait bien quand même.

Puis le jour qu'Hannah redoutait arriva. Son père devait partir à la guerre. Comme beaucoup de ses voisins qui ignoraient tout des armes mais qui voulaient se battre contre les Allemands, alors que rien ne les y obligeait. L'afflux dans les casernes avait été phénoménal. Plus de 83 000 étrangers s'étaient portés volontaires, abandonnant femmes et enfants. Dans le régiment des Volontaires étrangers que Haïm avait réussi à intégrer, les hommes venaient de partout. Des Polonais, des Roumains, des Allemands qui, les premiers, avaient vu ce dont les nazis étaient capables. Des Juifs en majorité, mais aussi des Espagnols, combattant le franquisme, des anciens des Brigades internationales. Vêtus en civil, les copains du Bosphore attendaient Haïm dans la rue. Il n'y avait plus rien à dire.

Ce matin-là, on avait donc tiré la valise de sous le lit. Après s'être rasé, Haïm avait déposé une goutte de lavande derrière ses oreilles, puis avait pris sa fille sur ses genoux. Elle ressemblait à une statuette aux pieds nus.

« Je te promets de revenir, Hanounika, *ke Dios esta kon ti*, murmura-t-il en lui caressant les cheveux. Que Dieu soit avec toi... »

Il effleura son visage, comme pour le sculpter dans sa mémoire. Jusqu'au bout, Hannah avait cru qu'il renoncerait, qu'il ne les abandonnerait pas. Elle sentait la rage monter, silencieuse. Son père esquissa un dernier geste de tendresse vers Cécile qui sanglotait, délavée par le chagrin. Sa mère expira un bref au revoir et s'écroula. Le bruit des pas de Haïm s'évanouit dans l'escalier. Bientôt on n'entendit plus que les gémissements de Cécile, qui psalmodiait : « Haïm, Haïm, Haïm... »

Haïm : « la vie » en hébreu, avait-il expliqué à Hannah à l'âge de raison. La vie...

Hannah tentait de s'absorber dans les bruits du dehors. Les camelots qui vantaient leur marchandise à la criée, les musiciens qu'on payait d'une pièce enveloppée dans du papier journal jetée par la fenêtre. Elle suçotait le bout de sa natte blonde dressée comme un petit serpent. Plus de père à la maison, plus d'histoires racontées par cet homme dont le regard changeait lorsqu'il la regardait, plus de dos à escalader en riant. Le huis clos avec sa mère l'inquiétait déjà.

4.

Du jour au lendemain, Cécile avait arrêté de travailler et passait son temps dans le vieux fauteuil à boire du thé et à contempler ses mains. Quand Hannah rentrait de l'école, elle la trouvait près du poêle, emmitouflée dans un vieux gilet. Fini les tenues soignées que la petite fille admirait, fini le bruit de la pédale de la vieille Singer perçu depuis l'escalier. Les commandes s'accumulaient, Cécile ne refaisait plus les ourlets, ne cousait plus les doublures, indifférente à tout. Ce n'était pas la première fois qu'Hannah voyait sa mère s'effacer et devenir un fantôme. Quand son couple se déchirait, Cécile se réfugiait parfois ainsi dans le mutisme.

« Ta mère a besoin d'un moment à elle, ça va aller. »

Son père rassurait Hannah comme il le pouvait. Tous les deux, ils attendaient donc que ça passe, que les sourires, les tendresses reviennent. Un jour, comme dans les contes, Cécile semblait se réveiller et s'apercevoir de la présence de sa fille. Alors elle la mangeait de baisers en yiddish, l'affolait de *chet-*

sélé ou de *boubélé.* À peine sortis du four, il fallait dévorer le gâteau à la cannelle ou les biscuits au cumin. Et tant pis si on se brûlait les lèvres, on les humecterait de rires et de larmes mélangés.

Mais le départ du père avait changé la donne. Cécile se contentait le matin de tresser la natte d'Hannah, la serrant un peu trop fort, ce qui lui faisait mal à la tête. La petite ne se plaignait pas et volait un baiser à l'absente avant de dévaler l'escalier. Le soir, elle se glissait dans le lit, s'endormant contre sa mère, d'un sommeil cauchemardesque, dont elles émergeaient agrippées l'une à l'autre, livides. Hannah avait des larmes plein les yeux qui n'arrivaient pas à couler. Elle frissonnait en imaginant son père une arme à la main, lui qu'elle savait incapable de se battre, et le désespoir la gagnait. À l'école, Suzon, désemparée par ce chagrin trop grand pour elle, la réconfortait, essayait de la distraire en lui prêtant les illustrés de ses frères.

« C'est chouette d'aller se battre contre les Chleuhs. C'est pas mon paternel qui ferait ça. »

Suzon parlait de ses parents d'une manière qui choquait Hannah. À dix ans, elle paraissait les avoir percés à jour et les jugeait déjà.

« Plus paresseuse que ma mère, tu trouveras pas... Plus buté que mon père non plus ! »

Chez Hannah, élevée dans le culte de la famille et du respect dû aux anciens, cela ne se faisait pas. Les parents décidaient, les petits obéissaient, voilà tout.

Inquiets de l'apathie de leur fille, les grands-parents d'Hannah vinrent plus souvent à la maison, et prirent tout en main. Jo (qu'on appelait curieusement Nono, à l'italienne) rouvrit le magasin, reçut les clientes, se plongea dans les cahiers de comptabilité à l'écriture serrée. À Istanbul, cet homme grand pour son époque, presque efflanqué, tous les jours coiffé du même chapeau ou de l'occasionnelle casquette, avait été tailleur, avant de s'occuper d'enfants handicapés dans un centre spécialisé. Tous les soirs, après la fermeture du magasin, il passait à l'appartement, inventait des jeux ou confectionnait des cocottes en papier pour Hannah qu'il portait encore sur ses épaules, comme si elle avait deux ans. Une bouffée d'air frais. Pendant ce temps Rachel s'activait dans le deux pièces en houspillant sa fille.

« Lève-toi donc, tu te fais du mal. »

Malgré un tour de taille imposant, Rachel, un petit bout de femme aux yeux verts et aux nombreuses fossettes, toujours debout, ne manquait pas d'énergie. Son sempiternel chiffon à la main, elle attendait que les assiettes soient vides pour chasser la poussière, son ennemi personnel. Elle cirait le plancher, lavait les vitres et cuisinait gratins aux épinards et boulettes de viande qu'elle obligeait Hannah et sa mère à terminer. Hannah, qui l'appelait Nona, était sa poupée, son trésor, sa raison de vivre dans ce pays dont elle ne connaissait que quelques rues. Ensuite, elle se servait un verre de raki et apprenait à sa petite-fille à jouer aux cartes. Canasta, rami, bataille. Contrairement à Cécile, Rachel se montrait d'humeur égale, contente de son sort. Il y avait de plus malheureux qu'elle à soulager. Ses bonnes actions, ses *mitzvot*, comme elle disait avec un accent si prononcé que peu de commerçants dans le quartier parvenaient à la comprendre. Elle devait donc enrôler Hannah pour se faire servir, et celle-ci s'acquittait de sa tâche avec sérieux et fierté. La petite notait tout sur un papier, et calculait parfois plus vite que le commerçant. Rachel la félicitait, un large sourire s'étirant jusqu'à ses tempes. Quand elle coiffait Hannah, elle chantait en yiddish ou en turc des mélodies poignantes ou drôles. Elle avait ajouté à son répertoire une chanson à la mode, *J'attendrai*, en pensant à son gendre. Depuis le départ de Haïm, elle s'était investie d'une nouvelle mission : soutenir sa fille et sa petite-fille. Les jeux en soirée ravissaient Hannah qui retrouvait alors l'excitation de la victoire, le souvenir des gestes de son père au café, le bruit des cartes qu'on battait. Elle s'accrochait au tendre regard de sa grand-mère et à ses mains douces pour ne pas sombrer.

À la fin de l'année, deux événements vinrent rompre la nouvelle routine des Behar. D'abord on reçut une lettre de Haïm. Le courrier traînait, mais à l'occasion des fêtes on avait demandé un effort supplémentaire aux facteurs. Hannah les imaginait sillonnant la France pour apporter des nouvelles des soldats. Mme Vaqueros, la concierge, une Espagnole toute sèche et ridée qui passait son temps à jouer au tiercé et cherchait, sans succès, à refiler à Haïm ses tuyaux incertains, avait cérémonieusement remis la missive. Elle trônait sur la table. Superstitieuse, Cécile avait craint de l'ouvrir avant qu'Hannah, Jo et Rachel ne soient réunis. Enfin, des nouvelles, de vraies nouvelles de Haïm, et non ces rumeurs qui couraient le long des Grands Boulevards, plantant leurs crocs dans l'esprit des gens. Cela paraissait miraculeux. Avec des gestes lents, Cécile ouvrit la lettre, se mit à lire. Ses mains tremblaient, mais son visage se colora pour la première fois depuis longtemps.

Mes petites chéries,
Je vous écris de Barcarès, près de Perpignan, où nous sommes très nombreux, environ 10 000 hommes, de toutes les nationalités, beaucoup de chez nous. Mon moral est bon, ma santé aussi. Le plus embêtant ici, ce sont les moustiques et le vent. Tous les jours on s'entraîne au tir. Je ne suis pas très doué mais ça va. Ne vous inquiétez pas, la guerre va bientôt finir, et alors on se retrouvera. J'ai rencontré des républicains espagnols qui se sont battus dans leur pays et avec qui je parle beaucoup. Ils rigolent de mes expressions mi-turques, mi-espagnoles. Nous avons assez d'armes mais nos tenues sont misérables. De vrais mendiants, on dirait l'Armée du Salut, l'hygiène n'a rien de formidable. Je vais rentrer bientôt.
Je vous embrasse, mes korazon,
Haïm

Cécile riait, essuyait une larme, embrassait tour à tour Hannah et ses parents. Après des semaines de prostration, cette excitation soudaine embarrassait sa fille, mais elle préférait voir sa mère essoufflée et rouge qu'éteinte et hâve dans son lit. Décidément, elle ne comprendrait jamais rien aux adultes, à leurs sautes d'humeur perpétuelles, à leurs sentiments complexes. Quand son père était là, sa mère et lui alternaient bouderies et explications rageuses.

Parfois Haïm dormait par terre, sur une couverture. Ainsi on pouvait s'aimer à distance et se détester de près? Ces questions s'effaçaient devant son soulagement, sa joie secrète : son père tant aimé était vivant.

Le second événement marquant de cette période eut lieu en classe. Un jour que la maîtresse vantait la solidité de la ligne Maginot, Suzon avait murmuré à l'oreille d'Hannah :

« Demain, c'est jeudi. Tu veux venir jouer à la maison ? »

Hannah avait cru défaillir. Depuis la rentrée, elles avaient toujours joué dans les rues du quartier, comme les autres enfants. Les logements exigus ne facilitaient guère les jeux. Et Hannah n'imaginait pas être invitée dans une autre famille. Mais le froid avait saisi Paris, les vendeurs à la sauvette, les marchandes de quatre-saisons se calfeutraient. Hannah et Suzon grelottaient après leur partie de balle. Et voilà qu'elle avait été invitée un après-midi chez de « vrais Français », comme disait sa grand-mère, ce qui la faisait rire, car elle aussi était française, née à l'hôpital Rothschild. Un honneur dont elle comptait bien profiter.

« Si tu veux », lâcha-t-elle laconiquement. Montrer sa joie eût été maladroit.

Ce soir-là, blottie contre sa mère, elle s'endormit sans songer à la guerre, aux soldats, à son père dans un baraquement avec des milliers d'hommes, attaqués par des moustiques gros comme le poing.

5.

Dès qu'Hannah s'engouffra dans l'escalier de l'immeuble qui donnait sur la rue, elle sentit la différence. Les fenêtres et les poignées de porte rutilaient dans une odeur d'encaustique, le silence régnait. Ça la changeait de son logement sur cour où les gens se parlaient d'un palier à l'autre, n'hésitant pas à jeter des journaux, des fruits, et même quelques objets, des jouets, qui s'écrasaient au bas de la cage d'escalier.

Elle s'arrêta pour reprendre sa respiration, tira sur sa natte et sa jupe, s'entraîna à sourire, puis pressa la sonnette. Rien. Elle attendit, interdite. Elle allait renoncer quand un jeune homme aux cheveux roux ouvrit brusquement la porte. Des oreilles décollées, une fine cicatrice entravant le bord de la lèvre supérieure, on aurait dit un pirate irlandais.

« C'est pour quoi ? demanda-t-il d'un ton excédé. On ne veut rien. »

Hannah réfléchissait à toute vitesse. S'était-elle trompée d'étage ? Impossible, l'écharpe rouge flottait depuis des semaines au troisième. Une cavalcade dans le couloir et un cri de Sioux la rassurèrent. Drapée dans un peignoir trop grand pour elle, Suzon apparut.

« Laisse tomber, c'est ma copine Hannah. Hannah, cet imbécile-là, c'est mon frère, Gilles. Il a beau avoir dix-neuf ans, il est un peu simplet. »

Hannah ne put s'empêcher de rire quand le garçon fit semblant d'étrangler Suzon et de lui envoyer des coups de pied dans le ventre. Voilà, c'était ça, un frère, quelqu'un de fort, de protecteur, avec qui on pouvait chahuter. Hannah ressentit un pincement au cœur, vite oublié quand Suzon l'embrassa et la complimenta sur sa tenue. Cécile avait insisté pour qu'elle porte cet ensemble bleu marine cousu en une soirée, mais Hannah se trouvait endimanchée, surtout face au peignoir oriental taché de Suzon. Un déguisement peut-être. Elle n'osa pas poser la question.

« Allez, enlève ton gilet, je te fais visiter. »

Une sorte d'herbe beige et moelleuse tapissait le couloir. Ses pieds s'enfonçaient si doucement qu'elle eut envie de s'accroupir pour toucher cet étrange tapis. Le mot lui revint : moquette. Sa mère en avait vu chez des clientes fortunées. Chez les Behar, on chaussait de vieilles pantoufles, pour éviter un rhume ou les échardes ! Ici, tout paraissait immense. Le couloir serpentait, orné de tableaux sombres et d'un grand crucifix qui effrayèrent Hannah. Trois chambres à coucher, un petit salon, une salle à manger et des W-C d'intérieur. Le grand luxe, pas besoin de sortir au milieu de la nuit.

Suzon lui montra sa chambre, ses poupées gagnées à la foire, sa collection de timbres. Ses deux frères dormaient à côté, dans des lits jumeaux. Gilles passerait bientôt son bachot. Lucien, douze ans, fréquentait le cours complémentaire général de la rue de la Fontaine-au-Roi, moins chic que le lycée Voltaire, où il fallait acheter livres et cahiers. Elles jouèrent aux dominos et aux petits chevaux. Quand Suzon perdait, elle envoyait tout valser.

« Avec mes frères, c'est pareil, il faut que je les batte ! On fait la chandelle ou le poirier ? »

Hannah se jeta par terre, dans un enchevêtrement de jambes et de bras. D'un œil, elle observait les coussins en macramé sur le lit de Suzon, sa collection de petites valises, le cheval à bascule en bois rouge remisé dans un coin. Son amie possédait même un vrai bureau, avec une chaise peinte en rose. Pas une table de fortune que l'on replie une fois les devoirs terminés. « Les Dupuis doivent être riches », se dit Hannah, épatée mais pas jalouse.

« Maman ne va pas tarder à rentrer. Elle va te parler à toute vitesse, et puis elle filera dans sa chambre et on ne la verra plus. »

Il faisait nuit quand la mère de Suzon passa la porte, essoufflée et rosie. Micheline Dupuis ressemblait à un personnage de bande dessinée, engoncée dans une robe chocolat et vert qui aurait mieux convenu à une silhouette plus mince. Elle agitait son étole en renard en riant très fort, découvrant dents et gencives. Hannah s'efforçait de ne pas la dévisager mais elle était fascinée par ses mimiques, sa vivacité.

« Je suis ravie de te rencontrer, Hannah. Suzon nous parle de ses amies mais ne les invite jamais à la maison, pour une raison que j'ignore. Honte de nous, je suppose. Tu es la première. Donc tu restes dîner ! »

En effet, Mme Dupuis ne parlait pas, elle mitraillait. Curieusement, elle n'avait pas embrassé sa fille. Et Suzon l'avait à peine regardée. Pourquoi rentrait-elle si tard, cette maman, si elle ne travaillait pas ? Hannah garda ses réflexions et fila supplier la sienne de l'autoriser à dîner chez les voisins. Cécile trouva inconvenante cette invitation de dernière minute, mais céda devant les yeux brillants de sa fille.

« Tiens-toi bien à table, *mein Liebchen*, ne nous fais pas honte. Tu me raconteras. »

D'autres surprises attendaient Hannah. Au salon, une voix féminine inconnue claironna : « À table ! » Gilles et Lucien surgirent en se bagarrant. On ne présenta pas Hannah. À table trônait déjà un homme d'une quarantaine d'années au regard sévère. Sa serviette autour de son large cou, il toisait l'assemblée. Il avait faim, il travaillait, et ne passait pas son temps à bavarder comme sa femme, lui. Micheline était assise en face. Elle portait un ensemble violet et étalait du carmin sur ses lèvres. Comme une blessure au milieu du visage. Sa voix montait dans les aigus, pas naturelle pour un sou.

« Denise, vous pouvez servir. »

Une femme s'avança, droite, une soupière fumante dans les mains. C'était celle qui avait dit : « À table ! » Hannah n'avait jamais vu de domestique et balbutia un merci quand la jeune femme, qui sentait le muguet, remplit son assiette. Elle osait à peine regarder les frères de Suzon qui se pinçaient les bras en lapant leur assiette comme s'ils avaient peur qu'on ne la leur vole. Micheline parlait de courses, des voisins, de la concierge, « cette souillon qui ne nettoie jamais l'étage, exprès »... Toujours sa mitraillette. Le père de Suzon n'écoutait pas. Cramoisi, il s'emporta contre « les bolchos, les métèques, les étrangers ». Gilles lui tenait tête, ce qui l'énervait davantage.

« Blum a fait beaucoup de tort à la France. Nous avons besoin d'ordre. Pas de francs-maçons, ni de cocos ! »

Hannah écoutait, sans comprendre. De l'autre côté de la table, Suzon grimaçait, roulait les yeux, tirait la langue, ce qui lui donnait envie de rire, mais elle se retenait, en fixant le fond de son assiette.

La conversation dériva sur le métier de M. Dupuis, ce qui le calma immédiatement. À quinze ans, il était entré à la Société des transports en commun de la Région parisienne, comme assistant mécanicien. Il avait gravi tous les échelons, passé des nuits entières à nettoyer les autobus à plate-forme, à traquer la moindre panne, couché sous les véhicules. Aujourd'hui, il était directeur de dépôt à Montreuil, un bon poste, bien payé. Il invita les deux filles à venir le voir, il les emmènerait faire un tour dans un bus, rien que toutes les deux. Suzon levait les yeux au ciel, mais Hannah trouvait l'idée formidable : un bus à soi, comme un taxi ! Elle n'était jamais montée dans un taxi. Pour Cécile, c'était jeter de l'argent par les fenêtres. Les Behar se contentaient de marcher dans Paris. Une fois, ils avaient poussé jusqu'aux Champs-Élysées, acheté des cartes postales : des touristes dans leur propre ville.

« Regarde comme c'est beau, ma chérie », lui répétait son père devant l'avenue noire de monde et l'Arc de Triomphe opalescent sous le soleil.

À ce souvenir, Hannah sourit tristement. Pourquoi le père de Suzon restait-il chez lui alors que le sien pataugeait dans la boue ? En plus, Suzon avait la chance de ne pas être enfant unique. Hannah avait souvent demandé à ses parents si elle aurait bientôt une sœur ou même un petit frère. Peut-être, un jour, plus tard, toujours plus tard, quand le magasin rapporterait davantage, quand ils seraient mieux installés, quand la situation politique serait moins compliquée. Le ventre de sa mère ne s'arrondissait pas, mais elle continuait à poser la question de temps en temps, juste pour voir les joues de Cécile s'empourprer. L'arrivée de Denise et d'un gâteau majestueux dispersa sa réflexion.

« Du mille-feuille, tu vas adorer ! »

Bravant l'air courroucé de sa mère, Suzon présenta son assiette en premier. Elle était toujours affamée, chipant même de la nourriture le soir, avant d'aller se coucher. Le dessous de son lit ressemblait à un garde-manger d'écureuil. Hannah ne connaissait pas cette confection sophistiquée de sucre et de pâte, et demanda timidement la recette pour sa mère.

« Bêtasse, on l'achète à la pâtisserie, boulevard Voltaire ! gloussa Suzon. C'est trop compliqué à faire, Denise n'y arriverait pas. Elle, à part les omelettes... »

Hannah finit son assiette en silence tandis que les fils Dupuis se disputaient les dernières miettes. Elle dut se forcer. La crème, pourtant si légère, se mit à l'écœurer.

6.

En cette année 1940, le printemps se surpassait, indifférent au drame qui se jouait. Les Allemands lancèrent l'offensive, et la drôle de guerre agonisa sur le trottoir. Hannah et Cécile écoutaient les nouvelles, tétanisées. On parlait de centaines de milliers de morts et de blessés. Où était Haïm ? Avait-il pu s'en sortir ? L'angoisse leur tordait le ventre. Sous un ciel d'un bleu d'acier, après trente-sept jours de guerre, la France écrasée capitula, signa l'armistice. Lorsque Hannah rentra de l'école, le calme qui régnait la surprit. Les gens restaient chez eux, les magasins avaient fermé, de rares passants se pressaient, l'œil inquiet. Cécile semblait écouter au garde-à-vous le vieux poste de TSF sur l'étagère près de l'entrée. Petite, Hannah était fascinée par la radio, cherchant d'où pouvait bien venir cette voix écoutée avec ferveur par les adultes. Perchée sur l'épaule de son père, elle jouait à bouger les deux boutons, à dérégler les fréquences, jusqu'à rendre la voix captive inintelligible.

« C'est le cœur serré que je vous dis aujourd'hui

qu'il faut cesser le combat», expliquait un monsieur d'une voix chevrotante.

«Ça veut dire que papa va rentrer?

— Je n'en sais rien, répondit Cécile d'un ton las. Je l'espère. En attendant, qu'allons-nous devenir avec les Allemands à nos portes?»

Ce soir-là, Cécile confectionna des papillotes pour les cheveux d'Hannah.

«Tu vas ressembler à Shirley Temple avec ces anglaises.»

Hannah se moquait bien de sa coiffure, de cette Shirley, des films américains, mais elle se laissait faire, pour voir un sourire se dessiner enfin sur le visage creusé de sa mère.

Le lendemain, un vacarme épouvantable les jeta hors du lit.

«Ils s'en vont, regarde, maman, ils s'en vont tous!» cria Hannah, pieds nus, dans une chemise de son père qui la faisait ressembler à un fantôme. Un joli fantôme aux boucles hollywoodiennes. Cécile s'approcha de la fenêtre, les yeux gonflés de sommeil ou de larmes. Le spectacle était hallucinant : des deux immeubles du 4 de la rue Popincourt dégringolaient des familles entières avec des valises, des sacs, des baluchons. Certains portaient des matelas et tentaient de s'engouffrer dans des voitures. D'autres partaient à pied, paniqués, des bébés dans les bras. Cécile descendit chez Mme Vaqueros, qui savait toujours ce qui se passait. Elle se rengorgeait, campée devant sa loge, face à ceux qu'elle appelait avec affection «ses» locataires.

« Il paraît que les gares sont prises d'assaut, commenta la concierge. Les gens courent partout, comme des fous. À pied, à cheval, en voiture et même en corbillard ! On dit que les Allemands vont tuer tout le monde, avec du gaz moutarde, le même qu'en 14. Ce n'est pas prudent pour deux femmes seules de rester ici. Vous devriez vous mettre au vert. »

Tapie derrière la porte de la gardienne, Hannah avait tout entendu.

L'exode. Tous ou presque fuyaient l'occupant. Mais où pouvaient-elles se réfugier ? À part ses parents et quelques voisines, Cécile ne connaissait personne. Elle ne s'était jamais aventurée plus loin que le bois de Vincennes. Comment les accueillerait-on, elle et son accent ? Pourraient-elles prendre une chambre d'hôtel avec si peu d'argent ? Surtout, il y avait Haïm. S'il rentrait et ne les trouvait pas, il pourrait en mourir. Mieux valait ne pas quitter leur toit.

Chez les Dupuis, on en était arrivé à la même conclusion, pour des raisons différentes. André Dupuis détestait le Front populaire, la gabegie blumesque, les congés payés, mais il avait l'âme du service public chevillée au corps.

« On ne va quand même pas leur laisser la place libre, expliquait-il à ses enfants. Après tout, je suis fonctionnaire. Intouchable. »

Suzon sauta de joie, heureuse de garder sa chambre et de demeurer près d'Hannah. Les sorties étant interdites, elles se parlaient en morse, par la fenêtre.

« On reste !

— Nous aussi, on reste !

— À demain !

— À demain ! »

Le quartier se figea dans une attente qui n'en finissait pas. On passait son temps à écouter la radio, à s'interpeller d'une fenêtre à l'autre. Les familles encore présentes ne sortaient que pour le strict nécessaire, et encore, uniquement les hommes qui revenaient vite, l'air soucieux. C'était fou de voir comment le quartier en quelques heures avait changé de visage. On ne croisait plus personne, les magasins avaient fermé leur rideau de fer, les cafés affichaient porte close. Cela ne ressemblait même pas à un dimanche, encore moins à un jour d'été. Un temps pour rien, pour personne, à affronter les peurs. Livreurs et musiciens avaient aussi déserté le macadam. On n'avait plus le cœur à écouter des chansons.

Au bout de quelques jours, Hannah et Suzon finirent par s'aventurer dans la cour. Elles se lisaient la *Semaine de Suzette*, les *Aventures d'Aggie*, *Les Trois Mousquetaires*. Allongées au soleil, grignotant des *pipitas*, ces graines de tournesol dont Hannah raffolait et qu'elle avait fait découvrir à son amie, elles se sentaient presque en vacances. Hannah ne pensait qu'au retour de son père, s'efforçant de chasser de son esprit ces ogres d'Allemands. Que venaient-ils chercher en France ? Cette invasion ne présageait rien de bon. Suzon en savait peut-être plus, mais son prochain goûter la passionnait davantage que les manigances des Boches.

Bientôt, ils furent à Paris dans un grand bruit de bottes. Les tambours roulaient au loin, dans les beaux quartiers. Les drapeaux rouges à croix gammée flottaient au vent. L'heure avait été changée pour s'aligner sur celle de Berlin. On disait que les panneaux de signalisation étaient traduits en allemand, en caractères gothiques, mais les habitants du quartier en doutaient. Les cortèges officiels ne passant pas par Charonne, Saint-Ambroise ou Voltaire, la situation avait quelque chose d'irréel. Et si cette histoire d'invasion allemande avait été inventée de toutes pièces par des adultes qui s'ennuyaient ?

Pourtant la ville devint rapidement noire. Couvre-feu obligatoire et lumières voilées dès la tombée de la nuit. Il fallait descendre dans les abris dès que les sirènes hurlaient, par crainte d'un bombardement aérien. Les gens de la défense passive n'oubliaient personne. Au 4 de la rue Popincourt, les caves avaient été comblées depuis longtemps. On devait s'entasser dans le métro, le soir, dans l'obscurité sale. Hannah détestait cette odeur de peur et de sueur mêlées, la chaleur des habitants serrés les uns contre les autres. Elle croyait étouffer comme pendant ses crises d'asthme, et paniquait à l'idée d'être enterrée vivante. Dans cette foule apeurée, elle perdait souvent la trace de Suzon, son sourire réconfortant, ses dents du bonheur. Elle se blottissait alors contre sa mère, moite contre la glace de son bras. Indifférente à cette agitation, Cécile apportait toujours de quoi tricoter. « Pour m'occuper les mains ! »

Heureusement, les adultes reprirent confiance, et malgré les «vert-de-gris», comme on appelait les ennemis, Hannah et Suzon purent de nouveau sortir. La classe était terminée. Les fillettes passèrent des heures sur le manège de la place Voltaire, ou à se promener dans le quartier, un cornet de glace à la main. Souvent, elles poussaient jusqu'au magasin et jouaient à la marchande sous le regard bienveillant de Jo, le grand-père, mais aussi de Simon, l'ami ferblantier de Haïm, né dans la même rue que lui, à Istanbul, qui donnait un coup de main quand il le fallait. Il adorait Hannah qui le lui rendait bien. Il lui avait appris à jouer au cerceau, acheté sa première corde à sauter, l'avait emmenée faire un tour à poney. En plaisantant, Cécile disait qu'il en ferait un vrai garçon manqué. Avec lui, tout était farfelu, drôle, imprévu. Au magasin commençait une sarabande infernale : avec les torchons, les serviettes, elles créaient des déguisements, confectionnaient des tentes, inventaient des palais et des paysages. Des tricots de corps, elles tiraient des turbans et des rêves de pacha. Elles ouvraient toutes les boîtes, actionnaient la caisse, couraient entre les marchandises et ne s'arrêtaient que lorsque Jo leur offrait un carré de chocolat, ou que, épuisé, il suppliait Simon de les emmener dans son atelier. Comme Haïm, Jo aimait la poésie, le silence. Il écrivait en secret des vers qu'il cachait dans son étui à cigarettes. Tout le monde le savait bien sûr, mais personne dans la famille n'osait en parler. C'était son jardin secret. Avec Haïm, son gendre, l'entente avait été immédiate, instinctive. Ils se reconnaissaient dans leur mutisme, dans leur incapacité à exprimer leurs sentiments autrement qu'à travers des bribes de phrases, de mots écrits et lus. Ils se ressemblaient et s'estimaient, même s'ils auraient préféré se faire couper la langue plutôt que de l'avouer ouvertement.

« Il est chouette ton papi, remarqua un jour Suzon, les joues gonflées par les sucreries. Le mien, il est mort à Verdun. C'est moche.

— Oui, très », répondit Hannah, qui, comme toujours, pensait à son père.

Une autre guerre, une autre victime ? Même si les adultes évitaient le sujet devant les enfants, les petites sentaient l'inquiétude qui perçait et enregistraient les moindres détails pour tenter de comprendre la situation.

Un jour, Cécile reçut un télégramme. De Péronne, dans la Somme, griffonné à la hâte : « Tout est fini, je rentre. Haïm. » Elle fonça chez ses parents apporter la bonne nouvelle, puis chez le coiffeur redonner une forme à ses cheveux. Ce soir-là, la joie empêcha Cécile et Hannah de s'endormir.

Le lendemain, Haïm n'était pas là, le lendemain du lendemain non plus. Le soir du cinquième jour, endimanchées et fébriles, Hannah et sa mère le guettaient encore devant leur immeuble, quand la fillette poussa un cri. C'était lui. Au coin de la rue Basfroi, devant la boulangerie Milgram. Une longue silhouette en noir, un baluchon sur l'épaule, traversa la rue en boitant, évitant de peu l'un de ces vélos-taxis apparus depuis l'interdiction des voitures dans la capitale.

Haïm employa ses dernières forces à les prendre toutes les deux dans ses bras. Ils montèrent l'escalier en silence, se touchant à peine. Il était revenu chez lui. Mais pour Hannah, cet homme au regard fixe ne ressemblait plus à son père. Efflanqué, il paraissait plus grand, à l'étroit dans la pièce. Égaré, il posait mécaniquement des questions sur l'école, le magasin, le quartier, sans écouter les réponses. Il grimaçait à cause d'une cheville douloureuse. Tel un zombie, il avalait sans mot dire le gratin tout simple que Cécile avait confectionné en rêvant aux fastes d'antan, à une cuisine d'amour et d'exil.

Après s'être lavé dans une bassine, Haïm s'enveloppa dans une robe de chambre élimée, bourra une pipe avec un reste de tabac qui datait de son départ et se cala sur une chaise. Cécile pansa sa plaie à la cheville avec des gestes doux. Au bout de la table, Hannah luttait pour ne pas s'endormir. Papa était rentré. Tout irait bien désormais. L'amour qu'elle ressentait pour lui la suffoquait. Elle ne protesta pas quand il la coucha en la berçant. Comme un bébé. Il paraissait épuisé. Le sourire aux lèvres, elle s'endormit, seule cette fois, mais apaisée par la présence des deux adultes qui comptaient le plus pour elle.

7.

Haïm resta longtemps silencieux. Il ne savait pas par quoi commencer, comment raconter. Le 22e régiment de marche des Volontaires étrangers avait été envoyé en Alsace pour soutenir la ligne Maginot puis, après la percée allemande dans les Ardennes, s'était retrouvé dans la boucle de la Somme. Ils s'étaient battus pendant quinze jours, avaient arrêté la progression des Allemands. Mais à quel prix ! Sur 2700 hommes, 1800 étaient morts ou blessés et près de 700 avaient été faits prisonniers. Il avait réussi à s'échapper, sans être démobilisé. Assoiffé, affamé, dormant dehors, butant sur des cadavres, des blessés à qui il manquait un bras, une jambe, un œil. Il buvait à même les flaques, quémandant un quignon de pain à des paysans qui parfois le lui refusaient. Un chien l'avait mordu. La plaie profonde à la cheville s'était infectée. Rentrer chez lui à pied avait été une torture. La nuit, il entendait les sifflements des balles, les gémissements, tout proches. Comment dire la peur qui lui tordait les tripes avant l'assaut, les copains que l'on ne reconnaissait plus, les cris des gaillards qui appelaient leur mère juste avant de rendre l'âme ? On lui avait parlé des atrocités passées dans l'armée turque, cette boucherie devait s'en approcher. Alors il se taisait ou il évoquait la tramontane à Barcarès, les puces, les pantalons jamais à sa taille, s'arrêtant en dessous des genoux ou balayant le sol, ce qui provoquait l'hilarité de sa femme et de sa fille. Seul Simon le regardait d'un air peiné, comme s'il savait ce qui avait pu arriver là-bas.

Octobre arriva, avec l'entrée en septième d'Hannah. Elle lisait de plus en plus, fascinée par les histoires, les personnages. *La Petite Fadette* et *Ivanhoé* comptaient parmi ses romans préférés. Elle tentait de faire partager ses engouements à Suzon, qui répliquait : « Pas le temps, pas envie, pas besoin. » Une vraie ligne Maginot antilivres. D'ailleurs, elle n'avait pas de bibliothèque. Haïm avait construit la sienne dans l'entrée, avant d'installer le poêle et le lit, ce qui avait exaspéré Cécile. Il y avait rangé avec fierté ses ouvrages élimés rapportés d'Istanbul. Il emmenait parfois Hannah chez les bouquinistes. Suzon méprisait tout travail intellectuel mais elle avait d'autres qualités : fidèle, généreuse, protectrice. Et elle faisait mourir de rire Hannah. En bêtises, elle était très cultivée. Diplômée en bombes à eau jetées de la fenêtre. Et toujours en progrès.

« Tu peux traverser le passage Bullourde en entier ? »

Cet étroit passage tout près de chez elles terrifiait Hannah à cause des gros rats qui prospéraient parmi les poubelles. Ça sentait les ordures et l'urine. Le jeu consistait à courir en criant très fort pour chasser les rongeurs. Autre jeu : passer devant la boucherie chevaline de la rue de la Roquette qui s'ornait d'une tête de cheval dorée.

« Même pas cap' ! »

Pour complaire à Suzon et enivrée par son soudain courage, Hannah se bouchait le nez, évitant la nausée qui la saisissait devant la viande sanguinolente.

« Cap' ! Cap' ! »

Parfois, ça allait trop loin pour Hannah, requise pour faire le guet pendant que sa copine irait voler des berlingots chez l'épicier... Mais Hannah avait prévenu : elle s'évanouirait dès l'entrée, pas la peine d'insister. Suzon continua donc seule des larcins dont elle se vantait à l'école. Un jeudi, elles s'accroupirent dans le parc poussiéreux devant la mairie, à attraper fourmis, mouches et araignées.

« Tu comptes en faire quoi de tes bestioles ? avait demandé Hannah.

— Attends, tu vas rigoler. »

Munie d'un sac en papier où s'agitaient des pattes affolées, Suzon était entrée dans la chambre de Lucien et avait déversé son butin dans les draps.

« Il va hurler ce soir en se couchant », gloussa Suzon.

Des insectes dans un lit ! Il fallait y penser. Suzon l'épatait.

Pour la première fois, elle découvrait la chambre d'un garçon. La vue d'un tas de chaussettes sales et d'un caleçon douteux la gênait un peu.

« Si on allait plutôt dans ta chambre ? »

Mais Suzon fouinait partout, ouvrait cahiers et tiroirs...

« Tu as vu Denise tout à l'heure ? Eh bien, papa la serrait de près hier, dans la cuisine. À table, il la reluque aussi. Si maman savait, elle serait furax. Voilà pourquoi je fouille, pour découvrir tous les secrets. Mon frère a peut-être une bonne amie qui lui écrit des mots d'amour ! »

Hannah invita à son tour Suzon pour un maigre goûter à base de tartines de chocolat. Pour la première fois elle eut honte de son deux pièces sombre, du mobilier sommaire, de la minuscule cuisine, et même de sa mère, affairée à rapiécer un tas de hardes pour les nécessiteux, trop timide pour poser des questions à l'amie de sa fille ou même se mêler à leur conversation. Mais Suzon se trouvait ici comme chez elle, dans la rue ou à l'école. En avalant son pain, Hannah en eut les larmes aux yeux. Pour la première fois, elle avait une amie, pour la première fois, elle était acceptée, reconnue. Elle l'embrassa sur le pas de la porte avec empressement et Suzon lui caressa les cheveux.

« À demain, copine ! »

8.

Un soir d'octobre, Haïm rentra à la maison, l'air absent. Il refusa de dîner, s'assit dans le fauteuil, ouvrit le journal, le replia, se perdit dans ses pensées. Cécile pépiait autour de lui, le pressait de questions. Il parla enfin. Un statut des Juifs avait été promulgué par le nouveau gouvernement, limitant l'accès à certains emplois. Interdits désormais la fonction publique, le cinéma, la radio, l'enseignement, les professions libérales. Il fallait se faire enregistrer au commissariat.

« Mais qu'est-ce qu'ils nous veulent ? demanda Cécile, incrédule.

— Je n'en sais rien, savoir combien nous sommes peut-être, répondit Haïm. Nous devons respecter la loi. De toute façon, nous sommes protégés en tant que citoyens turcs. Les Allemands nous sont reconnaissants pour notre aide lors de la Première Guerre mondiale et tu verras, cette fois-ci, la Turquie restera neutre. C'est bien pour nous. »

Même avec les fins de mois difficiles toutes ces années, Haïm avait toujours conservé son passeport turc et payé la cotisation obligatoire qui lui permettait de garder sa nationalité. Il connaissait bien le consulat général, il y allait saluer des copains qui poursuivaient la carrière dont Cécile avait rêvé pour lui. Mais les ors de la république, fût-elle celle d'Atatürk, ne le séduisaient pas. Il aimait régner en maître dans son magasin, discuter seul avec fournisseurs et clients. Dans un bureau, sous les ordres d'un petit chef, il se serait étiolé. Et puis, dans son magasin, il pouvait lire, écrire un poème en paix. Il lui suffisait de sourire quand la porte s'ouvrait.

« La Constitution turque interdit de distinguer ses citoyens sur les critères de foi, de couleur ou de race, continuait-il pour rassurer ses deux femmes qui l'écoutaient avec attention.

— On aurait dû demander à être français, poursuivit Cécile, au lieu de se faire déclarer comme étrangers. Ce serait mieux, j'en suis sûre. Mais tu es tellement têtu ! »

Malgré son attachement à la France, Haïm n'avait jamais souhaité devenir français. Quand on lui demandait sa nationalité, il répondait assez fièrement : « Turc espagnol. » Ses ancêtres avaient fui l'Inquisition en 1492 avec un baluchon, une Torah, des chansons, des coutumes, des recettes de cuisine et une clé, symbole de la maison perdue. Mais, comme tant de ses compatriotes, il avait la sensation d'avoir quitté la veille l'Andalousie, ce pays mythique, et il tenait à conserver cette filiation, cette appartenance, de génération en génération.

Cécile s'était retournée vers Hannah :

« En tout cas, ne dis à personne que tu es juive.

Cela ne regarde pas les autres. Motus et bouche cousue, tu entends ?

— Mais Hannah est française, elle, répliqua Haïm agacé. Je l'ai déclarée au juge de paix à sa naissance, tu te souviens ? Machallah, il ne lui arrivera rien et à toi non plus, tu es ma femme. Alors arrête, tu affoles la petite.

— J'ai fui la Roumanie parce que les Juifs ne pouvaient pas mener une vie normale. Et maintenant, ici aussi, on nous convoque, on nous enregistre. Ça recommence, tu ne le vois pas ?

— Ce n'est pas pour nous ! se mit à hurler Haïm. C'est à cause de ces pauvres gens, ces Juifs étrangers, polonais, russes, débarqués sans papiers. À cause aussi de certains de nos compatriotes qui comptent un jour ou l'autre obtenir la nationalité française en s'installant ici et qui, n'ayant pas renouvelé leur passeport par manque de temps, d'argent ou de relations, se retrouvent apatrides. C'est pour eux que ça va être difficile. Pas pour nous. »

Haïm n'avait pas osé confier le pire à sa femme : une ordonnance allemande stipulait que les entreprises, les commerces et les immeubles appartenant à des Juifs seraient progressivement aryanisés, avec des administrateurs provisoires pour les gérer. Ce magasin dont il était si fier et dans lequel il travaillait jusqu'à dix-huit heures par jour, ce magasin passerait donc bientôt sous le contrôle d'un étranger. Sur la devanture, une affichette jaune indiquerait « entreprise juive ». Quinze ans de labeur pour aboutir à ces quelques mots. Il en avait la nausée.

Pendant la dispute de ses parents, Hannah essayait de se concentrer sur sa récitation.

> « Par les soirs bleus d'été, j'irai dans les sentiers,
> Picoté par les blés, fouler l'herbe menue. »

Cela la faisait sourire. Elle n'avait jamais vu de champ de blé, ni quitté sa rue, sauf pour des balades en bord de Seine avec ses parents et dans des quartiers si chics qu'ils lui paraissaient habités par des êtres d'une autre planète. Malgré le ton qui montait, elle ne s'inquiétait pas. Ils étaient vraiment juifs, eux ? Pour Hannah, ils auraient aussi bien pu se prétendre bretons ou auvergnats. Le vendredi, comme tout le monde, sa famille saluait le rabbin qui passait dans la rue Popincourt pour rejoindre la synagogue « El Siete », en face, au 7. Mais de là à prier toute une vie durant ! Hannah pénétrait dans le petit local uniquement le jour de Kippour, à Rosh ha-Shana et à Pessah. Des Juifs des trois jours, comme en plaisantait Mme Esther, leur voisine flanquée de quatre filles, plus laides les unes que les autres. Le mari avait fui, paraît-il, avec l'employée de la mairie à qui il venait déclarer les naissances successives. On en riait. Sauf Cécile, qui trouvait cela très choquant.

Dans le quartier, la laïcité était la règle. L'idée ne serait venue à personne de refuser un sandwich aux rillettes ou de se reposer le samedi. Les parents d'Hannah travaillaient, dansaient, buvaient des verres avec les habitants du quartier, qu'ils soient français, grecs, italiens ou polonais. Seuls sa grand-mère Rachel et son grand-père Jo, dans une moindre mesure, affichaient leurs convictions religieuses, assistant aux offices du matin. Pour Hannah, il s'agissait surtout d'un attachement au passé, une survivance de leur pays d'origine, de coutumes en quelque sorte. Elle n'avait jamais vu un antisémite. Elle se demandait à quoi cette espèce inquiétante, si effrayante pour les grandes personnes, pouvait bien ressembler. À tout prendre, elle aurait choisi d'être catholique, comme Suzon. Plusieurs fois, celle-ci l'avait traînée aux Jeannettes. Elle n'avait pas compris ces histoires d'Immaculée Conception, de Jésus et de Saint-Esprit, mais elle avait adoré la ferveur des chants, les cantiques, la camaraderie unissant les filles. Plus tard, elles avaient partagé des gaufrettes. À la fin, elle avait vu les communiantes passer dans leur belle aube blanche, et les images saintes qu'elles s'échangeaient. Tout cela lui donnait envie.

« Pourquoi j'irais pas aux Jeannettes, moi aussi ? » avait-elle proposé un soir à table.

Ce fut une des rares fois où son père éleva le ton contre elle.

« Pas question ! Tu es juive, ne l'oublie jamais ! »

Comme si cela pouvait s'oublier ! Ils étaient allés chercher sa carte d'identité en accordéon à la préfecture et une grande inscription « Juif » barrait le papier dans toute sa largeur. Ce document, elle le détestait, instinctivement.

Jeannettes ou pas, la vie continuait. Malgré l'opposition de Cécile qui craignait qu'elle ne se fatigue et ne réveille son asthme, Hannah avait insisté pour s'inscrire avec les autres à un cours de danse le jeudi matin. Moment exquis. Mme Irina, une réfugiée russe qui se faisait appeler « comtesse » par les messieurs, tentait d'apprendre à un bataillon de gamines surexcitées les jetés, les entrechats, les pirouettes. Hannah avait pour elle la légèreté, à défaut de la grâce. Elle s'entraînait avec sérieux, tirant sur des membres qui l'encombraient. Plus sportive, Suzon enchaînait les figures avec facilité. À l'image de ses frères et de son père, elle adorait courir, se dépenser, s'épuiser physiquement. Toute rouge, en nage, les cheveux fous telle une gorgone, elle enchaînait les positions puis improvisait une série de roues qui scandalisait Mme Irina.

« Mademoiselle Suzanne, arrêtez immédiatement. On n'est pas chez les romanichels ici ! »

Mais Suzon continuait à faire le clown, hilare, sous le regard offusqué des danseuses en chignon et celui d'Hannah, plus admirative. Elle s'était même moquée de M. Igor, le vieux joueur de piano qui interprétait d'un air absent les morceaux du répertoire et ne se réveillait qu'une Gitane au bec, dans la cour de l'immeuble. Il sentait la vodka, le mal du pays et ne retenait aucun prénom. Question de principe, il appelait toutes les danseuses « chérie » avec un accent guttural. Quand elles l'entendaient approcher, les filles s'éparpillaient tels des moineaux. On disait qu'il avait été le majordome de la comtesse, puis son amant, qu'il lui avait sauvé la vie. Suzon n'avait pas peur de lui.

« C'est un ivrogne, voilà tout. Il ne va pas nous casser les pieds, le Cosaque ! »

9.

Dans les vestiaires, Suzon s'était déshabillée en entier, envoyant valser ses vêtements avec abandon. Nue, elle était encore plus belle, plus impressionnante aussi. Hannah était fascinée par ses cuisses musclées, son ventre ferme et le V mystérieux, là, entre ses jambes, mais elle n'osa pas regarder ouvertement. Elle se révélait si différente de Cécile, des autres femmes qu'elle entrevoyait au hammam dans les effluves de vapeur. Si élancée et en même temps si puissante. Un trouble s'empara d'elle. Elle se contenta d'un simple coup d'œil, en espérant ne pas rougir.

« Quand on s'approche trop près des garçons, ils ont des bâtons dans le pantalon ! » s'exclama Suzon avec un éclat de rire.

Interdite, Hannah ne trouva rien à répondre. « Sûrement pas mon père », se dit-elle.

Après la danse, le chant à l'école était l'autre activité des gamines. Deux fois par semaine, une Mlle Abistrore, créature sèche et nerveuse, donnait des cours de solfège, avant de passer aux vocalises.

À cause de sa taille et de ses provocations, Suzon était placée au fond, tandis qu'Hannah, un peu gênée, occupait le premier rang. Elle chantait bien, et le professeur l'appréciait pour son sérieux, sa concentration. Elle lui demandait souvent de donner le ton, ce qui la remplissait de joie. Elle espérait le faire également le jour de la représentation devant les parents, pour ce spectacle qu'elles attendaient toutes avec fierté. Et ce jour finit par arriver, dans un froissement d'étoffes.

Cécile s'était habillée chic, d'une robe en soie verte, une création personnelle qui mettait en valeur la finesse de sa silhouette, redoublée pour l'occasion par des talons hauts. Avec sa nouvelle indéfrisable, elle ressemblait à une actrice de cinéma. Hannah adorait la manière dont sa mère vaporisait un nuage de son parfum favori, *La Fête des roses*, de chez Caron, et le traversait ensuite avec précaution. Hérité de Rachel, ce geste sophistiqué était pour les femmes de la famille la seule façon correcte de se parfumer, bien plus efficace que le mouchoir imbibé de fragrance ou les quelques gouttes sur le poignet. À cet instant précis, elle ressemblait à une fée. Avec l'aide de sa fille, Haïm avait noué une cravate bleue, l'unique qu'il possédait, en grimaçant devant la glace.

Hannah dut se contenter d'une chasuble marron avec un col Claudine, un cadeau de sa mère qu'elle détestait. Trop bébé. Elle rêvait d'une tenue achetée au Prisunic de la place Voltaire, où elle se rendait pour flâner, sans rien acheter, car tout ou presque dans cette caverne d'Ali Baba semblait trop cher aux Behar. Avec une couturière à la maison, ce serait bête de faire des frais.

Au grand complet, la famille de Suzon occupait un banc entier. Micheline semblait ailleurs, boudinée dans un manteau à col de vison. André regardait l'auditoire d'un air courroucé. Il tapait du pied pour que le spectacle commence. Les deux frères paraissaient s'embêter ferme.

« Tu vois, là-bas, ce sont les parents d'Hannah, s'exclama Suzon en les pointant du doigt, sans se gêner.

— Dis donc, elle est drôlement élégante, surtout pour une étrangère, chuchota Micheline.

— De braves gens, cela se voit tout de suite », ajouta André.

Les parents de Suzon adressèrent un petit salut de la tête aux Behar. Intriguée, Cécile se pencha pour examiner la mère de Suzon.

« Comme son manteau est mal coupé ! confia-t-elle tout bas à Hannah. Tu devrais lui dire que je pourrais faire mieux.

— Cécile, plaida Haïm, amusé, la tenue de cette femme, cela ne te regarde pas. »

Puis tous se turent, car Mlle Abistrore avait empoigné sa baguette. Les petites filles prirent leur respiration, enchaînèrent des ballades régionales, des airs d'hier, des chansons d'aujourd'hui. Tino Rossi, Édith Piaf, Suzy Solidor. Hannah se surpassa. Sa voix cristalline s'éleva très haut, sembla s'échapper de la cour. Elle s'efforça de ne penser à rien, se concentrant sur la mélodie et les couplets. Elle voulait tellement bien faire. Aux anges, ses parents n'entendaient qu'elle.

« *La hija de su madre* », glissa Haïm ému à Cécile, sur le chemin du retour. Il voulut lui prendre la main mais elle le repoussa. Elle lui avait demandé de l'argent la veille pour acheter un bibi. Et il avait refusé, l'argent manquait. Elle aurait aimé paraître plus élégante devant ces Françaises, devant cette Mme Dupuis qui l'avait dévisagée un long moment. Bon, elle n'avait peut-être pas de chapeau à la dernière mode mais sa fille chantait si bien, mieux que les autres petites, françaises ou pas. Elle pouvait être fière de sa famille.

10.

En rentrant du cours de danse, Hannah et Suzon remarquèrent deux femmes assez court vêtues qui faisaient le pied de grue à l'angle de la rue Sedaine et du boulevard Voltaire. Adossées à l'immeuble, les jambes nues avec des socquettes et des talons hauts, elles fumaient en coulant des regards aux rares hommes qui passaient dans la rue. La plus jeune complimenta Hannah sur ses boucles qui filaient comme un trait de lumière dans la rue.

« Tu connais la dernière blague, petite ?

— Non, balbutia Hannah, un peu écœurée par le parfum sucré de la demoiselle.

— La guerre... La guerre, ça me met...

— Quoi, la guerre ?

— La guerre, ça me met en Führer ! » gloussa la plus vieille.

Les deux femmes explosèrent de rire. Suzon et Hannah s'éloignèrent.

« Elles attendent quoi, au juste ? demanda Hannah.

— Rien, répondit Suzon. Personne... Tu es trop petite pour comprendre. »

Suzon s'y mettait aussi. Elle la trouvait trop gamine pour lui confier des secrets de grande. Hannah écumait. Elle avait pourtant bien changé depuis qu'elles se connaissaient... Pourquoi ne le voyait-elle pas ?

Deux jours après, au square, elle proposa un pacte à son amie.

« J'ai lu dans un livre que si on échange notre sang avec une personne, on ne la quitte jamais », dit-elle en se piquant l'index avec une aiguille volée à sa mère. À sa grande surprise, Suzon acquiesça et tendit son index. Un peu de couleur rouge entre elles. Elles rentrèrent en silence, main dans la main. Il était loin le temps où Hannah devait courir après Suzon.

À l'école, les jours se ressemblaient. Les fillettes fabriquaient des boîtes d'allumettes et des cartes dessinées pour le maréchal Pétain dont le portrait ornait le préau. Sinistre, le vainqueur de Verdun, avec sa moustache blanche. Les élèves avaient beau s'époumoner à chanter *Maréchal, nous voilà !*, le vieillard ne donnait guère envie de le rejoindre. Bientôt les gamines ne le remarquèrent plus, tout occupées à jouer ou à s'échanger les images cachées dans les tablettes de chocolat Meunier.

Dans la cour de récréation, Hannah comptait ses précieuses vignettes quand une phrase claqua dans l'air :

« Sale youpine... Les métèques, dehors ! »

Elle leva la tête. Une fille la toisait, ricanant de ses dents jaunes. Une hyène. Elle ressentit comme un trou noir au milieu du ventre, une impression de chute. Suzon avait déjà allongé une claque à l'insolente.

« Raclure ! Tu vas la fermer, oui ? »

La fille s'enfuit, escortée d'une meute de donzelles hystériques. Dans le lot, certaines dévisageaient Hannah comme si elles ne l'avaient jamais vue.

Hannah passa le reste de la journée la gorge nouée par la rage et l'effroi. En rentrant chez elle, elle trouva sa mère qui nettoyait les vitres avec du vinaigre. C'était sa façon de lutter contre l'angoisse, d'oublier les tickets d'approvisionnement donnant droit à quatre jours de viande seulement par semaine, et à 275 grammes de pain quotidien. Elle n'eut pas le cœur de demander ce que signifiait « youpine » et comment la fille avait repéré quelque chose chez elle de si différent des autres. Elle avait pourtant obéi à sa mère, n'avait rien dit, à personne. Elle se coucha tôt ce soir-là, le corps cassé. L'injure en forme de condamnation la torturait, à s'en arracher la peau autour des ongles. Elle se réveilla avec une auréole de sang sur l'oreiller. Elle raconta à Cécile qu'elle avait saigné du nez.

Le lendemain, Suzon invita de nouveau Hannah à goûter et à dîner, en s'arrangeant pour le faire savoir à toute la classe. Ça clouerait le bec aux imbéciles qui répétaient sans réfléchir les bêtises qu'elles entendaient chez elles ou à la radio.

Suzon et Hannah dégustèrent des biscottes nappées d'une gelée de framboises maison. Hannah se régala de cette confiture inconnue. Le jus dégoulinait dans son cou. Elle s'empiffra, mais tant pis, ce n'était pas avec des cartes d'alimentation que sa famille pourrait obtenir de telles délices ! La dernière fois, elle avait attendu deux heures dans la queue avec sa mère pour des biscuits. Pas des *baklavas* au miel et à la cannelle, non, de vulgaires sablés, secs à s'en casser les dents. Et quand leur tour était arrivé, il ne restait plus rien. Il avait fallu rentrer l'estomac dans les talons.

Chez les Dupuis, par contre, rien n'avait changé. Il y avait du chocolat, et même du café, du vrai. Aucune trace de cet ersatz à base de chicorée que les parents d'Hannah trouvaient immonde. Suzon avait droit à des œufs au petit déjeuner, du beurre, du lard... Sa tante envoyait des colis du Cantal. Et son père avait ses adresses, il filait régulièrement à Saint-Mandé ou à Saint-Maur chercher des victuailles. Elles entendaient des bruits sourds dans l'escalier, un souffle court, des jurons murmurés. Tiens, quand on parle du loup... C'était M. Dupuis, rougeaud, son éternel béret de guingois sur la tête. Il revenait justement de Saint-Maur, à vélo. Un short découvrait ses mollets blancs sillonnés de varices. Hannah n'aurait jamais voulu d'un père pareil.

« Mangez, les gosses. Que je me crève pas à pédaler pour rien ! Par la faute de cet Hitler et des ramollis de la diplomatie... Y a des coups de pied au cul qui se perdent. »

Sous sa gouaille pointait l'inquiétude. Gilles, le fils aîné, allait avoir vingt ans, et l'on parlait d'envoyer les jeunes travailler en Allemagne pour participer à l'effort de guerre. Pas question de bosser pour les Boches, gratuitement en plus ! Peut-être fallait-il cacher Gilles. Le couple Dupuis en avait parlé après le dîner. C'était le moment où Suzon avait entraîné Hannah dans l'entrée et sorti un instrument bizarre d'un placard.

« Qu'est-ce que c'est que ce truc ?

— Un martinet. Et, crois-moi, le paternel sait s'en servir. Il m'en fait baver. Ma mère aussi y a droit. Et mes frères, évidemment... Mais eux, ils le méritent ! »

Hannah crut à une blague, à cause du ton détaché de Suzon, mais la balafre rouge sur la cuisse de son amie était bien réelle. Sans un mot, elle se leva et partit chercher le tube de crème dans les affaires de sa mère. Une odeur de rose se répandit sur ses doigts. Concentrée, elle s'appliqua à étaler la pommade en ronds concentriques comme elle avait vu Cécile le faire. Elle aurait bien embrassé la marque du fouet mais n'osa pas. L'air soudain parut lourd dans la pièce, comme raréfié. Haïm et Cécile n'avaient jamais frappé leur fille. Ni fessée ni claque. Petite, elle allait au coin. Maintenant, il suffisait que son père lève un sourcil sévère pour qu'elle comprenne. Hannah n'imaginait pas qu'on puisse battre une enfant, encore moins une femme. Dupuis courait-il dans l'appartement pour flanquer une rouste à son épouse ?

En rentrant chez elle, Hannah eut la surprise d'entendre Cécile proposer d'inviter les Dupuis à dîner.

« *Meidelé* (chérie), il faut les remercier de t'avoir toujours chez eux. Et puis, cela fait si longtemps que tu nous parles d'eux.

— Pas bête, ajouta Haïm. Après tout, nous sommes voisins. »

Pour une fois, ses parents étaient d'accord. Étrange.

« Oui, crépita Cécile, on pourrait jouer au *pokeriko* (petit poker, jeu apprécié des Judéo-Espagnols) !

— Je ne crois pas qu'ils aiment les cartes... », prévint Hannah.

Voir sa mauvaise joueuse de mère insulter son père, jeter les cartes sur la table, claquer la porte devant les Dupuis, quelle honte ce serait ! Elle rêvait d'une soirée à la comtesse de Ségur, pas d'une comédie du dimanche façon Juifs du Levant.

Délaissant ses travaux de couture, Cécile réfléchissait déjà au menu. Des *kefte* (boulettes orientales) ? Du gratin ? Trop turc pour des Français, les premiers invités chez eux. Du poisson alors ? Mais appréciaient-ils le poisson ? Et d'ailleurs, où irait-elle le pêcher ?

Flanquée d'Hannah, Cécile monta chez leur voisin, M. Rosenblatt ; il devait savoir, lui. La guerre de 14 l'avait cloué dans un fauteuil roulant. Hannah jouait souvent aux dominos en sa compagnie, elle lui faisait ses courses aussi, du pain, du lait, quelques conserves. Le soir, le roulis du fauteuil sur le plancher du dessus l'aidait à s'endormir. M. Rosenblatt vivait seul avec sa radio, qu'il ne baissait qu'à la nuit tombée, et sa passion pour Blum. « Il est des nôtres », répétait-il à propos de son cher Léon. « Quels nôtres ? » se demandait toujours Hannah.

Comme d'habitude, Cécile alla droit au but :

« Qu'aiment manger les Français ?

— Des huîtres, des ortolans, un gigot, énuméra M. Rosenblatt, se rappelant le bon vieux temps où il officiait comme chef de rang dans une brasserie des Grands Boulevards.

— Où vais-je trouver tout ça ? C'est bon pour les Allemands qui se goinfrent dans les restaurants, avec leur mark surévalué ! Les ortolans, je ne sais même pas ce que c'est. Si c'est aussi écœurant que le foie gras ou les moules... »

M. Rosenblatt s'esclaffa, d'un rire d'enfant qui tranchait avec sa silhouette pliée.

« Je plaisante, madame Behar. Même au marché noir, vous n'en trouverez pas. En ce moment, c'est la saison des rutabagas, des topinambours et de la viande dure comme de la semelle. »

Les topinambours ! Hannah détestait ces ersatz de légumes, ces « tambours » trop fades, même si sa mère les accommodait de mille façons pour tenter de les lui faire avaler.

« Une simple tourte suffira, rassura le vieux monsieur. Avec du riz au lait. Je n'ai plus grand appétit, je vous donnerai des tickets d'alimentation. Vieillir a des avantages, surtout à l'heure actuelle. »

Brave M. Rosenblatt ! Hannah l'embrassa sur les deux joues. Elles sentaient la crème Poupina. C'était la dernière coquetterie du bonhomme : des joues douces comme des fesses de bébé.

Avant le grand soir, Cécile astiqua le logement. Elle relégua la Singer dans l'entrée, la recouvrit d'un joli drap brodé de Roumanie. Haïm apporta des olives noires et des fleurs blanches.

Les Dupuis arrivèrent à l'heure, les mains vides.

Suzon avait été coiffée avec une barrette. Elle avait l'air d'une vraie jeune fille, et raisonnable avec ça. Cela se passait plutôt bien. Haïm servit du raki en apéritif.

« C'est bon, lâcha M. Dupuis, en faisant claquer sa langue. On dirait du pastis. » Un filet de sueur coulait lentement de son front à ses joues empourprées. Hannah vit une goutte tomber sur le plancher.

Au deuxième verre de raki, le père de Suzon embraya sur ses bus, ses « gros culs », comme il les appelait, avec un clin d'œil appuyé vers les fillettes. Tout s'enchaînait, les problèmes de moteur, de garage, d'entretien, mais aussi les ennuis avec les mécanos, les contrôleurs, les conducteurs. Depuis le Front populaire, les 40 heures par semaine et les congés payés octroyés à tous ces paresseux et ces syndiqués, faire tourner « la Maison » (la fameuse Société des transports en commun de la région parisienne) devenait compliqué. Haïm dévia la conversation sur son magasin, l'une des premières boutiques du genre installées rue Sedaine, à force d'économie, de privation, de passion aussi. Il avait dû lire pas mal de brochures commerciales en anglais pour mettre toutes les chances de son côté. Et le bouche à oreille avait fait le reste. Mais maintenant les oreilles se fermaient...

« Les clientes deviennent rares. Même pour un torchon, elles hésitent. Et elles ne songent plus à leur toilette. Je ne vends presque plus de soutiens-gorge, encore moins de culottes ou de gaines. On dirait que les Parisiennes oublient d'être coquettes.

— Ou qu'elles enlèvent le tout pour les

Allemands ! plastronna Dupuis, fier de sa plaisanterie. Il paraît qu'il s'en passe de belles, m'ont dit les collègues, avec les vert-de-gris, aux Folies-Bergère et ailleurs ! »

Cécile piqua un fard en triturant sa mèche. Chez les Levinescu, on ne parlait pas de dessous féminins au dîner, en particulier avec des inconnus, et les grivoiseries étaient proscrites devant les enfants.

Haïm changea de sujet.

« Maintenant, l'administrateur empoche le peu de bénéfices de ma boutique. Mais ça va s'arranger. L'aryanisation, c'est pour faire plaisir aux Allemands.

— C'est certain, renchérit Dupuis. Les Chleuhs, ils sont corrects. Avec un *k*, *k*orrects. D'ailleurs, on ne les voit pas beaucoup dans le quartier. »

Après le dîner, Cécile servit du thé dans des petits verres au col étranglé et ciselé, rapportés d'Istanbul. À boire brûlant, en l'accompagnant de mimiques bruyantes, pour bien montrer son plaisir. Les Dupuis tentaient de se mettre au diapason, mais ce fut le café turc, le *cafiko*, qui remporta tous les suffrages plus tard dans la soirée.

« On doit d'abord le moudre dans un moule en cuivre gravé, expliqua Haïm. Puis on le chauffe dans ce récipient à long manche qu'on appelle un *librik*. Le café doit bouillir trois fois, et la cuillère tenir debout dans la tasse tant le marc et le sucre forment un mélange épais. »

« Il aurait pu enseigner », se disait Cécile. Cela l'aurait sans doute rendu plus heureux. Mais il n'avait pas eu le choix, il avait fallu trouver de l'argent pour la faire venir en France. Ce soir, elle éprouvait une gratitude rare envers Haïm.

Apporté sur un plateau doré, le breuvage dégageait un parfum entêtant qui se mêlait à celui de la *pitagra*, la pâte d'abricots qu'on servait avec.

« Une merveille, susurra Micheline Dupuis, qui avait pourtant commencé par goûter du bout des lèvres. C'est drôle, voilà dix ans que nous habitons le quartier, et je n'en avais jamais bu ! Pourtant des Turcs, ce n'est pas ce qui manque dans le coin ! »

Les Behar échangèrent un regard gêné. Évoquer l'origine de ses hôtes n'était pas très élégant.

À côté, Suzon sirota de la *vijna*, du sirop de cerise, pendant qu'Hannah lui montrait la mandoline maternelle, la collection de timbres de son père, les livres rangés par ordre alphabétique sur une planchette au-dessus de son lit.

« C'est chouette chez toi, chuchota Suzon. J'aimerais revenir. »

Finalement, tout s'était plutôt bien passé, se dit Hannah avant de s'endormir. Sauf au début, quand Cécile avait demandé aux fillettes d'aller à la *fontana*, la « fontaine » en espagnol. Hannah pouvait bien répéter à sa mère qu'on disait *lavabo*, Cécile ne démordait pas de sa *fontana*. Suzon avait réagi comme s'il était naturel d'avoir une fontaine dans un appartement et s'était lavé les mains en sifflotant. Épatante Suzon !

11.

Haïm étant fâché depuis toujours avec la mécanique, André Dupuis avait réparé le vélo d'Hannah qui gisait à côté des poubelles. Dupuis aimait les vélos, les bus et sa traction Citroën noire qu'il ne sortait que dans les grandes occasions. Il la bichonnait tous les week-ends, en short, dans la cour de l'immeuble. Ses jambes poilues qui dépassaient de dessous la voiture comme des membres sectionnés dégoûtaient un peu Hannah. Mais pour le changement du pédalier, elle l'avait remercié chaleureusement.

Haïm, qui ne voulait pas être en reste, s'était penché sur le dossier de prêt des Dupuis. André souhaitait acheter une terre dans la Creuse, près de chez sa sœur, pour sa retraite.

« Merci, mon vieux, si tu n'étais pas là, je ne m'en serais pas sorti. Les papiers et moi, ça fait deux... »

Les deux familles avaient fêté l'accord de la banque au café, en se promettant de fameuses parties de pêche pour leurs vieux jours.

Un dimanche, Dupuis avait emmené les Behar

pique-niquer sur les bords de la Marne. Après les œufs durs et le jambon, Micheline avait sorti un appareil photo pour immortaliser le déjeuner sur l'herbe. Hannah avait tenu à se brosser les cheveux. Suzon n'avait pas eu ces précautions, elle s'était ébouriffée avant de toiser l'objectif, les yeux fendus et la bouche mouillée. Heureuse d'être prise en photo, Micheline avait dit à Cécile :

« Elle est belle, votre fille. Vous pouvez être fière.

— Allons donc, elle est affreuse ! Regardez-moi ce teint vert ! »

Voyant Micheline interloquée, Haïm avait expliqué :

« Les Juifs turcs se méfient des compliments. Ils pensent qu'ils peuvent déchaîner le mauvais sort.

— Donc, pour être tranquille, mieux vaut être laide et bête ! s'était exclamée Suzon en riant. Ou en tout cas le prétendre !

— Tu as tout compris ! »

Pourchassée par les moustiques, Suzon s'administrait des claques sur les bras en rigolant : « Aïe !... Avec ma peau trop sucrée et ton teint vert, on fait la paire ! »

Les gamines avaient fini par se réfugier sous les arbres en s'écroulant de rire.

« On est bien ici, non ?

— Oui, on devrait camper toutes les deux.

— Et le matin, s'enthousiasma Suzon, on pourrait pêcher.

— Tu détestes le poisson ! répliqua Hannah. Alors au petit déjeuner ! »

Les mamans s'étaient endormies au soleil. André

en avait profité pour entraîner Haïm sur un terrain glissant.

« Dis donc, mon vieux, tu ne dois pas t'embêter avec les jolies clientes ! »

Haïm avait grimacé, gêné par cette gauloiserie. À vrai dire, les femmes ne l'intéressaient pas. La plupart du temps, il ne les remarquait pas, même lorsqu'elles laissaient entrouvert le rideau de la cabine d'essayage de sa boutique et passaient un soutien-gorge. Dans ces cas-là, il s'affairait ailleurs, pensait à Cécile et à ce petit miracle prénommé Hannah. La vie était douce malgré les Allemands.

Une autre fois, les deux familles s'étaient rendues au Magic de la rue Basfroi, l'un des neuf cinémas du quartier. Pour dix sous, on pouvait y voir *La Fille du puisatier*, de Marcel Pagnol, et un western américain. Il faisait si froid qu'André avait apporté une petite flasque d'alcool « pour se réchauffer » comme les cow-boys.

L'hiver était terrible en cette fin d'année 1940. Les températures chutaient au-dessous de zéro. On skiait à Saint-Cloud. À Vichy, il était tombé quarante centimètres de neige. Hannah suppliait ses parents d'aller faire de la luge au bois de Vincennes, mais les Behar ne tenaient pas à croiser des Allemands en goguette.

L'appareil photo de Micheline avait donné des idées à Cécile. Elle aussi voulait conserver des souvenirs, elle n'avait gardé aucune image de son enfance en Roumanie. Elle harcelait Haïm pour se rendre en famille chez le photographe du boulevard Richard-Lenoir. Haïm avait rouspété, avant de céder. Il avait enfilé son uniforme remisé au magasin. L'odeur de la naphtaline n'avait pas chassé les relents de peur et de mort qui imprégnaient sa tenue. L'odeur rance qui s'exhalait du tissu rappelait à Haïm les assauts guerriers du printemps, quand il fallait y aller, bousiller ces jeunes Boches qui n'avaient pas vingt ans, et auraient pu être ses fils. Tout ça pour en arriver à ce petit royaume de Vichy! Une France occupée, asservie par l'Allemagne. Qui l'aurait cru de ce pays qu'il aimait tant? Haïm s'était consolé devant la beauté de ses femmes. Timide face au photographe, Cécile arborait son manteau de fourrure et une capeline en paille de riz. Hannah resplendissait dans une robe en velours bordeaux. Un cadeau, avec un nœud dans les cheveux.

Enfin, après maintes tractations, les fillettes avaient arraché le droit de dormir ensemble un samedi soir chez Hannah. Elle en trépignait de joie. Comme munitions, Suzon avait apporté du vrai chocolat. Pendant que les parents dînaient chez M. Rosenblatt, les gamines s'étaient blotties sous la couverture. On lisait des illustrés, on devinait les mots qu'on se dessinait du bout de l'ongle dans le dos, on comptait les taches de rousseur sur les épaules de Suzon. Des jeux régulièrement interrompus par une séance de brossage de cheveux. Lissés cent fois, ils crépitaient dans un éther de volupté. À un moment, Suzon avait raconté l'histoire de l'écharpe rouge.

« Ma grand-mère l'avait tricotée pour moi. L'année dernière, elle est tombée d'un coup dans sa cuisine, morte. Toute seule à la campagne, près de Clermont-Ferrand... L'été, on allait chez elle, c'était chouette. Mieux qu'ici, je déteste la ville... Cette écharpe, je ne m'en séparerai jamais. Et je n'oublierai pas que c'est toi qui me l'as rapportée quand je l'ai perdue. »

Une confession en amenant une autre, Hannah avait parlé de sa mère qui pleurait souvent quand elle la croyait endormie. Elle ignorait la cause de ses sanglots, elle se retenait de la consoler. Elle devait rester à sa place d'enfant, même si la guerre, forcément, l'avait fait grandir plus vite.

« Moi, c'est ma mère qui me dispute tout le temps. Elle aurait voulu une petite fille modèle. Surtout après deux frères comme les miens ! Bref, je ne l'intéresse pas du tout, dit-elle, des regrets plein la voix. Tu as de la chance d'avoir des parents qui t'aiment. Je vois bien comme ils te regardent... Tu sais, chez nous, ça crie beaucoup. Ma mère en a souvent contre mon père, qui travaille dur pourtant. Elle, elle passe son temps à dépenser les sous ! Enfin, ils se réconcilient sur l'oreiller... »

Hannah ignorait ce que fabriquaient ses parents sur l'oreiller.

À la maison, on parlait d'arrestations de Juifs étrangers. Tout proche, le gymnase Japy faisait office de centre de rassemblement. Au printemps, six cents hommes du XIe avaient reçu une convocation par la poste, sous la forme d'un billet vert. Il fallait se rendre au commissariat avec un membre de sa famille ou une connaissance, pour « un examen de situation ». Piège parfait : ils avaient été retenus par la police, et ceux qui les accompagnaient devaient aller chercher leur valise. On ne les avait jamais vus revenir. L'angoisse des adultes voyageait vers des villes inconnues. Pithiviers, Beaune-la-Rolande, Drancy. En août, la police française avait bloqué les rues du quartier, fermé les stations de métro, emmené des pères de famille, des vieillards, des étudiants, des blessés de guerre, tous étrangers. Le serrurier mutique avait fait partie du voyage. Ces gens, disait-on, avaient été « transférés ». Vers où ? Et pourquoi ? Parce que leurs noms étaient trop difficiles à prononcer...

Un jour, en rentrant de l'école, Hannah avait trouvé une tache claire à la place de la TSF. Comme tous les Juifs, Haïm avait dû apporter son poste à galène au commissariat. Elle se sentait trahie par son père qui s'était plié à cette réquisition. Pour elle qui avait appris à se réveiller et à s'endormir en écoutant les nouvelles, c'était comme si les Allemands avaient dérobé une part de sa vie. Bientôt ils voleraient peut-être ses jouets, sa collection de timbres. Elle ne pouvait plus aller jouer au manège de la place Voltaire ou au square. Pas le droit de monter ailleurs que dans la dernière voiture du métro, désormais réservé aux Juifs, ou de sortir après 20 heures. Et mieux valait obéir. Les « hirondelles » de la gendarmerie qui circulaient par deux sur leurs vélos noirs ne plaisantaient pas.

Les Behar avaient l'impression qu'une vie s'organisait sans eux, qu'on les rayait lentement de la photo, qu'ils seraient bientôt invisibles. Cécile craignait de revivre le cauchemar roumain. Les affiches stigmatisant les Juifs, les injures à l'école, la populace poussant les vieilles Juives du tramway et renversant leur cabas par terre. À l'époque, elle priait pour qu'on la croie chrétienne. Avec ses cheveux blonds et ses yeux clairs, c'était plausible. Elle avait honte de ce reniement, mais préférait la honte à la peur. Elle gardait un terrible souvenir d'une promenade sur une avenue de Bucarest avec sa cousine Ida. En s'amusant à sauter du trottoir, la petite qui devait avoir sept ans avait innocemment bousculé un sergent. L'homme avait saisi le bras de la gamine et l'avait cassé en deux, comme on brise une branche morte. Le craquement résonnait encore dans le crâne de Cécile. Où vivait Ida aujourd'hui ? On n'avait plus de nouvelles de la Roumanie. L'Est semblait avoir disparu, avalé par les nazis.

« Il faut s'en aller, répétait Cécile, tout cela va mal finir.

— Où veux-tu partir ? répliquait Haïm. En zone libre, on ne connaît personne.

— Il y aura bien des paysans pour nous cacher, moyennant finances.

— On ne risque rien, martela Haïm. Le consulat général de Turquie a protesté dès le début contre le statut des Juifs qui spolie ses ressortissants et permet d'interner les étrangers. Quand quelqu'un est arrêté, les autorités se débrouillent pour le faire sortir s'il possède un passeport en règle. On n'est pas en Pologne ou en Roumanie. Il y a encore des lois. »

Cécile se réfugiait dans le silence. Comment son mari, intelligent et cultivé, pouvait-il s'aveugler sur la nasse qui se resserrait sur eux ? Instinctivement, elle savait que le piège se refermerait bientôt sur les Juifs étrangers ou apatrides, mais aussi sur les israélites de souche, comme on disait pudiquement, les Juifs français citoyens depuis la Révolution. Elle aurait dû écouter son père qui lui conseillait d'attendre avant de se marier. Mais elle avait tant voulu quitter Bucarest, avoir un mari et des enfants, qu'elle s'était donnée au premier prétendant. À présent, dans le XIe arrondissement de Paris, elle se découvrait aussi démunie que face au sergent tortionnaire de son enfance roumaine.

Dès que la cloche retentit, des grappes de filles s'égaillèrent sur le trottoir. Hannah joua des coudes pour atteindre la rue. Elle eut à peine le temps de dire au revoir à Suzon que Cécile la tirait déjà par le bras, en jetant des regards apeurés aux alentours. Hannah se trouvait assez grande pour rentrer seule, mais sa mère avait décidé que ce serait ainsi désormais, tous les jours. Et tant pis si les autres filles se moquaient d'elle. Drapés dans leurs pèlerines, deux policiers suivirent Cécile du regard. Hannah courait presque pour rester à sa hauteur. Arrivée à la maison, la sueur coulait entre ses omoplates, sur sa poitrine, et jusque dans sa culotte. Les grands-parents étaient là, devant leur thé. Hannah se jeta dans leurs bras. Ils paraissaient ne pas la voir. Les adultes ressemblent à des pantins aux visages démantibulés.

« On n'est pas des animaux, s'emporta Cécile, ni des bêtes à marquer au fer rouge. Dis-moi, Haïm, qu'on ne la portera pas, cette étoile.

— Mais tu n'as pas le choix, soupira-t-il. Sinon, tu es hors la loi.

— C'est infamant ! Du bétail...

— C'est vrai », chuchota Haïm, gêné d'échapper à cette étoile devenue obligatoire pour tous les Juifs de plus de six ans, sauf pour les ressortissants d'un pays neutre, comme la Turquie, l'Espagne ou la Suède.

Ce genre de ségrégation n'avait rien de nouveau, mais Haïm préférait taire qu'au Moyen Âge, on distinguait déjà les Juifs des Chrétiens. Louis XI avait même prescrit le port de deux insignes pour les Juifs, l'un dans le dos, l'autre sur la poitrine, dès quatorze ans. L'Histoire n'avançait pas, elle reculait.

Cécile cacha son visage dans ses mains. On aurait dit qu'elle avait rétréci. Jo sortit de son silence :

« On se doit d'être en règle, *mi korazon*, c'est trop dangereux. Même les 2000 Juifs du Levant qui ont participé à la Première Guerre doivent la porter, même ceux qui y ont perdu une jambe ou un bras. »

Haïm pensait aux nombreux Juifs du quartier, polonais et roumains, qui avaient choisi le combat clandestin. Communistes ou sympathisants, OS ou FTP-MOI[1], engagés dans la Résistance. Des gosses de dix-huit à vingt ans qui habitaient rue Basfroi ou rue des Immeubles-Industriels, et jouaient encore au ballon dans la rue, il y a un an. Pourquoi ne pas les rejoindre ? À quarante-trois ans, il se sentait trop vieux pour frapper les Allemands en pleine rue. Il

1. OS : Organisation spéciale. FTP-MOI : Francs-Tireurs et Partisans français-Main-d'œuvre immigrée. (*N.d.A.*)

avait une famille à protéger, des beaux-parents pour qui ses contacts au consulat pouvaient être vitaux. Bien sûr, les résistants avaient aussi une famille, mais il n'avait pas l'étoffe d'un guerrier, pas envie de tuer, même un Allemand. La guerre lui avait au moins appris cela : pacifiste, contemplatif, intellectuel, voilà sa nature. Dans sa bouche, il sentit le renoncement, la peur et la honte.

« Pourquoi papa ne la porte pas ? On a fait quelque chose de mal ? »

Aux Jeannettes, Hannah avait entendu dire que les Juifs avaient tué Jésus. Mais cette étoile n'avait quand même pas de rapport avec cette histoire vieille de deux mille ans...

« Mais non, répliqua Cécile. C'est une décoration. Papa est turc, c'est pour ça qu'il n'y a pas droit. Simon non plus. »

Tous finirent de dîner en silence, enfermés dans leurs pensées étoilées.

Il fallut bien la coudre, cette étoile jaune, achetée par Haïm en plusieurs exemplaires.

Agenouillée devant sa fille, Cécile tirait sur le fil. Un voisin nommé Abecassis s'était contenté d'agrafer son étoile. On l'avait poussé dans un panier à salade au coin de la rue. Sa femme, qui venait d'accoucher, courait partout tel un animal affolé. Mais cela, Hannah ne le savait pas. Elle se hissait sur la pointe des pieds pour se regarder dans le miroir de l'appartement.

« On pourrait aussi mettre une étoile de shérif à Ferdinand ! »

Ferdinand était le nom du mannequin sur lequel

sa mère essayait les robes, les complets, les pantalons. Au début, il effrayait Hannah, surtout à la tombée de la nuit, avec ses longs bras, son ombre squelettique. Mais, comme le poêle, elle l'avait apprivoisé en grandissant. Dans le quartier, il y avait toujours un Ferdinand quelque part. Peut-être veillait-il sur chaque enfant.

L'épicier, le boulanger, la marchande de bonbons qui vendait pour un sou percé des roudoudous, arboraient aussi le nouveau signe. Même la dame court vêtue du coin de la rue, celle que la guerre mettait en Führer, et qui riait moins dorénavant.

« Ils sont tous juifs, ces gens-là ? demanda Hannah. Je n'aurais jamais cru. »

Un vrai club. Pour un peu, elle aurait éprouvé de la fierté, elle aurait bombé le torse. À l'école, Suzon n'avait pas manqué de plaisanter :

« Eh bien, tu vois, c'est toi qui te fais remarquer, maintenant ! Pas mal, ton déguisement, finalement ! »

Mais beaucoup d'autres filles la regardaient d'un air hostile, qui lui nouait l'estomac. Elle ressentait une sorte d'amertume, de nausée. Elle aurait eu envie de l'arracher, cette étoile de malheur. Suzon lui gloussa à l'oreille : « Mais ma petiote, je rigole ! Étoile ou pas étoile, je t'aime, moi ! »

Quand elle marchait dans la rue avec Suzon, son amie lui prêtait l'écharpe rouge, qu'elle conservait dans son sac malgré la douceur de mai. L'étoffe cachait l'étoile et elle sentait bon la menthe poivrée. À l'école, pas mal de filles portaient l'insigne jaune. Elles se retrouvaient souvent au fond de la classe, punies. Des élèves en profitaient pour régler leurs comptes quand on se mettait en rangs. Les Juives essuyaient des coups de coude ou de pied. Parfois un crachat dégoulinait sur les manteaux. La marche à l'étoile : pour parer aux attaques, les parias se déplaçaient en groupe, les plus petites au milieu, on aurait dit l'armée romaine. Hannah restait collée à Suzon qui fusillait du regard celles qui osaient s'en prendre à son amie.

Hannah ne confiait rien de ses tourments à ses parents. Elle craignait de les inquiéter, d'être retirée de l'école, comme d'autres filles. Cela aurait été une catastrophe. Des journées entières à la maison, à s'ennuyer.

Cécile enrageait d'exhiber en public ce qu'elle comparait à un tatouage de gibier. Pourtant elle devait récupérer des vêtements, livrer les commandes, gagner quelques sous. Elle partit chargée de serviettes dans son grand cabas, vers Nation, à l'autre bout de l'arrondissement. Quand une voiture allemande la croisa, elle se figea. Pour rien. Elles étaient des centaines « marquées » comme elle, et les Boches avaient mieux à faire que de s'en occuper. Au feu rouge, une dame coiffée d'un chignon, mise bourgeoisement, l'accosta. Cécile sursauta, mais la femme lui sourit.

« Je suis catholique. Et j'ai honte pour mon pays, vous savez. »

L'inconnue lui effleura l'épaule puis s'éloigna à petits pas. Cette effusion inattendue rasséréna un peu Cécile. Ainsi quelques-uns se rendaient compte de ce qui se passait malgré l'humiliation collective, les difficultés, le rationnement. Pour protester contre la discrimination, on racontait que des Parisiens fabriquaient des fausses étoiles marquées Auvergnat, Swing ou Clown. On apprendrait plus tard que ces résistants d'un autre genre avaient été arrêtés et envoyés à Drancy, pour de longs mois. L'indignation n'avait pas droit de cité.

En ce printemps 1942, les températures grimpèrent inexorablement. À l'intérieur, les petites fenêtres des immeubles laissaient à peine passer l'air. Dehors, le soleil s'était assis sur la ville, les trottoirs semblaient fermenter sous le feu des rayons. Hannah et Suzon se trouvaient à court d'idées. Plus de square (« interdit aux chiens et aux Juifs »), plus de cinéma, plus de bibliothèque, de musée. Plus de vélo non plus, puisque ce moyen de locomotion aussi était interdit.

« Comme si j'allais m'enfuir à Nice à bicyclette ! » s'énerva Hannah. Elle lança des coups de pied dans la poubelle, s'épuisa à la corde à sauter, enchaîna les parties de marelle avec Suzon qui se contentait, pour une fois, de lire à l'ombre. Elle sentit la colère l'envahir devant les épaules voûtées de son père, les mains tremblantes de sa mère. Elle se serait bien installée chez Suzon. Chez les Dupuis, on riait, on se disputait, on continuait à vivre comme avant.

Restait l'heureuse perspective du spectacle de danse de fin d'année. Mme Irina avait vécu la révolution de 1917 en Russie, la confiscation de sa fortune par les bolcheviques : les Boches ne lui faisaient pas peur. Malgré la canicule, les deux amies s'entraînaient tous les jours. Suzon multipliait les figures, passait en force, comme un taureau lâché dans l'arène. Plus agile, Hannah enchaînait les entrechats, travaillait sa technique, répétait chaque geste, jamais satisfaite.

Elles s'attardaient sur le chemin du retour, buvaient de grandes goulées d'eau fraîche au robinet de la cour en s'aspergeant. Ce plaisir-là, au moins, ne leur était pas retiré. Le soir, la saine fatigue des exercices permettait à Hannah de s'endormir sans se poser de questions.

Ce matin, Cécile faisait la queue devant l'épicerie. Elle tricotait, assise sur un pliant. Plus d'une heure pour de la farine. Sur le trottoir, Hannah travaillait sa danse en fredonnant. Un elfe blond. Mme Irina s'approcha, l'air gêné. Son rouge à lèvres avait migré sur ses dents et lui donnait l'allure d'un vampire.

« Hannah ne pourra pas participer au spectacle la semaine prochaine...Vous savez, ce ne serait pas prudent, surtout en ce moment. J'ai aussi enlevé les petites Polonaises, on ne sait jamais. Je ne fais pas de politique, mais on doit faire attention... »

Hannah devint pâle, crayeuse. Sans un regard pour Mme Irina, Cécile plia sa chaise et entraîna sa fille, qui la suivit comme une somnambule.

Dans la nuit, une crise d'asthme l'avait saisie. Elle avait cru se noyer, mais c'était moins douloureux que l'humiliation éprouvée devant l'épicerie. Elle se sentait coupable. Mais de quoi ?

« Plus tard, Hanum, plus tard, tu es trop petite pour comprendre. »

La journée, sa mère la couvait. Le soir, son père

lui chantait *Aux marches du palais* ou lui récitait Musset : « Dans Venise la rouge, / Plus un bateau qui bouge, / Pas un pêcheur dans l'eau, / Pas un falot », espérant la tirer de son hébétude. Dans ses yeux, la lueur qui ne s'allumait que pour sa fille avait perdu de sa magie. Cette fois, il ne pouvait rien pour elle : incapable d'imposer sa présence au ballet, il s'avouait vaincu. Un soir, Hannah avait senti une rivière couler dans ses cheveux, mouiller son cou. Cécile pleurait, penchée sur elle. Interdite, elle avait reçu cette chaude pluie maternelle à la façon d'une offrande.

Au bout de quelques jours, décrétée guérie, elle avait dû retourner à l'école. Et Suzon avait couru vers elle.

« J'ai eu peur ! Il faut reprendre les répètes. On va être les meilleures !

— Je n'en ai plus envie. Et puis, je danse trop mal. »

Pour ménager son amie, Suzon entra dans son mensonge, se priva du ballet et des bravos.

« Si tu n'y vas pas, moi non plus ! Il fait trop chaud. Et de toute façon, en ce moment, ils sont tous toqués, les adultes. »

12.

Malgré l'asthme, les questions sans réponse, la tristesse de ne pouvoir danser, Hannah cumulait en cette fin d'année le prix d'excellence et un prix d'honneur. Quand la directrice avait déposé la couronne de roses sur sa tête, elle avait triomphé. Elle brillait plus que son étoile jaune.

Suzon était rentrée chez elle bredouille. Mais elle s'en moquait, et son père aussi. M. Dupuis considérait les études comme un luxe, surtout pour une fille. Il avait promis à Suzon de l'emmener faire du vélo dans les champs autour de Paris. En ce début d'été, elle ne rêvait que de nature, de liberté. Les Allemands qui occupaient la capitale ne l'empêcheraient pas de revenir les joues roses de ses randonnées.

Pour Hannah, l'arrivée des vacances sonnait comme un glas. La piscine et les jardins lui étaient désormais fermés. « La cabine téléphonique aussi, au cas où je la contaminerais », précisa-t-elle ironiquement. Il lui restait les parties de dominos, de rami et la lecture à la fraîche de *Sans famille* avec Suzon.

Tous les jours, elle accompagnait sa mère faire

les courses. Tâche de plus en plus pénible. Les magasins étaient interdits aux Juifs, sauf entre 15 et 16 heures. À l'heure où les étals étaient vides ou fermés, Hannah imaginait des tomates farcies, des *filas*, cette pâte feuilletée qu'on fourre aux noix ou aux amandes. Ce menu maternel d'il y a trois ans seulement, une éternité. À la place, elle avalait des cornichons, de la bouillie Blédine, des biscuits vitaminés distribués à l'école et qu'elle avait stockés sous son lit. Les biscuits du Maréchal. Pas fameux mais suffisants pour se caler l'estomac. Même si l'on trouvait quelque chose de convenable, les prix demeuraient prohibitifs. 2 000 francs le kilo de beurre, rue de la Roquette. Qui pouvait se le permettre dans le quartier ? Odette avait perdu ses rondeurs affables et sa joie de vivre. Désormais elle saluait à peine Hannah et serrait son fils contre elle, avec un air inquiet. On racontait que son mari était parti à Londres, qu'il combattait en Afrique. Cela paraissait impensable, et surtout si loin.

Cécile se rendait parfois au comité Amelot, qui organisait une cantine pour les plus démunis. Une soupe chaude et un sourire distribués à toute vitesse par des volontaires juifs surchargés. Pour y arriver, il fallait passer devant l'immense affiche à la gloire de Pétain : « Êtes-vous plus français que lui ? » Chaque fois qu'Hannah croisait cette affiche, elle rentrait la tête dans les épaules et se posait une autre question. Pourquoi cet homme ne les aimait-il pas ? On disait qu'il avait été courageux à Verdun. Depuis qu'il avait quitté la capitale pour Vichy, il semblait avoir oublié le peuple de Paris.

« Quand même, c'est curieux, réfléchit Suzon tout haut. À la radio, ils disent que vous êtes pleins aux as, que vous raflez tout au marché noir. C'est pas vrai, hein ?

— Non, répondit Hannah en fixant ses poignets maigrelets. Mais j'aimerais bien, parfois... »

Suzon ne savait plus qui ou quoi croire. Les seuls Juifs qu'elle eût jamais connus étaient les Behar. Elle avait partagé leurs repas, ri avec eux, joué aux cartes avec les grands-parents. Ils étaient comme une autre famille, celle qu'elle se serait choisie. Pourtant dimanche, ses parents et elle étaient allés voir l'exposition sur les Juifs au Palais Berlitz. « Sur les photos, ils ont des oreilles décollées, de drôles de nez, des ongles crochus. Très moches. Je ne comprends pas, ils ne vous ressemblent pas du tout. Ni à toi ni à tes parents. Tu sais pourquoi ils vous aiment pas, les Allemands ?

— Ma mère, elle dit que ça fait longtemps. Être juif, c'est avoir la trouille, tout le temps. Elle doit savoir. »

Suzon taisait la foule massée boulevard des Italiens, la joie goguenarde du public devant les caricatures, les marchands de mauvais souvenirs sur les trottoirs. C'est M. Dupuis qui avait tenu à visiter cette exposition vantée par le bouche à oreille. Pour une fois, la mère et les frères de Suzon étaient partants, presque enjoués. D'ailleurs, après avoir fait la moue devant tant de laideur, Micheline avait proposé d'aller manger une glace au café avec de la vraie crème chantilly. Si le prix de la paix familiale devait s'acquitter par la visite d'une expo nauséabonde, Suzon l'acceptait volontiers, d'autant que la crème fraîche était surmontée d'une cerise.

13.

Ce matin, Mme Vaqueros avait grimpé très tôt les marches de l'escalier. Essoufflée, et bouleversée. Ses grosses joues tressautaient comme un flan.

« Pour vous, c'est dangereux ! Normalement, ils n'arrêtent que les hommes, mais cette fois, ça a l'air plus important. Une rafle, avec les femmes et les enfants, vous ne devriez pas dormir ici. »

La concierge savait de quoi elle parlait. Chassée d'Espagne par Franco, elle détestait les dictatures, « Pétain et sa clique », comme elle disait. Ses amis cheminots lui donnaient des renseignements souvent fiables, très différents de la propagande officielle que personne n'écoutait. Quelque chose d'énorme se tramait, juste après la fête du 14 juillet. Dans les commissariats, partout dans Paris.

Haïm et Cécile tournaient en rond dans la pièce. Malgré les fausses rumeurs de rafles ces dernières semaines, ils étaient persuadés que Mme Vaqueros disait vrai. Ils devaient fuir, en tout cas pour cette nuit.

Une solution s'imposa assez vite : s'abriter chez

Mme Leenhardt, une cliente protestante de Cécile qui habitait place de la République. La dernière fois, la vieille dame lui avait glissé un billet plié en quatre : « Madame Behar, en cas de problème, quel qu'il soit, n'hésitez pas, vous pouvez toujours venir chez moi. L'appartement est bien trop grand depuis la mort de mon mari. Cela me fera plaisir d'avoir de la compagnie. »

Savait-elle qu'il y aurait des opérations de police d'envergure ?

Direction place de la République où se dressait un bel immeuble à balcons fleuris. Avant de sortir, Cécile avait enfilé les manteaux d'Hannah les uns sur les autres, Haïm avait passé deux pantalons, trois pulls, deux vestes. Presque toute sa garde-robe, au cas où. Ils ressemblaient à des Esquimaux, engoncés dans leurs vêtements d'hiver, sous un ciel chauffé à blanc. Comment marcher dehors ainsi accoutrés ? On allait les repérer à cent mètres ! Hannah regardait sa mère dont les lèvres tremblaient. Malgré les efforts de Cécile qui avait supplié, sangloté, exigé, Jo et Rachel avaient décidé de rester chez eux. Trop vieux pour déménager à la cloche de bois. Et puis, qui s'en prendrait à deux personnes âgées ?

Dans la rue, on s'apostrophait, on plaisantait d'un immeuble à l'autre. Les rempailleurs et les canneurs étaient sortis sur le trottoir. Au loin, un accordéon jouait les mesures d'une rengaine entêtante qui donnait envie de danser : « Paris, c'était la gaieté, c'était la douceur... » La ville chaude et vibrante nimbait les passants d'une lumière beurrée. Seuls les Behar se pressaient.

« Si on nous attrape, fais comme si tu ne nous connaissais pas. Surtout ne te retourne pas, continue à marcher et va chez tes grands-parents. Tu m'as compris, Hannika ? »

La petite n'avait rien répondu et avait suivi ses parents, boudinée dans ses couches de vêtements. En arrivant chez Mme Leenhardt, ils ruisselaient, une douche tout habillés.

Il fallait éviter de faire du bruit à cause des voisins. Le type du dessous traficotait avec les Allemands, du commerce de tableaux. De toute façon, Hannah n'avait pas l'habitude de parler la bouche pleine, et chez Mme Leenhardt, elle pouvait se rassasier de poulet, de pommes de terre, de pain d'épices.

Ancienne bibliothécaire, Mme Leenhardt entassait ses livres sur les étagères, les tables, les guéridons et jusque sur son plancher verni. Ce fouillis littéraire séduisait autant Hannah qu'il gênait sa mère. Cécile aurait bien proposé de remettre un peu d'ordre dans tout ça, mais elle craignait de vexer cette femme généreuse et excentrique. Pendant que ses parents dormaient dans la chambre d'amis, Hannah se plongeait dans de vieux volumes. Elle aimait caresser les couvertures, ouvrir leurs pages comme une malle au trésor. Les livres et leurs personnages lui paraissaient parfois plus réels et plus proches que la vie qu'elle menait sous une mauvaise étoile.

Deux jours plus tard, le danger semblait passé,

on pouvait rentrer. Hannah serait bien restée, personne n'aurait eu l'idée de la chercher chez celle qui aurait pu être sa grand-mère. Hannah Leenhardt, ça sonnait bien. D'ailleurs la voisine au grand cœur lui avait dit de revenir quand elle le voulait. Hannah, un peu coupable à l'égard de ses grands-parents, écourta les au revoir. Elle n'aimait pas les baisers mouillés des adultes, sauf ceux de son père et de sa mère.

Dès les premiers pas dans la rue, l'atmosphère de désolation était palpable. Les magasins fermés, les passants rares, les fils de couleur abandonnés par les tapissiers sur le trottoir. Laissant Haïm et Hannah rentrer seuls rue Popincourt, Cécile courut chez ses parents. Elle sonna plusieurs fois à leur porte, qui finit par s'ouvrir, peureusement.

« Laisse-moi entrer, maman. C'est Cécile. Nous sommes tous sains et saufs. C'est terminé.

— Ah, ma fille, c'est toi !

— Oui, maman. Tout va bien, je suis là. Laisse-moi entrer. »

Mais Rachel bloquait la porte, comme si elle voulait protéger Jo avec son corps ; sa petite taille, ses rondeurs cachées sous une pauvre robe bleue qui flottait désormais comme un drap d'hôpital rendaient la tentative impossible, presque grotesque. Jo se tenait tout droit, adossé contre le mur, une poêle à la main. Cécile en aurait presque ri, si elle avait pu. Le plus futé de ses deux parents n'était pas celui auquel on pensait. Rachel faisait don de son corps, de tout son être pour protéger son grand mari. Il fallut encore une longue minute avant que la vieille dame au regard fixe ne cède et ne laisse le passage à sa fille.

Leurs visages ravagés reflétaient l'horreur de ces longues heures de cris, de bousculades, de pleurs. Deux jours à rester collés l'un à l'autre sur le canapé ou dans le lit, à attendre la police. Par bonheur, leur fille, Hannah et Haïm étaient sains et saufs.

Cécile embrassa encore ses parents, avant de filer chez elle. Une voisine qui vit arriver les Behar en file indienne les accueillit en leur racontant un cauchemar.

Quatre mille cinq cents policiers et gendarmes français en uniforme, certains en imperméable et chapeau mou, cognant aux portes munis de listes en bristol rose et blanc, les gardes mobiles, les élèves de l'école de police, la police judiciaire, demandant aux mères de famille de préparer des affaires pour deux jours, du lait pour les bébés. Des enfants sortis du lit, pâles et apeurés, tels les effarés de Rimbaud. Des familles poussées dans les escaliers, à coups de crosse ou de pied, un baluchon pour tout bagage. Les injures, les cris, l'effroi. La plupart montaient calmement dans les autobus à plate-forme. D'autres hurlaient, se débattaient. Les commissaires de police avaient donné l'ordre de tirer sur ceux qui s'enfuyaient. Une femme s'était jetée du troisième étage avec deux bambins. Sa tête avait fait un bruit de noisette écrasée sur le trottoir. On avait caché les yeux des enfants, qui avaient pourtant tout vu, la rigole de sang sur les pavés, les petits sous le corps de leur mère. Mme Vaqueros s'était évanouie. Finalement, tous ou presque étaient partis, laissant ici un gilet, là un nounours comme seules traces de leur passage.

« On aurait dit des charrettes de condamnés, pleura la voisine, vous ne pouvez pas imaginer. »

Des voisins avaient posé des questions, Odette avait essayé de prévenir tout le monde en hurlant. Un policier lui avait envoyé une claque et elle avait répliqué, hors d'elle. René s'était accroché à sa mère, terrifié qu'on l'emmène. Il avait déjà presque oublié le visage de son père, ne pouvait supporter qu'elle s'en aille, elle aussi. Où l'on envoyait les Juifs, avait hurlé le flic à la gueule d'ange, ne regardait pas les Français. Ceux-ci n'avaient qu'à rentrer chez eux, faire comme si rien n'avait eu lieu. Une matinée ordinaire, en somme.

Dans l'immeuble des Behar, le silence leur tordait les tripes. Haïm ressortit et fila à l'Istanbul, aux nouvelles. Il revint plus tard, le visage en cendres. Son manteau flottait sur ses épaules affaissées. Il avait maigri en quelques heures.

« Les Grünenbaum sont partis, chuchota-t-il à Cécile. Les Gabai aussi. Comme les quatre filles de Mme Esther. »

Simon avait eu de la chance. Il s'était caché dans une chambre de bonne chez un copain, porte de Clignancourt. Mme Toledo avait réussi à confier sa petite de quatre ans au plombier de la rue Basfroi, juste avant de monter dans le bus avec sa mère sourde qu'elle n'avait pas voulu abandonner. Les hommes, les femmes, les enfants, les malades comme les vieux, tous étrangers ou apatrides, allaient être parqués dans le XVᵉ arrondissement, au vélodrome d'Hiver – le Vél' d'Hiv', comme disaient Suzon et son père, avec des étoiles dans les yeux, tant on s'y amusait en de glorieux combats sportifs. Là-bas, ils attendaient sans eau ni nourriture, dans des conditions d'hygiène épouvantables. Des femmes avaient dû accoucher à même le sol. Près de 13 000 personnes avaient été arrêtées au cours de ces deux jours et ceux qui avaient pu échapper aux rafles erraient maintenant dans le quartier, certains en pyjama, sans oser rentrer chez eux. Les concierges avaient reçu l'ordre de prévenir la police et seraient tenus pour responsables, au même titre que les voisins, s'ils cachaient des Juifs.

Les Allemands ne masquaient pas leur mécontentement : on était très loin des chiffres espérés, 11 000 Juifs manquaient à la rafle. L'ogre avait encore faim.

« C'est de la folie, Haïm, ils vont tous nous tuer ! » s'affola Cécile.

Haïm essayait de la rassurer, sans conviction.

« Peut-être les emmènent-ils travailler en Allemagne, je ne sais où.

— Des enfants, des mourants, des paralytiques, des vieux ! s'indigna Cécile. Tu crois vraiment qu'ils vont pouvoir travailler ? »

Plus tard, ils allaient apprendre que M. Rosenblatt avait lui aussi reçu la visite des policiers. M. Rosset, le voisin du dessous, avait tout vu. Les hommes en uniforme qui tambourinaient à la porte du vieillard qui tardait à ouvrir, à cause de sa chaise roulante. Quand il avait entrebâillé la porte,

M. Rosset l'avait aperçu, droit comme un I, sa médaille d'officier de la Légion d'honneur et sa croix de guerre 14-18 épinglées sur son costume.

« Que me voulez-vous ? J'ai fait la guerre, moi. La vraie. J'y ai perdu mes jambes.

— Tais-toi, on s'en fout, sale youpin. »

Il y avait eu un bruit de vaisselle cassée, de chaises renversées.

« Votre Pétain n'est qu'une lavette, avait tonné M. Rosenblatt. Et à Verdun, c'est Nivelle qui a fait tout le boulot. Blum n'aurait jamais permis une telle honte. »

Une gifle était partie, des coups aussi, sans doute. Le valeureux M. Rosenblatt se battait encore, au fond de sa chaise.

« Vous n'avez pas le droit, laissez-moi tranquille ! »

Furieux de sa résistance et des injures qu'il leur lançait à la tête, les policiers avaient fini par le pousser à grands coups de pied sur le palier.

« Bande de misérables, vous le paierez ! » avait encore entendu M. Rosset, avant de voir le fauteuil dévaler l'escalier, basculer dans le vide, en éjectant le corps désarticulé du vieil homme. Tué sur le coup. Laissé là, par terre, sur le palier des Behar. Pas de morgue. Un enterrement express à Bagneux, dans une tombe collective.

« Et lui aussi aurait été utile au IIIe Reich, peut-être ? » avait hurlé Cécile, en pleine crise de nerfs.

Haïm lui avait fait signe de se taire. Recroquevillée sur son lit, Hannah avait tout entendu. Sonnée, elle n'avait manifesté ni son chagrin ni sa rage. Les adultes lui avaient menti. On lui avait expliqué qu'à la guerre, seuls les soldats mouraient. Or si l'on s'en était pris à son vieux voisin comme aux filles de Mme Esther, tout le monde était en danger. Pour elle qui vénérait les adultes, le choc était immense. Elle ne pouvait plus leur faire confiance. Terminé. Où avait-on emmené ses quatre petites voisines? Un pan entier de sa vie, celui où elle se sentait en sécurité, chez elle, dans sa rue, dans son immeuble, s'écroulait.

Sa nuit se peuplait désormais de créatures effrayantes. La Gestapo, Hitler, la police française couraient à ses trousses. Des uniformes bruns, des cirés noirs, des soldats en kaki voulaient s'emparer d'elle, l'éloigner de ses parents. Pourquoi? Dans son sommeil, les réponses lui échappaient. Il fallait demander à Suzon, elle saurait, elle. Elle rêvait qu'elle se cachait dans la valise que sa mère avait préparée et glissée sous son lit. Au cas où...

14.

Un jour de printemps, Haïm revint du consulat général de Turquie, livide. Il s'assit face à la table, cacha son visage dans ses mains, éclata en sanglots. Cécile et Hannah se figèrent.

« Papa, papa, qu'est-ce qu'il y a ? »

Hannah n'avait jamais vu son père pleurer ainsi, se liquéfier, s'effondrer comme une marionnette. C'était à la fois terrifiant et libérateur. Il avait enfin enlevé son costume d'adulte raisonnable, d'éternel optimiste. Il semblait perdu, mais aussi, pour la première fois depuis son retour de la guerre, enfin là, vraiment de retour, près d'elles. Maintenant, il allait agir, il les sauverait. Forcément. Il fallut plusieurs minutes pour qu'il arrive à s'exprimer. Son ami du consulat avait confirmé les rumeurs alarmistes qui bruissaient dans la communauté judéo-turque. Le consulat, poussé à bout par les nazis, était désormais incapable d'assurer la sécurité de ses ressortissants juifs. Par le passé, les autorités turques s'étaient battues contre les expropriations, pour libérer de Drancy les Juifs turcs en règle, et permettre à quelques-uns de récupérer leur logement. Pas toujours avec succès, mais tout de même. Mais maintenant les Allemands exigeaient immédiatement leur part de chair humaine. Les nouvelles venues de l'Est avaient un goût de sang. On parlait de ghettos vidés, d'enfants assassinés, de fosses, de balles dans la nuque. Tout le monde pouvait être arrêté, déporté, séparé des siens. Il fallait fuir, les bourreaux gagnaient du terrain. Un jour, les hommes, les vrais, reviendraient, se persuadait Haïm, mais en attendant, où mettre sa famille à l'abri ? Comme tous les gens du quartier ou presque, Haïm ne connaissait personne en zone libre, ni frère ni cousin. Aucun collègue de travail non plus, puisqu'il trimait seul, avec quelques pauvres bougres qu'il payait à la journée les bons mois. Étranger il était, étranger il resterait. Et puis, il y avait la question financière. Le peu d'argent qu'il avait réussi à mettre de côté avait fondu. L'administrateur provisoire ne lui versait rien. Et Cécile n'avait plus le droit, officiellement, de travailler. Sans connaissances en province, sans argent, comment pouvait-il protéger ses femmes ?

Pendant que Haïm arpentait le quartier, cherchant dans les conversations de quoi calmer son angoisse, Cécile réfléchissait. Un matin, elle mit une jolie robe, se coiffa, se maquilla. En s'apercevant dans la glace, elle s'observa froidement. Elle avait tant perdu de poids que sa tenue, autrefois ajustée, pendait au niveau de la taille. De grands cernes que la poudre n'arrivait pas à camoufler lui mangeaient le visage. Mais au moins, elle était propre et bien mise. Elle traversa la cour et monta chez les Dupuis. Le tapis faisait comme un coussin sous ses pieds. Elle aurait volontiers dormi là, dans l'obscurité. Elle dut s'y reprendre à deux fois avant de grimper l'escalier. Elle se sentait si faible, si usée, à même pas quarante ans. À table, elle se restreignait pour donner davantage à sa fille. Au bout d'un certain temps, son estomac avait capitulé. Décidément, sa vie n'avait pas tourné comme elle l'avait imaginé lorsque, ravissante et le cœur gonflé d'espoir, elle avait quitté son quartier miséreux de Bucarest pour les fastes d'Istanbul. Mais assez d'apitoiement. Elle avait une idée pour Hannah et devait en parler à Mme Dupuis.

Micheline parut surprise de trouver Cécile sur le palier. Elle portait un peignoir rose trop ouvert sur ses seins, et des mules. À 11 heures passées, c'était étonnant. Mme Dupuis buvait du café odorant, mais n'en offrit pas à Cécile. Marché noir, sans doute. « Un petit cochon rose monté sur talons », se dit Cécile, surprise elle-même de ce trait peu charitable qui lui traversait la tête. Mais après tout, elle n'avait rien partagé de capital avec sa voisine, aucun souvenir, aucune confidence, rien de ce qui importait entre femmes. Intimidée, son accent revenait en force, la faisant hésiter sur un mot, choisir la mauvaise intonation.

« Vous devez connaître beaucoup de gens, madame Dupuis. »

Un silence. La mère de Suzon la regardait fixement, sa bouche s'étirant comme une tringle sur son visage. Cécile continua :

« Les Jeannettes partent en colonie. Grâce à vous, Hannah pourrait aussi aller quelque temps à la campagne. Nous nous faisons du souci pour elle, vous comprenez, avec la situation. »

Cécile observait les fauteuils épais, le tapis, la cheminée, le grand lustre, les moulures qui semblaient la narguer. Et pourtant, elle en avait vu de ces intérieurs cossus au cours de ses livraisons ! Même des hôtels particuliers, quand on la réclamait à Vincennes ou à Saint-Mandé. Mais l'air ici paraissait raréfié, lourd de défiance.

Oui, la décolletée Mme Dupuis semblait très gênée.

« Écoutez, je comprends, mais... pour nous aussi, les temps sont durs. On ne mange pas tous les jours à notre faim... Regardez-moi, j'ai perdu deux tailles de jupe ! »

Cécile eut envie de répliquer qu'elle pouvait encore se permettre d'en perdre une et que le problème était moins la nourriture que leur survie, mais elle baissa les yeux. Comment lui faire partager leur angoisse nichée au fond du ventre jour après jour, la conviction que les Allemands voulaient exterminer tous les Juifs, et que si on leur en laissait le temps, ils rempliraient consciencieusement leur atroce devoir ? Elle essaya un autre angle d'attaque.

« Je n'ai pas grand-chose, sauf ma bague de fiançailles, donnée par ma belle-mère. Si vous m'aidez, elle est à vous. Le diamant est modeste mais bien taillé. »

Micheline Dupuis jeta à peine un regard sur la main décharnée de Cécile.

« Non, vraiment, je ne peux rien faire. Et puis, pour qu'on vous embête comme ça, vous, les Israélites, il y a forcément une raison. »

Enfiler son gilet sans se tromper de manche. Retrouver dans le couloir la bonne porte. Dévaler l'escalier qui sentait la lavande et marcher. Marcher longtemps dans les rues surchauffées. Les trottoirs semblaient fumer, le goudron fondre sous ses pas. La robe de Cécile collait dans son dos. Avait-elle bien entendu ? Cette voix fermée, ces accents méprisants. « Il y a forcément une raison... » Comment cette femme avec laquelle ils avaient pique-niqué, fréquenté cafés et cinémas, avait-elle pu changer à ce point ? Haïm et Cécile avaient été fiers de leurs relations avec leurs voisins français. Des liens tissés de discussions, de plaisanteries, de partage. Ces liens les avaient naturalisés plus sûrement qu'un document administratif. Mme Dupuis venait de déchirer cruellement ce contrat social. Cécile décida de ne rien en dire à Haïm et à Hannah. Un silence de plus entre elles. Mais c'était pour son bien, pour ne pas entamer ce qui lui restait de confiance, de foi en son prochain.

Après ce choc, Cécile avait continué à se creuser la cervelle pour mettre Hannah à l'abri. Sans en parler à Haïm, elle était retournée rue Amelot et avait sympathisé avec des personnes du comité. Elle avait appris l'existence d'un réseau juif qui cachait des enfants à la campagne, dans les couvents. C'était illégal, dangereux, mais efficace. L'heure n'était plus aux hésitations. En quelques minutes, l'affaire fut réglée.

« Tu vas partir au bon air, Hanounika, tu en as de la chance ! lança Cécile, le soir, à table.

— Avec vous ? » demanda Hannah, méfiante.

Sa mère avait l'air trop heureuse de ce départ, ça cachait quelque chose. On parlait d'enfants envoyés dans des arrondissements plus sûrs, en banlieue lointaine, de familles dispersées dans toute la France.

« Non, ma chérie, ils ne prennent que les enfants. Ce sera comme des vacances à la campagne. »

Elle s'en passerait bien, de vacances champêtres. Elle n'avait jamais quitté la capitale, les boulevards, la rue, les commerces, la ruche populaire. Les rares fois où elle s'était aventurée dans la campagne autour de Paris, les insectes, la terre, l'immensité des champs et des forêts l'avaient déroutée. Suzon qui trayait les vaches chez sa grand-mère s'était moquée d'elle : « Une vraie fleur de bitume ! » Elle n'avait pas osé lui confier son sentiment d'étrangeté, sa peur de marcher sur l'herbe qui crissait, ces étranges odeurs qui assaillaient ses narines. Et puis elle n'avait encore jamais quitté ses parents.

« Mais pourquoi vous ne venez pas avec moi ?

— Réfléchis un peu, expliqua Cécile qui jetait des regards de plus en plus appuyés vers Haïm, silencieux sur sa chaise. Il y a l'appartement, le magasin, Jo et Rachel. On ne peut pas s'en aller comme ça, ils ont besoin de nous. »

Haïm se taisait mais cette histoire de couvent lui faisait horreur. Il aurait préféré qu'Hannah reste avec eux. Elle figurait sur son passeport turc, ce qui n'était pas rien, même avec les nouvelles dispositions nazies. Tous les matins, il passait au consulat général pour avoir les dernières informations. On l'y connaissait bien. On lui confiait même des traductions, puisqu'il cherchait à se rendre utile. Si quelque chose lui arrivait, les autorités turques feraient le nécessaire. Alors pourquoi éloigner sa fille, la laisser au soin d'étrangers? Un homme amputé de son autorité, dépossédé de sa famille, voilà ce qu'il était devenu. Les Allemands lui avaient enlevé toute sa puissance. Incapable de lutter contre les Boches, incapable de se battre contre l'angoisse de Cécile.

Hannah comprit que ses parents faisaient bloc. Inutile de chercher à les fléchir. Elle se sentait toute petite, comme un paquet que l'on pose ici ou là, parce qu'il faut bien le mettre quelque part. Une chose encombrante dont on se débarrasse.

15.

Le lendemain, ils se levèrent plus tôt que d'habitude. Hannah était d'une blancheur de cire dans sa chemise de nuit. Elle n'avait pu prévenir Suzon de ce départ vers l'inconnu.

« Elle va s'inquiéter. Tu lui diras, hein, maman ?

— Oui, oui... éluda Cécile. Allez, mon cœur, maintenant, il faut y aller. »

Le trajet en métro jusqu'à la gare Saint-Lazare s'était fait en un éclair. Cécile était sortie sans chapeau, à peine coiffée. Comme une folle en cheveux, aurait-elle dit en temps de paix. Haïm serrait les dents.

Devant la gare, alors qu'Hannah s'agrippait à sa manche, il lui glissa à l'oreille :

« Cela ne va durer qu'un temps. On revient bientôt te chercher. »

Hannah pleura comme un petit chiot. Cécile lui caressa les cheveux. Une dame sans âge la prit par la main et l'emmena sur le quai. Elle avait les mains calleuses et son alliance tourna autour de son doigt.

Direction la Normandie, c'est tout ce qu'on lui

avait dit. Le siège en bois du wagon de troisième classe lui faisait mal aux fesses. Les banquettes sales la dégoûtaient. Les vitres opaques l'empêchaient de s'absorber dans le paysage. Celle qui l'accompagnait avait donné ses instructions, d'une voix posée.

« Si on m'arrête sur le quai, pivote et marche dans le sens inverse, rapidement mais sans courir. »

L'idée de croiser un Allemand la tétanisait. Elle pensait à Suzon dont la bravoure lui faisait défaut. Son amie, elle, aurait su se comporter, elle aurait crâné, rigolé même.

« Avec les adultes, il ne faut pas se laisser faire, avait-elle expliqué après avoir répondu à la concierge qui la réprimandait pour ses traces de pieds sales dans le hall de l'immeuble tout propre. Crois-moi, si tu leur rentres dans le lard, ils te respecteront. »

Oui mais voilà, elle n'avait rien de Suzon l'intrépide, elle demeurait une enfant apeurée, séparée des siens et livrée à l'inconnu.

Le voyage s'était déroulé sans encombre et la grosse caisse qui tapait dans ses poumons avait ralenti son rythme fou. Un homme en casquette, chaussé de grandes bottes, était venu en voiture. Il la regardait à peine tant il semblait pressé de s'en aller. Ses mâchoires contractées lui donnaient un drôle de profil et il serra le volant si fort que ses mains devinrent toutes blanches. Drôle d'impression, d'être menée vers l'inconnu par un fantôme anonyme.

16.

La route serpentait et Hannah s'était assoupie contre la portière.

« Bienvenue à Fontenay ! » lança une voix grave.

Hannah peinait à soulever ses paupières. En face d'elle, une religieuse en cornette l'observait. Des joues et des mains rougies, les pieds plantés dans des galoches en bois, un long cardigan gris tricoté qui descendait jusqu'aux coudes. Sur son menton se dressaient quelques poils, ce qui impressionna Hannah. Mais son regard, tranquille et doux, finit par apaiser la fillette.

« Bonjour, Hannah. Je suis sœur Clotilde et je dirige cette institution, qui appartient à l'ordre de saint Vincent de Paul. Nous veillerons sur toi. Mais ici, tu ne dois rien dire de ta vie d'avant, pour ta sécurité. Tu t'appelles désormais Anne Béraud. Anne Béraud, tu te souviendras ?

— Oui, madame. »

Des enfants jouaient dans la cour de l'établissement. Hannah ignorait que certains d'entre eux étaient de petits Juifs qu'on protégeait comme elle, et la sœur se gardait bien de le lui dire. Silencieux en temps de paix, l'ordre était muet sous la guerre.

Elle suivit la religieuse jusqu'au dortoir. Des rangées de lit en fer séparées par des rideaux. Une plaine blanche de solitudes collées les unes aux autres.

Au début, tout lui semblait hostile. Le soir, le dortoir basculait dans l'obscurité, et quand le vent soufflait sur les volets, les branches des chênes paraissaient comploter. Le jour, ce n'était pas mieux. Après la classe, les enfants s'égaillaient dans la campagne. On traquait les escargots et l'on tombait sur des limaces, des orvets, des mulots. Ce bestiaire aurait ravi Suzon, mais Hannah sursautait à chaque herbe qui tremblait, chaque bruit suspect. Elle remplissait tant bien que mal son escarcelle d'escargots gluants, promesse d'un sombre festin. L'idée de les faire dégorger en les privant de nourriture pendant des jours lui coupait l'appétit.

Les sœurs cultivaient un immense potager, élevaient des volailles et des lapins. Au réfectoire, les assiettes débordaient de carottes, de pommes de terre fumantes. Le dimanche, elles avaient même droit à un morceau de viande saucée. Luxe extrême comparé aux menus parisiens qui comportaient, désormais, ô horreur, du chat, du mou de mouton ou même du requin ! La fillette apprit à cueillir des pommes, à gauler les noix. Naïvement, elle s'étonna que les patates poussent sous la terre. Mais personne ici ne se moquait d'elle, ne lui posait de questions. Ses parents voyageaient au Mexique, pour affaires. On ne lui en avait pas demandé davantage.

Elle prit soin de changer et de laver son petit linge tous les soirs, suivant ainsi les consignes de Cécile. Se montrer irréprochable, ne pas attirer l'attention, se comporter de la même façon que les autres, mieux même, mais sans s'en vanter.

Loin du Paris occupé, Hannah vivait à l'heure de la nature, des animaux. Elle s'était fait adopter par les lapins des clapiers, doux et joufflus comme des peluches. Pour eux, elle chipait des carottes et des fanes dans le potager. À chacun son marché noir. Popin, son nouvel ami, la remerciait d'un coup de langue râpeuse sur le bout des doigts.

Le soir, on allait « au lait ». En rangs par deux, les fillettes se rendaient chez Mme Cochon, la bien nommée puisqu'elle élevait des pourceaux tout roses, comme sa trogne, au demeurant sympathique. Sa solitude se divertissait de sensations originales, d'odeurs étranges, de rites inconnus.

À Fontenay, la messe et l'instruction religieuse étaient obligatoires, même pour les nouvelles venues. Afin de ne pas éveiller l'attention, les sœurs ne faisaient aucune différence, toutes devaient apprendre les prières et la génuflexion. Hannah découvrit la chapelle avec les prie-Dieu, l'autel fleuri et le silence feutré qui y régnait. La statue de la Vierge et son air d'infinie bonté l'étonnèrent plus qu'ils ne l'émurent. Elle ânonna « Je vous salue Marie », l'hostie lui colla au palais dans un goût de papier et le Saint-Esprit lui passa au-dessus de la tête. Elle ne comprit rien aux sermons. La semaine dernière, le curé avait demandé de prier pour « le peuple perfide qui a crucifié Jésus-Christ ». Ses ancêtres avaient-ils vraiment cloué le Sauveur sur une croix ? Elle était sceptique, ses parents ne lui en avaient jamais parlé. Quand il avait fallu embrasser la Bible, elle s'était exécutée, sans hésiter. Se comporter comme les autres. Toujours comme les autres. Et rester différente aussi, puisqu'elle ne recevait pas, ainsi que beaucoup de ses camarades, la visite de sa famille le dimanche et des colis de friandises en semaine. Elle se contentait des pommes cuites dans la cheminée et de mûres volées en promenade qui lui encraient les lèvres.

La vie à Fontenay et ses nouvelles habitudes étaient si étranges qu'elle en oubliait l'angoisse. Et puis, elle s'ouvrait au monde, à la nature. Au bout de quelques semaines, elle différenciait les fourmis rouges de leurs cousines inoffensives, les orvets ne l'effrayaient plus, elle les chassait d'un bâton habile. Elle avait même pris une fillette sous son aile, pour lui apprendre les règles de la vie en communauté. Leslie avait sept ans, des cheveux tout frisés, des yeux très clairs bordés de longs cils. Ses parents sillonnaient le monde pour évangéliser les foules, et l'avaient laissée là, en Normandie, en négligeant de lui dire quand ils reviendraient. Comme Hannah, elle ne recevait ni paquets ni lettres, et les dimanches s'éternisaient. Jamais elle ne leur pardonnerait cet abandon.

« On va jusqu'à la mare ? » proposa Hannah un jour à la petite esseulée, qui regardait dans le vague. Sa joie avait été immédiate.

« Chic ! je te montrerai les grenouilles. »

Depuis, elles attendaient toutes les deux les balades dominicales, le goûter près de la mare, et Hannah regardait, amusée, Leslie s'escrimer à attraper des rainettes récalcitrantes.

« Presque, Hannah, je l'ai presque eue ! »

Ce n'était jamais vrai, mais au moins les heures filaient.

Avec l'automne arriva le froid, rétrécissant les corps, engourdissant les esprits. Malgré les moines, ces bouteilles en grès brûlantes que les sœurs distribuaient le soir, les draps demeuraient humides. Aller au lavabo d'où ne coulait qu'un filet d'eau froide était une épreuve. Hannah attendait que la lumière soit éteinte pour retrouver Leslie dans son lit. Serrées l'une contre l'autre, elles se réchauffaient. La petite était si menue que les os de ses hanches saillaient de manière inquiétante comme s'ils voulaient s'échapper. Hannah prélevait sur son goûter pour la remplumer. Avec la mauvaise saison, les jours devinrent flous et la durée indistincte. Il pleuvait partout, y compris dans ses yeux. Ses parents lui manquaient avec une intensité soudaine. Des images et des sons lui traversaient l'esprit : sa mère, assise sur son lit, se poudrant le visage; le pain au cumin de sa Nona; les parties d'échecs avec son grand-père; les chansons sans queue ni tête que Haïm inventait pour elle. Pendant combien de temps devrait-elle rester là, loin de tout, sans courrier? Elle aurait tellement aimé avoir des nouvelles, écrire à sa famille et à Suzon.

« Trop dangereux », avait rappelé sœur Clotilde. Celle-ci, lors des sorties, se plaçait toujours près d'Hannah, comme pour la protéger. Elle se méfiait des vexations que pouvaient lui infliger les autres filles, promptes à railler ses tresses modestes ou à lui battre froid, en raison de ses habitudes de petite citadine. Au réfectoire, certaines s'étaient moquées d'elle, de ses crises d'asthme. Hannah avait détourné le regard, fait semblant de ne pas entendre les gloussements complices, la voix haut perchée de la meneuse, Geneviève, une grande toute maigre, aux manières de voyou.

« Ça va, mon enfant ? Tu te plais, chez nous ? lui avait demandé Clotilde.

— J'attends mes parents », avait répondu Hannah d'une voix douce. Sœur Clotilde en avait été décontenancée et s'était promis d'inviter Hannah dans sa chambre le dimanche et pendant les congés. Sa famille devait lui manquer désespérément, et l'incertitude sur son retour à Paris la miner. Comment le monde pouvait-il partout imposer cela à des gosses ?

Un jour, les poux attaquèrent le dortoir. Des monstres plus costauds que la Marie-Rose. On rassembla les enfants dans le vaste hall. Les grandes parlaient d'un débarquement possible des Alliés, mais ce ne fut que l'invasion de la vermine. Un rasoir labourait le crâne d'Hannah, moissonnant ses longs cheveux blonds. Une horreur, et la bonne sœur à moustaches prenait un certain plaisir à l'opération. Se montrer fière de sa chevelure était un péché. Elles y passèrent l'une après l'autre.

Leslie pleurait, affolée, et Hannah tentait de la calmer avec un biscuit chipé au réfectoire.

« Tu as les cheveux déjà très courts, ne t'inquiète pas. »

La petite renâclait, les doigts crispés.

Plumées comme des poulets, elles se ressemblaient toutes. Comment les parents arriveraient-ils à la reconnaître ? Elle avait changé de nom, puis de tête. Cela faisait beaucoup.

Ses cheveux repoussèrent plus foncés, moins bouclés. Comme s'ils cherchaient à se travestir eux aussi. Le bonnet de laine grattait furieusement mais devait être porté tous les jours, sous peine de voir son cuir chevelu se crevasser.

Un matin, la mère supérieure la convoqua dans son bureau. L'endroit sentait l'encens, il y faisait bon, sans doute la seule pièce chauffée de l'établissement.

« Ma petite, tu dois rentrer, lui expliqua sœur Clotilde. C'est devenu trop dangereux. Nous ne pouvons mettre l'ordre en danger. Je le regrette, mais ma hiérarchie est formelle. Il faut se plier aux lois de Vichy si l'on ne veut pas recevoir la visite de la police, être interrogé sans fin ou emprisonné... »

Seuls certains dignitaires catholiques avaient eu le courage d'exprimer tout haut leur indignation. Sœur Clotilde semblait regretter de ne pas avoir cette force.

Hannah n'écoutait déjà plus. Elle allait retrouver sa famille et Suzon.

Avec deux autres enfants, elle avait repris le train. Après de brefs adieux, la sœur leur avait pincé la joue, d'un air impuissant. Leslie l'avait embrassée, silencieusement, et Hannah, confuse, avait murmuré des promesses, des lettres, des cartes postales, des jouets. L'enfant, à la blondeur de lin, la regardait, muette.

À chaque arrêt du train, les enfants s'inquiétaient, se demandaient si le convoi repartait vers Paris, où on devait venir les chercher. Seuls dans le compartiment, ils se mirent à parler.

« Ils sont où, tes parents ? lança le garçon à l'autre fillette.

— Je ne sais pas. La police les a arrêtés et je n'ai pas de nouvelles. Je vais chez ma tante, à Belleville. Et les tiens ?

— Cachés à Nice. J'y emmène mon petit frère Jérémie. Il est chez une nourrice, à Sarcelles.

— Comment vous vous appelez, en vrai ? demanda Hannah.

— Judith, répondit Jeanne.

— David », ajouta Didier.

Hannah donna aussi son vrai nom. Cela faisait longtemps qu'elle ne l'avait pas dit à haute voix : Hannah Behar. Elle avait vécu pendant quatre mois avec Judith et David sans se douter qu'ils étaient juifs. Le secret avait été bien gardé, elle le regrettait presque, elle aurait aimé discuter avec eux, savoir comment ils vivaient cette nuit tombée sur leur enfance. Elle avait rarement parlé avec d'autres dans sa situation.

Peu avant l'arrivée à Paris, un trio d'adolescents entra dans le compartiment, en se poussant du coude. Leurs joues respiraient la santé, ils avaient dû courir, l'un d'eux portait un ballon. Ils se vautrèrent sur les banquettes, sans prendre garde aux « mioches », comme ils les appelaient.

«Je te dis que Pétain est gâteux, commença le frisé.

— Il vaut mieux que Laval, vendu aux Allemands ! répondit le petit blond, en se levant pour effectuer une parodie de salut nazi, qui fit marrer les trois amis.

— Tu sais ce qu'on dit ? L'amont, c'est tout en haut et Laval, tout en bas, plaisanta l'un.

— Vous n'y comprenez rien, asséna le grand, les plus dangereux, ce sont les Juifs et les communistes. Et moi, j'ai le pif pour les reconnaître. »

Les gosses se rencognèrent dans leur banquette, ne prononcèrent plus un mot, jusqu'aux abords de la capitale.

Hannah avait oublié ce gris, ces rues sales, cette neige noirâtre. À Fontenay, tout avait été vert, puis blanc. Elle s'était fondue dans le paysage, avait cessé de se tourmenter avec des questions sans fin. Celles-ci ressurgissaient, en même temps que ces pavillons mornes, ces silhouettes furtives qui semblaient se hâter vers nulle part.

À Paris, la gare Saint-Lazare lui parut immense, la foule inquiétante. Au bout du quai, ses parents l'attendaient, l'étoile jaune de Cécile toujours arrimée à sa poitrine. Amaigris, les Behar la regardaient approcher. Toute à la joie de retrouver les siens, Hannah remarqua à peine les stries blanches dans la chevelure de son père, les yeux rentrés et le visage affaissé de sa mère, six mois après leur séparation.

«Comme tu as grandi!» s'exclamèrent-ils en même temps.

Elle tomba dans leurs bras. Puis voulut leur présenter ses petits compagnons de voyage, qui attendaient qu'on vienne les chercher sur le quai, parla de Leslie, de sœur Clotilde, qui avaient adouci son exil. Mais les gares n'étaient pas un endroit où l'on s'éternisait. Hannah fit un signe de la main à David et à Judith. Elle les avait rencontrés pour les quitter, déjà. La guerre séparait tout le monde.

Quand elle fut assise dans la dernière voiture du métro, elle demanda :

«Pourquoi Nona et Nono ne sont-ils pas venus avec vous?»

Haïm se racla la gorge :

«Ils ne sont plus là. Nous leur avions trouvé une chambre à Moulins, chez une connaissance. Mais ils ont été arrêtés sur le quai de la gare.

— Où ont-ils été emmenés?

— Au camp de Drancy, avec d'autres. Nous avons reçu deux lettres. Ils demandaient des chaussettes bien chaudes et des pantoufles avec des semelles de grosse lisière. On a envoyé de la nourriture, car tout est rationné là-bas : des pommes de terre cuites, un peu de pâté et ce thé noir dont Nono raffole. Ils nous ont répondu, ils ont l'air de bien se porter. Tu connais tes grands-parents. Pas le genre à se plaindre, même dans des circonstances difficiles. Ils ont d'ailleurs retrouvé des connaissances, Mme Becky et ses enfants.

— On va aller les voir alors ?

— Ils n'y sont plus, hélas. Trois semaines après, ils ont écrit un petit mot pour annoncer leur départ imminent, vers une destination inconnue. Ils disaient de ne pas s'inquiéter et ils t'embrassaient des milliers de fois. Le moral était bon. »

Cécile soupira. Une fois de plus, Haïm choisissait de ne rien voir, persistait dans son optimisme. Pourtant, pour arracher ses beaux-parents du camp, il s'était démené, passant trois fois par jour au consulat, harcelant ses copains fonctionnaires. Les Turcs avaient écrit une lettre de protestation, puis une deuxième. Les Allemands avaient répondu sèchement qu'il n'existait pas de Levinescu à Drancy. Alors qu'on avait reçu leurs lettres de là-bas et que Cécile les avait vus.

Elle avait couru vers cette banlieue grise, au sinistre camp de La Muette, à Drancy. À l'extérieur, des femmes rôdaient pour revoir leur mari, leurs parents, leurs enfants mais c'était impossible, les gendarmes montaient la garde, impitoyables depuis que le camp était passé sous autorité allemande. Le risque était grand de se faire arrêter. Certaines louaient quand même à prix d'or une chambre d'hôtel de laquelle on avait une meilleure vue sur l'enfer. Le malheur des uns enrichissait les autres. Derrière les barbelés, les « transférés » tournaient en rond dans la boue. Après de longues heures, Cécile avait pu glisser un mot à un bonhomme plus compréhensif et demandé une réponse de ses parents, moyennant un gros billet. La missive avait été lapidaire, comme griffonnée à la hâte : « Ça va aller, prenez soin de vous et d'Hannah. »

Elle reviendrait vers ce gendarme tous les jours s'il le fallait. Mais peu après, elle avait appris qu'ils avaient quitté le camp. Déportés à l'Est. Tous les matins, elle espérait une lettre qui n'arrivait pas. Toutes sortes de bruits circulaient : on parlait de camps de travail en Allemagne, en Pologne. Jo souffrait de diabète, Rachel de rhumatismes. Comment pourraient-ils survivre au froid, aux privations ?

Le logement familial semblait avoir rétréci. Hannah dîna à peine et s'endormit d'un mauvais sommeil hanté par le visage de sa grand-mère sillonné de rides comme l'écorce d'un arbre. « Ma *boubélé*, quand te reverrai-je ? » Elle ne comprenait pas pourquoi l'on s'attaquait ainsi à des gens âgés, qui n'avaient rien fait de mal, avaient toujours vécu discrètement, sans se mêler de politique ou des affaires des autres, leur univers cantonné à leurs enfants. Ils étaient partis comme ils étaient venus, sur la pointe des pieds. Il ne subsistait que quelques traces de leur présence rue Popincourt, un châle aux fleurs rouges d'inspiration russe pour Rachel, les étuis à lunettes de Jo, qu'il perdait régulièrement, un jeu d'échecs. Parfois Hannah croyait les avoir rêvés, les avoir créés par sa volonté propre. Sans leur présence affectueuse, l'appartement semblait une coquille vide. Ses parents se taisaient. Elle ne savait où déposer sa peine. Le chagrin ne les réunissait pas, il levait des barrières entre eux.

Le lendemain, dès que Suzon aperçut Hannah

dans la cour, elle courut vers elle, la serra dans ses bras, en lui ébouriffant les cheveux.

« Tu m'as manqué, tu sais ! »

C'était vrai. Hannah avec ses discussions sans fin, ses questions bizarres, sa curiosité, l'admiration qu'elle lui portait, lui avait manqué. Elle avait même regretté ses reproches à propos de ses mauvais résultats scolaires. Suzon mesurait ses lacunes, et Hannah l'avait toujours poussée à s'améliorer, à se cultiver, sans la prendre de haut ni la juger. Hannah la rassurait. Qui l'eût cru ?

Hannah crépitait de joie. Elle avait grandi, à Fontenay, au point de rattraper Suzon en taille, mais cette dernière faisait plus femme, plus charnelle, elle avait même de la poitrine.

« Ma mère m'a acheté une brassière, au Prisu. Il était temps, ça ballottait dès que je m'agitais. Hé, toi aussi, ça commence ! »

Hannah piqua un fard. Jamais elle n'aurait osé parler aussi crûment de ces choses-là.

À la récréation, Hannah tenta de lui parler de la vie au couvent, de la messe du dimanche, des filles somnambules, des doryphores qu'on ramassait dans des boîtes d'allumettes avant de les brûler. Elle se souvenait de la poussière des chèvrefeuilles, des vaches à museau noir. Mais Suzon l'écoutait à peine. Hannah était partie, puis revenue. C'est tout ce qui l'intéressait. Leur vie à deux pouvait reprendre. Hannah avait juste évoqué le départ de ses grands-parents, emportée par le flot des nouvelles que son amie déversait sur sa tête. La famille Dupuis comptait désormais un membre de plus.

Un adorable bâtard que son père avait trouvé un jour alors qu'il rentrait à vélo de la campagne. La pauvre bête couinait si piteusement qu'il l'avait fourrée comme ça dans sa poche, sans y penser. Suzon avait bondi de joie et avait baptisé la boule de poil Fifi, c'était une fille. À coups de pain trempé dans du lait, elle l'avait fortifiée et la sortait fièrement dans le quartier trois fois par jour. Hannah ressentit une jalousie dont l'ampleur l'étonna. À elle, la solitude de Fontenay, la séparation d'avec tous ceux qu'elle aimait tandis que Suzon, en pleine guerre, s'offrait le luxe de nourrir un animal ! Submergée par le désarroi, elle cherchait à décamper mais Suzon, imperturbable, continuait. Le chat de la concierge avait fini, lui, sous une voiture allemande. Un coup de la Gestapo, pour Mme Vaqueros.

Et cette nouvelle langue à la mode, qui n'était pas l'allemand, mais le javanais.

« C'est rigolo, on met *av* ou *va* dans chaque mot. "Merde" par exemple, ça devient "maverde" et les parents ne comprennent rien. »

Suzon avait ensuite enchaîné sur les tribulations de son frère Gilles, réfractaire au STO, qui s'était caché un moment chez des copains à Montmartre. Pour ne pas aller travailler en Allemagne, ce grand gaillard était prêt à tout. Elle ne pouvait empêcher la fierté de percer sous son ton moqueur. Puisqu'on lui reprochait à la maison d'être un garçon manqué, elle aurait aimé être celui-là, ce frère intrépide que toute la famille admirait et dont les réactions étaient aussi observées que craintes chez les Dupuis.

« Un jour, il a volé un outil chez le serrurier dans la cour et s'est tranché net le pouce ! Tu aurais vu comme ça pissait le sang ! Ma mère a failli s'évanouir, il a fallu courir à l'hôpital Saint-Antoine.

— Et on a pu lui remettre ? demanda Hannah, impressionnée.

— Penses-tu ! Mon père était furieux mais les médecins n'ont rien pu faire, ils ont même menacé de le dénoncer. Tous des collabos ! Maintenant, pour ses copains zazous, c'est un héros !

— Zazou ? C'est quoi, zazou ?

— Hé, qu'est-ce qu'elles t'ont appris les bonnes sœurs à la cambrousse ? Les zazous portent des vêtements anglais ou américains trop longs, ils vont danser le soir et se baladent avec un parapluie qu'ils n'ouvrent jamais. C'est le grand truc en ce moment. "Les cheveux frisottés, le col haut de dix-huit pieds, ah, ils sont zazous...", tu connais pas la chanson ? Mon paternel déteste ces "singeries", comme il dit. Gilles et lui n'arrêtent pas de se battre, c'est pénible. Il devait aller se cacher dans la Creuse, mais il reste ici, à attendre les poulets, en écumant les boîtes de nuit. On dirait qu'il s'en moque. »

À l'école, rien n'avait changé. Hannah retrouvait la quatrième sans problème, tandis que Suzon n'était passée que de justesse. L'étoile jaune était toujours aussi mal vue, pour ceux qui la portaient comme pour ceux qui la fréquentaient. Après Hannah, Suzon avait plusieurs fois retrouvé ses livres mouillés, son manteau souillé. On l'appelait l'« enjuivée », mais jamais en face. Pas folles, les sales guêpes, qui riaient derrière son dos et s'arrêtaient à son passage.

Dans la rue, les affiches se déchaînaient. « L'argent n'a pas d'odeur. Les Juifs, si ! » Hannah se calfeutrait dans l'écharpe rouge de Suzon et sa menthe poivrée. À chaque coin de rue, des policiers demandaient les papiers et embarquaient les gens dans des paniers à salade. Odette avait été ainsi attrapée, on ne l'avait vu revenir qu'un mois après, méconnaissable. Amaigrie, muette, vaincue. Dans le quartier, on disait qu'elle avait imprimé des tracts contre les Allemands, que les étudiants distribuaient dans le métro. Une mère de famille qui vendait de la crème. Qui l'eût cru ? Elle demeurait chez elle maintenant, rideau de fer fermé. De toute façon, elle n'avait plus rien à vendre.

La police française semblait s'être donné rendez-vous dans le quartier, où de nombreux « terroristes » sévissaient. Les adultes se faisaient contrôler, les enfants pas toujours. Mais il fallait montrer sa carte d'identité scolaire et son emploi du temps. Hannah s'accrochait au bras de Suzon. Les policiers louchaient sur la poitrine de cette dernière, en oubliaient l'étoile jaune de sa copine, et les laissaient passer. Le quartier se figea dans l'attente. Une recrudescence des attentats, un changement de gouvernement, des revers militaires en Afrique.

Dans cet hiver interminable, Hannah dévora Dumas, Eugène Sue, Victor Hugo et *Les Misérables*. Elle ne parla plus qu'aux livres et à Suzon. Car chez les Behar, on vivait au ralenti, les mots étaient rares, les silences pesants. Maurice Chevalier avait beau chanter « Y a de la joie » chez les Allemands, pour les remercier de leur accueil (tout comme Charles Trenet et Édith Piaf qui avaient fait le voyage), l'ambiance rue Popincourt était à l'angoisse. Haïm se réfugiait à l'Istanbul et trompait le temps en jouant aux cartes pour un sou. Il lui arrivait même de jouer avec des allumettes, comme dans son enfance. L'argent manquait, les économies s'épuisaient, mais des enveloppes circulaient encore dans le café. Les Judéo-Espagnols y mettaient un billet plié en quatre, quelques piécettes pour une veuve de guerre, une femme seule sur le point d'accoucher, des enfants de dix ans qui se retrouvaient soudain livrés à eux-mêmes, chefs de famille. Cécile ne sortait plus : elle cousait à la maison des robes dans de vieux vêtements, ourlait sans fin des torchons, ravaudait des chaussettes. Pas de quoi mettre du beurre dans les rutabagas mais tout comptait. Haïm avait remplacé le moteur de sa machine par une pédale, de peur que le bruit ne la trahisse. Les espions prêts à dénoncer une Juive pour travail illicite étaient légion. Un jour, dans la cour, elle avait vu un jeune garçon qui se débattait, affolé. On lui avait baissé son pantalon, avant de l'embarquer. Drôle de contrôle d'identité. Quand elle avait levé les yeux, Micheline la fixait, en face, au troisième, de son regard barbelé. Elle en avait frissonné. Dans ses couches de gilets, le froid l'atteignait moins que la haine qu'elle percevait autour d'elle.

Ce matin-là, Hannah s'était réveillée endolorie. Son ventre lui faisait mal, son dos aussi. Dans la glace, elle était livide et le trajet jusqu'à l'école lui sembla long, ses jambes faibles.

« Ça ne va pas, Hannah ? Tu as l'air mal en point ! »

Suzon lui portait son cartable jusqu'à la salle de classe.

« J'ai mal dormi, c'est tout. »

Après le cours d'histoire, elle se rendit aux toilettes, le poing serré sur ce ventre qui pesait. Elle se déshabilla avec précaution, tout lui parut sale. Du sang dans sa culotte ! Elle pensa d'abord s'être cognée. Et puis elle comprit. Des bribes de conversation lui revinrent. L'air triomphant des plus grandes, sa mère, allongée, un peu pâle certains jours... Elle dut attendre jusqu'au soir pour aller chercher des serviettes de protection énormes, camouflées sous l'évier, qu'on devait fixer à l'aide d'attaches à une ceinture élastique autour de la taille. Cécile avait compris. Elle l'embrassa, la félicita. Ce soir, Haïm lui donnerait une petite pièce. Hannah sourit, ses règles avaient réveillé la maison. Dommage qu'elle eût si mal au ventre. Elle apprit que cet écoulement chaud et lent pouvait durer une semaine. Une nouvelle plaie... entre ses hanches étroites qui pointaient comme des ponts-levis.

Suzon la serra dans ses bras à l'annonce de la nouvelle.

« Tu fais partie du club, maintenant, une vraie jeune fille qui va plaire aux garçons ! Moi ça fait déjà longtemps », fanfaronna-t-elle.

Effectivement, Suzon attirait la gent masculine.

Devant l'école, dans la rue, au cinéma, tous la regardaient, la saluaient, lui adressaient un compliment ou flattaient Fifi la chienne pour lui plaire. Hautaine, elle circulait parmi ses admirateurs. Hannah n'avait jamais passé plus de cinq minutes seule avec un garçon. Même avec René, le fils de la crémière, qui pourtant avait son âge et qu'elle connaissait depuis toujours. Elle en pinçait pour lui, mais de loin. Inutile de se rapprocher, elle avait l'impression d'être transparente. Sauf pour les Allemands.

Depuis toujours, Hannah devinait l'humeur de son père au rythme de ses pas dans l'escalier. Quand Haïm était content, ils étaient légers, aériens. Furieux, ils évoquaient des coups de marteau. Depuis l'entrée des Allemands à Paris et la détérioration de tout ce qui faisait leur vie, le pas de son père s'était alourdi, comme s'il traînait des boulets d'angoisse avec lui. Mais ce soir, Haïm enfilait les marches en sifflotant une ballade turque. Et il ouvrit la porte, radieux.

« Un train ! Il va y avoir un train !

— Que dis-tu ?

— Je reviens du consulat général. Ils organisent différents départs pour Istanbul et négocient en ce moment même, au plus haut niveau, les visas avec les États à traverser. C'est incroyable ! »

Cécile le regardait, incrédule.

« On va rentrer chez nous, vraiment ? Mais comment ont-ils réussi à convaincre les Allemands ? »

Haïm n'en savait rien et, à vrai dire, s'en fichait. Les Turcs avaient compris qu'ils ne pouvaient plus assurer la sécurité de leurs ressortissants juifs et qu'il leur fallait agir. Impossible de prendre des bateaux, il n'y en avait pas. D'où l'idée d'un pont ferroviaire pour ramener chez eux ceux qui étaient en règle avec la jeune République turque.

« On est sauvés, Machallah de Machallah, s'enflamma Cécile. Tu vas voir, ma fille, comme c'est beau Istanbul ! Les sept collines, la Corne d'Or illuminée, le Bosphore en traîne scintillante... »

Voilà sa mère qui parlait comme un guide touristique ! Haïm n'était pas en reste qui racontait à Hannah les poissons d'or pêchés à Galata, les dorades des flots bleus.

« Les Chinois appelaient Istanbul la Ville des villes, et ils avaient bien raison. »

Le départ était fixé pour le lendemain, le 3 février 1944, et le naturel de Cécile reprit vite le dessus.

« Comment va-t-on y arriver ? s'inquiéta-t-elle. Il nous faut le temps de tout préparer. » Haïm tenta de la calmer, les bagages étaient réglementés : quelques vêtements, un peu d'argent, de la nourriture pour cinq jours, c'est tout. Ils achèteraient ce qu'ils trouveraient sur les quais. Il fallait faire attention avec les bijoux, les objets de valeur, qui pouvaient être volés ou confisqués. Cécile s'en moquait, elle ne possédait qu'une simple alliance, et cette bague de fiançailles dont la mère de Suzon n'avait pas voulu. Elle rentrait en Turquie, dans ce pays qui l'avait adoptée, où elle s'était sentie mieux que partout ailleurs. Personne là-bas ne la jugeait, ne se moquait de son accent, de ses origines.

Hannah ne disait rien, transportée vers cet ailleurs dont ses parents lui avaient tant parlé, cette cité étonnante qui faisait le grand écart entre Asie et Europe. Elle rêvait de soleil, de liberté, de promenades sans crainte au ventre ni étoile sur la poitrine. Mais quelque chose dans l'attitude de son père, un échange de regards entre ses parents, la mettait soudain mal à l'aise. Dans la valise en carton, Cécile ne plaçait que des affaires à elles. Rien de masculin.

« Tu viens bien avec nous, papa ? » demanda-t-elle d'une voix angoissée.

Haïm la regarda et soupira. Il détestait lui faire du mal, la blesser ainsi, lui ôter des moments de bonheur, si fugaces ces temps-ci. Son enfance ne ressemblait en rien à la sienne, et de cela aussi il se sentait coupable.

« Pas tout de suite, mais je vous rejoindrai. Avec Simon, c'est promis. On fera le voyage à deux, comme avant. »

Hannah savait qu'elle allait pleurer, elle assura sa voix :

« Mais c'est toi qui es turc, on ne peut pas rentrer là-bas sans toi ! Je ne parle même pas la langue.

— C'est seulement l'affaire d'une semaine, peut-être deux, expliqua Haïm. J'ai encore du travail ici à Paris, on m'a chargé de prévenir plein de gens dans le quartier, dans le XVIIIe et à Belleville. Et comme je parle allemand, je serai donc responsable du prochain convoi. *No te preoccupa* (Ne t'inquiète pas) ! »

Cela recommençait, comme avec le couvent. Son père l'envoyait dans un endroit inconnu. Partir avec sa mère n'apaisait pas sa peine. Haïm avait beau détourner la conversation sur les eaux turquoise de la mer de Marmara, les dômes et les minarets, la carte postale ne lui donnait plus envie. Le lendemain, elle se laissa traîner jusqu'à la gare de l'Est, mais à la dernière minute, elle fit une scène, se mit à hurler. Elle s'accrocha à son père comme une naufragée.

« Laisse-moi rester, papa. On prendra le prochain train. Maman peut partir d'abord.

— *Te quiero mucho, bien, mi querida. Dio te apiya dara* (Je t'aime, ma chérie, Dieu te protège) », lui répondit-il seulement, en ébouriffant ses cheveux.

Hannah aurait pu se rouler à ses pieds, il n'aurait pas changé d'avis. Quelque chose en lui avait toujours été rigide, inflexible. Et ce besoin d'aider les autres, de soulager comme il le pouvait la douleur, la pauvreté, ne l'avait pas quitté. Maintenant qu'il en avait l'occasion, il allait s'acquitter de sa tâche, prévenir un maximum de gens à Paris, peut-être même à Lyon ou à Marseille, organiser les départs. Sa manière à lui de continuer la guerre, d'affronter ces Allemands qui déshonoraient leur pays.

Cécile avait incliné sa tête sur la poitrine de Haïm, lui avait caressé la joue. Pas d'effusion, il n'aurait pas aimé cela. Dix jours, ce ne serait pas long. Elle se voyait déjà dans le train, fermant la porte de la voiture sur la rue Popincourt, le XIe arrondissement et l'angoisse comme compagne de ses jours.

17.

Un civil turc leur avait donné les instructions, il fallait rejoindre au plus vite la dernière voiture, un wagon spécial frappé de l'étoile et du croissant de la Turquie. Au moment où le signal du départ retentit, les deux femmes montèrent à bord. Sitôt dans le train, elles écartèrent la foule et se penchèrent à la vitre en agitant frénétiquement la main en direction de Haïm sur le quai. Il les regardait avec une intensité qui leur faisait mal, on aurait dit un fauve qu'on arrachait à son clan.

Le wagon était bondé de valises, de ballots, de sacs stockés dans le couloir. Malgré les ordres, certains avaient emporté de l'argenterie, des tableaux, des tapis. D'autres avaient caché de l'argent dans des sacs cousus sous leurs vêtements. Cécile n'avait emporté dans son portefeuille défraîchi que quelques billets pliés en quatre et les perles de sa mère, retrouvées dans une enveloppe, soigneusement entreposée dans le tiroir de sa chambre. Elle gardait le collier contre son cœur, en attendant le retour de ses parents. Elle devait y croire sous peine de basculer dans le désespoir, peut-être même la démence. Dans la cohue, chacun tentait de s'asseoir à côté d'un proche, d'une connaissance. Abandonnant logement et commerce, des familles entières quittaient la France, sans savoir quand elles rentreraient ni ce qu'elles trouveraient au bout de leur voyage.

Cécile avait obtenu deux places, côté couloir. Une chance car quelques femmes devaient garder leurs enfants sur les genoux. La mère et la fille se sentaient soudain épuisées. Le silence était total. Tous regardaient défiler la banlieue parisienne, perdus dans leurs pensées. Cécile songeait à son premier voyage à Paris. C'était en 1925, elle courait vers une vie qu'elle espérait heureuse. La ville lui paraissait alors si séduisante ! C'était la capitale de la mode, des affaires, de la démocratie, l'endroit où les Juifs pouvaient vivre en paix. Elle secoua la tête, comme pour chasser ses pensées parasites. Elle rentrait chez elle avec sa fille, en terre libre, loin des collabos et de leurs maîtres allemands. Haïm les rejoindrait bientôt. Ils débuteraient une nouvelle vie à Istanbul, « la capitale de la terre » disait Flaubert.

Pâle et crispée, Hannah regardait droit devant elle, incapable d'ordonner ses pensées. Hier encore, elle jouait avec Suzon rue Popincourt. Resté à Paris, son père gardait une part de son cœur. Fini l'insouciance, les épreuves à traverser se multipliaient, interminables. Elle allait fermer les yeux quand un quinquagénaire sanglé dans un costume gris ouvrit la porte du compartiment.

« Je suis M. Popero, votre chef de convoi pour ce voyage, dit-il avec un air d'importance. Nous allons passer plusieurs jours ensemble, il faut nous organiser. Certains ont apporté des vivres, d'autres arrivent directement de Drancy et n'ont rien. Je compte sur vous pour partager la nourriture et vous comporter de manière convenable. »

Chapelier rue Marcadet, M. Popero devait son rôle de chef de convoi à sa connaissance de l'allemand, du turc, de l'espagnol et du roumain. Dans chaque pays, il présenterait les papiers, les *Ausweis* des voyageurs, en expliquant qu'il s'agissait de citoyens turcs qui regagnaient leur patrie. Surtout ne pas parler de Juifs, une déportation vers l'Est eût été facile à organiser, il n'y avait qu'à changer d'aiguillage... En cet hiver 44 glacé, le voyage s'annonçait périlleux, il fallait traverser l'Allemagne, l'Autriche, la Hongrie, la Roumanie et la Bulgarie.

Au bout de quelques heures, les enfants avaient commencé à jouer aux osselets, au train en bois. La voisine d'Hannah, une petite fille aux cheveux roux, dessinait la tour Eiffel. Elle lui jetait des regards furtifs, comme si elle voulait lui parler. Mais Hannah se mura, on ne partait pas en vacances. À la nuit tombée, des familles déballèrent leurs provisions. Cela sentait bon tout d'un coup, et surtout familier. Les épices, le cumin, du fromage, des olives. Certaines femmes avaient préparé du riz, des boulettes. Cécile partagea sa ration avec une mère et son petit garçon. Son mari avait été arrêté dans le métro car il ne portait pas son étoile, elle avait décidé de rentrer chez ses parents pour protéger son fils. Elle pleurait, en parlant, en mangeant. Cécile ne savait pas si elle devait l'imiter ou la gifler. Deux autres familles du XIe avaient été prévenues par un secrétaire de l'ambassade. Cécile se souvenait de les avoir croisées à l'office de Pâques, à Pessah, l'an dernier. Quelle inconscience d'avoir fréquenté la synagogue ! On sortit les cartes pendant que les enfants s'assoupissaient. Puis la nuit noire ralentit le rythme des conversations. Le plus difficile était de dormir en compagnie d'inconnus. La jeune mère à côté de Cécile sanglotait dans son sommeil. Popero ronflait tel un sonneur. Sa femme attendait qu'il se réveille pour s'endormir à son tour.

Le lendemain, une sorte de routine s'installa. La toilette se faisait au lavabo des waters, d'abord les femmes, puis les hommes. On se débrouillait comme on pouvait, vite, sans économiser l'eau de Cologne. Pendant qu'Hannah se plongeait dans un livre, Cécile improvisait une dictée et des exercices de calcul pour les enfants. Puis c'était la promenade, réduite à des allées et venues dans le couloir étroit. À midi, on déjeunait avec ses voisins. Quand le train s'arrêtait dans une gare, on achetait du pain, de l'eau, parfois des fruits. On descendait pour se dégourdir sur le quai, malgré le froid. Les enfants lisaient à haute voix des histoires, faisaient des cocottes en papier. Après des mois enfermés dans leurs logements, ce voyage paraissait une aventure. Leurs parents se racontaient leur vie en judéo-espagnol ou en turc, pour ne pas inquiéter les petits. Hannah restait silencieuse contre sa mère, inhalant son odeur familière. Elle songeait à son père, seul rue Popincourt. Quand les rejoindrait-il ? Ce convoi était exceptionnel dans une Europe livrée aux Allemands. Qui savait si un autre départ pourrait être organisé ? Et pourquoi son père avait-il préféré s'occuper d'autres enfants à Paris plutôt que de l'accompagner à Istanbul ? Elle lui en voulait, comme à Suzon, à l'abri, dans son cocon, chez elle, alors qu'Hannah n'avait cessé de fuir, d'abord chez les sœurs, puis maintenant vers la Turquie.

Tuer le temps fut le plus dur. Le train avançait lentement, s'arrêtant parfois en rase campagne, à cause des bombardements et des mitraillages, qu'on percevait tout proches. Dans ces cas-là, M. Popero s'entretenait avec le chef de train, revenait avec des informations et une blague pour remonter le moral des soixante et un passagers. Une nuit, le train fit halte dans une plaine enneigée et glaciale. L'Allemagne, sans doute. On devinait des hurlements d'animaux. Les enfants se croyaient dans un conte ou un cauchemar. On dut rationner l'eau et le chauffage tomba en panne. Il fallut s'enfouir sous les manteaux, serrés les uns contre les autres, et chanter pour se réchauffer. Le wagon commençait à sentir, une odeur comparable au clapier de Fontenay, mais Popin était loin, Leslie et sœur Clotilde aussi. Pensaient-ils encore à elle ?

Le voyage qui devait durer quatre ou cinq jours s'éternisa. À chaque frontière, malgré les visas, on devait parlementer, patienter. Un train de civils n'était jamais prioritaire. Un matin, des soldats allemands montèrent à bord. Ils s'installèrent au fond, demandèrent où allaient tous ces gens, regardèrent un peu les femmes, puis s'endormirent, épuisés, les armes contre leurs mollets. Quand ils descendirent à l'arrêt suivant, le wagon souffla de soulagement. Comment auraient réagi ces soldats s'ils avaient su qu'ils voyageaient avec des Juifs de Turquie ? Hannah les avait bien observés. L'un s'était coupé en se rasant, l'autre avait de l'acné. Ils paraissaient à peine plus âgés que les garçons entrevus au couvent de Fontenay. Et c'était à cause de ces jeunes types qu'il fallait s'enfuir, tout quitter ?

Quelques fillettes avaient tenté de percer le mutisme d'Hannah. Une certaine Henriette disait l'avoir aperçue au cours de Mme Irina. Hannah, qui n'avait nulle envie d'évoquer ce passé humiliant, l'avait éconduite. Bannie elle aussi du spectacle, la gamine n'avait pas insisté. Les cours n'avaient pas duré, personne ne pouvait plus les payer. L'heure n'était plus aux entrechats. Hannah voulait rester seule avec son spleen. En revanche, Cécile parlait aux uns et aux autres, dévoilant un enthousiasme qu'Hannah ne lui connaissait pas. Dans ce train qui fuyait Paris, elle semblait revivre. À l'escale de Vienne, elle faillit même accompagner sa voisine qui s'était mis en tête de visiter la ville.

« Et si on repartait sans toi ! Tu te vois seule en Autriche, en ce moment ? »

Cécile avait renoncé de mauvaise grâce. Pour la première fois, Hannah avait vu, non sans malaise, les rôles s'inverser et la nécessité de protéger sa mère contre elle-même. La voisine était rentrée à temps, exaltée par son intermède autrichien.

« Le Prater est magnifique... Quels cafés !

— On ne se balade pas ainsi dans une ville inconnue envahie par les nazis ! » avait tonné M. Popero.

L'inconsciente s'était rassise, rêveuse face au paysage neigeux qui défilait à nouveau. L'Europe formait une banquise qu'il fallait percer pour arriver à bon port.

Par chance, Hannah se réfugiait dans le sommeil à volonté. Et elle se moquait bien que les autres passagers trouvent bizarres ses yeux toujours clos. Dans ses songes, elle rejoignait Jo, Rachel, Haïm et Suzon, qu'elle n'osait évoquer devant sa mère. Des dizaines d'heures passèrent ainsi, dans un tunnel de rêves, de retrouvailles, de baisers donnés, reçus.

Un jour, le train stoppa devant une gare en ruine.

« Voies détruites par un bombardement », avait précisé le garde-barrière à la moustache stalinienne.

Il avait fallu marcher cinq kilomètres dans le froid pour rejoindre un autre train. L'exercice avait diverti les adultes confinés depuis plusieurs jours mais fut une épreuve pour les enfants et les vieux. Les valises pesaient de plus en plus lourd, même vidées de la majeure partie des provisions. Les wagons de marchandises où étaient entreposées leurs rares possessions avaient été décrochés depuis bien longtemps. Ils ne possédaient plus rien. Se trouvait-on en Bulgarie ? Peut-être. Ou perdus dans le grand blanc. Le temps s'étirait.

Un matin de ouate, un cri réveilla Hannah.

« Nous sommes à Edirne... Vive la liberté ! » s'exclama M. Popero.

D'abord muet d'émotion, le wagon se mit à entonner des comptines enfantines et *La Marseillaise* en judéo-turc. Certains chantaient faux, mais qu'importe, ils étaient enfin en Turquie, à Edirne, la deuxième capitale de l'Empire ottoman.

« *Koulano haïm !* (Nous sommes tous vivants !) » s'exclama en ladino un vieux monsieur digne dans son costume froissé par onze jours de voyage. Avocat dans l'un des plus grands cabinets de la capitale, mais radié de l'Ordre avec ses collègues « israélites », il n'en revenait pas de devoir repartir à zéro, s'expatrier à nouveau. Il ne reconnaissait plus « sa » France et avait effacé Istanbul de ses souvenirs. Son cœur balançait entre l'angoisse et la joie.

Cécile cala sa fille contre sa poitrine, puis applaudit à tout rompre. Elles burent un fond de vin pour fêter l'événement. La tête d'Hannah se mit à tourner. C'était donc ça, être pompette ? Elle aimait cette sensation euphorisante. Quand la guerre finirait, elle boirait un verre, tous les jours. Un cocktail chic comme dans une comédie de George Cukor qu'elle avait vue avec Suzon et leurs parents, un soir, au cinéma.

À la gare, des paysannes en fichu de couleur leur souhaitèrent la bienvenue en souriant de tous leurs chicots. Elles vendaient de drôles de pains ronds.

« C'est du pain Simit, ma chérie, goûte, c'est très bon. »

Et c'était vrai, du pain frais, croustillant sous les dents, au goût de sésame !

Il fallut encore patienter, accrocher son regard aux paysages de granit et aux vallées enfoncées, avant d'arriver à la gare d'Istanbul, nimbée d'un brouillard matinal. Sirceji, ce nom était familier à Hannah. Elle en répétait les sonorités étranges en se penchant par la fenêtre.

Sirceji !

18.

Le train s'arrêta dans un vacarme effroyable. D'abord, ce ne fut que fumées et poussières. Et l'étrange sensation de quitter l'étroitesse d'un wagon pour s'élancer vers l'immense inconnu. Elles laissèrent descendre en premier des familles nombreuses. On promit de se revoir, de prendre des nouvelles. Haïm avait envoyé un télégramme aux siens mais il ne fallait pas trop compter sur les postes en temps de guerre, et personne ne semblait les attendre. Recoiffée et repoudrée tant bien que mal, Cécile descendit avec sa fille sur le quai, euphorique. Le président de la communauté juive serrait des mains, distribuait des cartes de visite. Des familles ne s'étaient pas revues depuis des décennies. La joie et les embrassades fusaient. Au milieu de cet émouvant désordre, Hannah et Cécile patientaient afin qu'on leur dise où s'installer pour leur première nuit. Sans doute un hôtel pour voyageurs, en espérant mieux.

Quand elle l'aperçut, Hannah crut qu'elle était encore un peu saoule : son père arrivait en courant, essoufflé, du bout du quai ! Mêmes traits, mêmes yeux bleus, même bouche généreuse, et droit comme un I, comme lui. Quand il s'approcha, elle dut se rendre à l'évidence, l'homme au chapeau gris n'était pas son père. Dix ans plus jeune, au moins, et une mollesse dans le bas du visage, égayé à ce moment précis par un sourire généreux.

« Dani ! cria Cécile. Quel bonheur de te retrouver ! »

Ils s'embrassèrent, rirent, s'enlacèrent encore. Hannah commençait à s'impatienter quand sa mère, les cheveux défaits et les yeux brillants, annonça :

« Hannah, je te présente ton oncle Daniel, le frère de papa... Regarde, Dani, comme elle a grandi, notre fille, depuis les dernières photos. »

L'oncle la souleva de terre et lui fit deux bises sur les joues. Il avait un peu l'odeur de Haïm, ce qui causa à Hannah un nouveau vertige. Trop de gens, d'émotion, de mouvements, après la torpeur du voyage. Elle craignait de s'évanouir entre les sacs des réfugiés. Mais Dani claqua des doigts. Deux porteurs surgis de nulle part prirent leurs maigres ballots. Un taxi les attendait devant la gare.

Pendant le trajet, Cécile et Dani discutèrent en judéo-espagnol. Hannah s'endormit dans un flot de phrases qui semblaient vouloir rattraper le temps perdu. La nuit tombait, voilant les eaux grises du Bosphore qui apparaissait et disparaissait au gré des soubresauts du taxi plongeant dans une enfilade de ruelles. Hannah se réveilla au moment où le chauffeur s'arrêtait devant une maison ancienne en bois.

« Voilà, vous êtes chez vous, dit Dani. Nous sommes à Galata, tout près de la tour au toit pointu. Ainsi, tu ne seras jamais perdue, Hanum. »

Il avait dit « Hanum », à la façon tendre de Haïm. La maison comportait deux chambres, un salon et une salle de bains. Un palace comparé au logement de la rue Popincourt. Hannah fut tout de suite attirée par la véranda, qui donnait sur une vue prodigieuse. Le Bosphore et la Corne d'Or encadraient la mer de... Marmara, si elle avait bien retenu les leçons de Haïm. Un cargo majestueux fendait l'eau luisante comme de la soie.

« Vous serez bien, assura Daniel. Quand Haïm arrivera, ce sera le paradis. »

À trente-cinq ans, Daniel n'avait jamais compris que son grand frère ait quitté sa famille, ses biens, sa culture, son pays. Lui n'avait jamais vécu qu'en Turquie et s'en félicitait tous les jours. Les Juifs y étaient heureux et respectés, depuis longtemps. Le sultan Beyazit II avait accueilli 250 000 pauvres hères chassés d'Espagne par l'Inquisition, en veillant à ce qu'ils puissent pratiquer leur culte et travailler en toute liberté. En retour, les Juifs espagnols avaient appris à aimer leur nouveau pays et à lui être fidèles. Ils avaient contribué à la richesse de l'Empire ottoman en prêtant de l'argent aux pachas dépensiers. Une communauté unie et respectée même si ceux qui ne pouvaient payer l'impôt se retrouvaient à casser des cailloux loin, très loin d'Istanbul... Comme beaucoup de jeunes Juifs, il avait appris le français à l'Alliance israélite universelle, et il lisait *L'Orient* tous les matins. En Turquie, on sous-titrait les films en français, la langue d'élite dans la communauté. Mais Daniel aimait surtout marcher dans les rues étroites, humer l'odeur des algues flottant sur la ville, attendre le printemps et les cigognes qui arrivaient d'Afrique. Haïm et sa famille seraient heureux ici, à l'ombre de la tour trapue de Galata.

Hannah s'abandonna avec délices dans le lit douillet après ces nuits passées assise la tête collée contre l'épaule de sa mère. L'oreiller sentait bon la fleur d'oranger, elle s'endormit d'un coup. Elle n'entendit pas Cécile raconter à Dani les humiliations, les rafles, les déportations, l'apathie d'une population civile occupée à se chauffer, à chercher à manger. Dani connaissait la situation par les journaux mais il ignorait l'arrestation de Jo et de Rachel ainsi que l'étendue du désastre pour les Juifs parisiens.

« J'espère que Haïm sera bientôt là », répéta-t-il en embrassant sa belle-sœur qui titubait de fatigue. Personne ne pouvait les rassurer, leur dire combien de temps durerait la séparation. Et c'était peut-être cela le plus difficile, cette attente sans fin.

Hannah fut réveillée par la sirène d'un bateau. Son père lui avait dit que le Bosphore venait d'un mot grec qui signifiait « gué aux vaches », mais elle imaginait mal ces animaux traverser ce détroit aux courants violents. Elle se leva sans faire de bruit et se lova sur le canapé à l'ottomane devant la baie vitrée. De jour, le paysage était encore plus impressionnant. Une lumière blanche montait des flots qui semblaient cerner la maison. Rien entre elle et l'eau, que le ciel et des nuages inoffensifs sillonnés par des mouettes au ventre moelleux. Une myriade d'embarcations étaient sorties ce jour-là, des bateaux à vapeur qui crachaient leur fumée noire, des barques, des cargos rouillés, des tankers. Elle ne pourrait jamais tous les compter. Le visage reposé, Cécile vint s'asseoir à côté d'elle pour partager ce spectacle. Puis elles défirent leurs bagages. Cela ne fut pas long, elles avaient emporté le minimum, pour un mois, tout au plus.

Dani arriva avec le petit déjeuner, ses grandes mains disposaient le butin en deux mouvements. Il occupait tout l'espace, demandait attention et respect. Quel contraste avec la silhouette discrète de Haïm, qui, au magasin, paraissait se fondre dans les rayonnages ! Du lait, des brioches tièdes, du jus de fruits. Il donna discrètement une enveloppe à Cécile. Il y avait aussi des livres en français pour la petite. Ce soir, il viendrait les chercher et les présenterait à la famille. Mais avant, il devait aller travailler. Il possédait un garage à l'entrée d'Istanbul. Les Turcs appréciaient les voitures puissantes et ceux qui savaient les réparer. Dani était assez fortuné, sa femme ne travaillait pas, ce qui était bien vu dans la société turque. Il aimait les jolies filles, la rigolade, les courses de chevaux et de lévriers où il flambait, accompagné de ses deux fils à qui il offrait des cornets de pistaches, heureux comme un roi, et fier du regard des autres sur sa réussite.

Restées seules, les deux femmes prirent une douche chaude, autre plaisir oublié. Ensuite Hannah s'installa pour écrire à son père, Cécile ajouta un petit mot, puis elles sortirent en ville. Tout en cherchant la poste, Cécile lui montrait les maisons à encorbellements, les porteurs d'eau, les marchands de cigarettes, les cafés où l'on fumait le narguilé et jouait au jacquet. Mais l'intense rumeur urbaine fatigua vite Hannah, qui se ressentait encore du voyage et de l'arrachement à son père. Au bout d'une heure, elles rentrèrent. Hannah sombra dans un sommeil brumeux pendant que sa mère se préparait à retrouver sa belle-famille.

À 17 heures pile, Dani se présenta, un bouquet d'iris à la main et le compliment en judéo-turc aux lèvres.

«J'aurais voulu t'offrir des tulipes, la fleur nationale. Tu sais que tulipe vient de « *tulben* », turban en turc ? J'attendrai la saison... Allez, en route, les filles ! »

On prit place dans une impressionnante Cadillac noire de 1931.

La famille Behar vivait au complet dans une magnifique demeure au cœur d'un parc. Chaque génération occupait un étage différent, comme dans les grandes familles ottomanes. Hannah sentit un pincement au cœur : quelle chance de retrouver les siens tous les jours ! Une jolie rousse habillée de couleurs vives sortit sur le perron et se précipita dans les bras de Cécile. C'était Esther, la femme de Dani, petit bout de femme ronde comme une tour, qu'il tenait toujours d'un air protecteur par l'épaule. Enceinte, elle serra Hannah contre sa poitrine imposante. Puis défilèrent les cousins Samy et

Vitali, habillés comme des jumeaux, Mina la sœur d'Esther, son frère Henri et la nourrice Ayzel. Cécile et Hannah se laissèrent guider vers le canapé. De la limonade et des pâtisseries les attendaient sur une table basse. Tout le monde se montrait très gentil, peut-être trop. On leur parlait lentement, comme à des malades. On les embaumait d'un mélange d'admiration et de compassion. Quel contraste avec Paris ! Ici, la guerre semblait irréelle, ce qui renforçait le sentiment d'étrangeté éprouvé par Hannah. Qu'avait-elle à partager avec ces gens ? Si son père avait été là, tout aurait été plus simple.

Daniel avait décidé de subvenir aux besoins de Cécile. Il sortit de sa poche une liasse de billets, un geste lui conférant une aura de grand seigneur en société, ce qui le flattait.

« Tu ne vas pas jouer à la couturière ici ! Repose-toi, profite de ta fille et de la vie. Après ce que vous avez vécu à Paris, vous le méritez bien. »

Ce ton protecteur ne déplaisait pas à Cécile. C'était bon de pouvoir s'appuyer sur quelqu'un, loin de Haïm.

Elle décida d'initier Hannah aux beautés de la ville. D'abord Pera, le quartier occidental, avec ses larges avenues, ses ambassades, ses passages aux noms d'origine française, passage d'Europe (Dörob Pasagi), passage de Syrie, passage aux Fleurs, où Haïm l'avait demandée en mariage. Aujourd'hui, les fleurs poussaient surtout sur les tables des restaurants. Hannah tentait d'imaginer son père en train de faire la cour à Cécile, mais n'y parvint pas.

Le bruit la perturbait. Les hommes aussi. En la croisant, certains se passaient la langue sur les lèvres ou mimaient un geste obscène. Elle se collait à sa mère, qui ne s'apercevait de rien, tout occupée à lui vanter les charmes d'un petit train.

« Les Turcs en sont très fiers. Ils l'appellent le plus vieux métro du monde.

— Mais, maman, ce n'est qu'un funiculaire !

— Peut-être, mais il a été construit en 1874. »

Un après-midi, Cécile emmena Hannah au Pera Palas, haut-lieu de la bonne société stambouliote et villégiature favorite des voyageurs fortunés descendus de l'Orient-Express. Des garçons en gants blancs servaient du thé ou du chocolat crémeux.

« Agatha Christie séjournait dans la chambre 411. Elle adorait leurs sandwichs au cresson.

— Tu l'as rencontrée ? demanda Hannah, plus par gentillesse que par intérêt.

— Non, mais je l'ai sans doute croisée, en venant ici avec ton père et Dani. »

Dani... Cécile s'évertuait à l'appeler ainsi avec un petit rire de gorge. Hannah se sentait fébrile, mais sa mère semblait revivre. Elle se maquillait, peignait ses ongles en rouge, bientôt elle assortirait la couleur de ses chaussures à celle de son sac à main. Une Parisienne des magazines.

Après le quartier de Galata, ce fut le Grand Bazar, avec ses pyramides d'épices, ses bijoux ruisselants d'or, ses étoffes somptueuses. Elles s'arrêtèrent chez un marchand, vieille connaissance de Cécile, qui n'avait qu'une jambe. L'autre avait été perdue à la guerre, avec les Allemands, contre les

Français. Les deux femmes firent bien attention de ne pas regarder vers le bas, là où celle-ci aurait dû se trouver.

« Comme tu es maigre, ma petite ! regretta le vieil homme au crâne chauve en lui enserrant le poignet. Tu ne manges donc rien à Paris ? »

La mère et la fille se regardèrent. Aucune envie d'expliquer l'Occupation à ce brave homme qui n'imaginait pas le sort de la population là-bas. Il tira deux loukoums de sa poche et les tendit à Hannah. Avant de coller aux doigts, les confiseries translucides avaient séjourné dans les poches du vieux. Réprimant une grimace, elle en avala une pour faire plaisir au marchand.

Les visites se firent plus longues, plus lointaines. Cécile exorcisait l'attente de Haïm en épuisant leurs corps. En visite au palais de Topkapi, Hannah s'attarda devant le fameux diamant aux cinquante-huit facettes et quatre-vingt-six carats, et les lourds chandeliers incrustés de milliers de pierres précieuses. Combien de convois vers la Turquie ce diamant gros comme un œuf de canard aurait-il pu financer ? Combien de vies aurait-il pu sauver ? L'esprit d'Hannah revenait toujours à la guerre, sa seule mesure, son obsession. Elle ne parvenait pas à surmonter le choc de la séparation, puis l'angoisse de savoir son père si loin. Pourquoi était-elle restée dans ce train ? Elle aurait dû sauter de la voiture en marche. Suzon l'aurait fait, elle. À Balat, l'un des quartiers les plus pauvres de la ville, elle se sentit mieux. En arrivant de Roumanie, Jo et Rachel s'étaient installés dans l'une de ces maisons basses.

Le linge pendait aux fenêtres, des hommes tiraient des charrettes, on vendait des cigarettes à l'unité sur le trottoir. Une rue Popincourt à la turque ! Pour la première fois, elle s'anima, distribuant des pièces à des gamins en haillons, insistant pour se rendre à l'une des sept synagogues du quartier, celle d'Ahrido, la plus ancienne d'Istanbul, l'une des plus grandes aussi.

« J'aimerais entrer prier pour eux. »

Cécile acquiesça en silence. Elles pénétrèrent dans l'édifice occupé uniquement le vendredi soir et le samedi matin, et se recueillirent chacune de leur côté.

Dani s'inquiéta de cette escapade à Balat.

Esther opinait. Elle se rangeait toujours à l'avis de son mari, qu'elle avait connu fort jeune. Il avait remplacé son père, mort en tombant de cheval, et aussi son frère, victime d'une de ces maladies dont le bassin méditerranéen avait le secret. Dani constituait son socle, son garde-fou, son ancre.

« C'est la misère, là-bas, articula-t-elle d'une voix douce. Dieu seul sait quelle mauvaise rencontre vous auriez pu faire. »

Mais les rues sans trottoir, les cafés où les hommes jouaient au jacquet, le hammam El Banyo de Balat où les futures mariées se purifiaient au cours de la cérémonie de la *mikvah* attiraient Hannah. Galata sentait trop la saumure et le mouton grillé. Le clapotis incessant, l'odeur d'algues, les hommes serrés tels des bancs de poissons l'oppressaient. Son père parlait du Bosphore comme d'une larme d'argent étirée sous le soleil, mais jamais il n'avait évoqué ce froid plus terrible qu'à Paris, cette humidité constante liée à la pluie, ce ciel gris poussière. Dans les ruelles pentues, le vent s'engouffrait, faisant frissonner les rares passants de ce mois de février.

Le cœur battant, elles s'étaient rendues deux fois à l'arrivée du train de Paris. Haïm ne s'y trouvait pas, Simon non plus. Aucun des passagers n'avait pu les renseigner. Ce vide avait quelque chose d'atroce, son absence creusait leurs visages. Elles espéraient Haïm à Marseille ou à Lyon, occupé à aider ses compatriotes. Hannah s'inquiétait et Cécile, Dani et Esther la rassuraient avec des mots vides, convenus.

« Tu es trop petite pour t'inquiéter, disaient-ils en chœur. Profite, ma fille, profite. »

Je ne suis pas votre fille, avait envie de répliquer Hannah. Et profiter de quoi ? De l'absence de Haïm qui lui trouait le cœur ? Tous les matins, elle rêvait qu'il était là, à ses côtés, et tous les matins, il s'enfuyait, avalé par une Europe de plus en plus lointaine. Son absence pesait sur sa fille de tout son poids et tentait sa vie en gris. Il lui manquait chaque jour davantage et elle marchait seule, un vide oppressant dans la poitrine.

De mauvaise grâce, elle jouait avec ses cousines, mais à cause de son peu d'entrain à apprendre le turc les conversations s'étiolaient vite. Elle savait dire « *cay* » pour ce thé qui la réchauffait dans cet hiver implacable, « *Fransizine ama Turkçe ö greniyorum* (Je suis française mais j'apprends le turc) » et *tuvalet* (toilettes). Pas de quoi impressionner celles qui se donnaient la peine de lui parler ou de l'inviter à goûter.

L'exotisme de la nourriture la consolait. Le jus si sucré des mystérieuses grenades, les sorbets à la pistache ou à la rose vendus à la criée. Quand le marchand de glaces passait dans la rue, on faisait coulisser un seau de bois par la fenêtre, à l'aide d'une corde et d'une poulie. Le seau remontait rempli de crème acidulée, la manœuvre la fascinait. Pareil pour les pêcheurs, quelques billets dans le seau et toute une pêche luisante de rougets, de lottes, de sardines s'invitait dans la cuisine ! Si Suzon ou Leslie avaient pu voir ça, goûter à cette profusion ! En deux mois, ses joues s'étaient arrondies, on ne voyait plus ses côtes. Cécile s'en félicitait mais Hannah aurait échangé tous les sorbets du monde contre un mot de Haïm. Sa mère avait alerté des officiels, envoyé des télégrammes rue Popincourt. En pure perte.

Hannah se confiait à son journal intime – un beau cahier couvert de tissu offert par Cécile, muni d'un véritable verrou pour enfermer ses secrets. Elle notait des mots, des bribes de conversation, des impressions fugitives.

« Dans cette ville, je ne reconnais rien. Ni les jardins de pins ni le ciel rougeoyant, ni les foules massées sur le trottoir. Je ne comprends pas comment maman peut s'y plaire, les fontaines sont brisées, les murs abattus, les maisons délabrées. Elle, elle ne voit que les fastes d'antan. Comme si l'on vivait encore dans l'Empire ottoman. Elle non plus je ne la reconnais pas d'ailleurs. Où est passée ma mère ? Toujours à bavarder avec Dani. »

En décrivant la lumière dans les carafes en cristal taillé sur la table au dîner, les robes d'organdi des filles de la famille, les crêtes de vagues grises du Bosphore, les bruissement des feuilles qu'elle entendait de son lit..., les phrases devenaient une couverture, un rempart. Elles la protégeaient aussi de ce diable de Charlie, un cousin qui lui faisait la cour dès que Cécile avait le dos tourné. Ce bellâtre lissait ses cheveux au jus de citron et se mirait dans la glace en lui parlant. En cela, il ressemblait un peu à l'oncle Dani qui testait son pouvoir de séduction sur tous les jupons qui passaient et s'absentait souvent, prétendument pour ses affaires, mais Hannah l'avait entendu se vanter de ses virées au port. Elle se doutait qu'il s'y amusait, loin du regard placide d'Esther, bien décidée à privilégier sa tranquillité. Pourquoi les hommes de ce pays, son père excepté, se comportaient-ils ainsi ?

19.

Dans ses lettres à son père ou à Suzon, Hannah ne racontait ni la neige, ni le vent venu de Russie, ni la pluie qui s'immisçait sous sa capeline brune. À Paris aussi, l'hiver devait régner, un hiver à l'allemande, et ce n'était pas la peine d'en rajouter. Elle troussait avec bonheur des anecdotes familiales : l'un de ses voisins, veuf, s'était cassé le dos en tombant d'un échafaudage. L'oncle, d'une générosité inattendue, l'avait porté jusqu'à l'hôpital, puis invité pour sa convalescence à la maison. Le type s'y sentait si bien que deux mois plus tard, il continuait à vider toutes les assiettes qu'on lui proposait et ne parlait pas de rentrer chez lui, à l'énervement d'Esther, focalisée sur la naissance à venir.

Un soir, celle-ci avait mis le feu à sa lourde natte en allumant une bougie de shabbat. Il leur avait fallu du temps pour comprendre d'où venait cette odeur épouvantable de chair de poulet, et, hurlant, Esther avait plongé sa tresse dans la glace à la vanille, qui trônait là. Dani en avait pleuré de rire. Hannah aimait aussi décrire ce qu'elle remarquait :

les maisons toutes de guingois, les cigognes qui migraient d'Afrique en Europe, la fumée des bateaux à vapeur sur le Bosphore, les vieilles demeures grecques que l'on ne fermait pas à clé. Un jour, elle annonça une vraie bonne nouvelle : devant le nombre d'enfants réfugiés, les autorités françaises avaient décidé d'ouvrir des classes. Ces enfants juifs, bien que pourchassés, restaient français. La France ne pouvait les abandonner à leur sort, au nom de l'avenir, mais aussi sans doute pour assurer ses arrières. Les plus petits iraient au palais de France, une demeure blanche style Louis-Philippe qui accueillait les réceptions les plus chics d'Istanbul, située sur l'avenue Istikal Caddesi. Les grands étudieraient au consulat de France, en haut de la même avenue. À l'idée de retrouver la classe, Hannah exultait.

Le jardin calme et bien tenu du consulat, sa cour avec ses petits bancs où folâtraient les chats lui plurent immédiatement. Le contraste entre la fourmilière d'Istikal Caddesi et la quiétude du lieu la ravissait. L'artère mondaine d'Istanbul festonnée de restaurants huppés, de confiseries et d'ambassades avait des airs de boulevard parisien. Hannah se dit que si à Paris la communauté judéo-turque avait tenté de recréer un petit Istanbul, les Juifs d'Istanbul reconstituaient le Paris de leurs fantasmes. Toujours entre deux pays, deux identités. Tel semblait le sort des exilés.

Au consulat, les «grands» étaient mélangés, faute de professeurs et de place. Certains n'avaient pas fréquenté d'école depuis longtemps, pour se cacher. L'école était à peine mixte : deux filles pour onze garçons. Prenant place face à un pupitre trop petit pour elle, elle vit arriver une fillette aux cheveux auburn et aux rondeurs rassurantes.

«Je m'appelle Jeanne, Jeanne Aslan, lui dit-elle avec un sourire qui laissa apparaître une dent cassée. Mais on m'appelle Jeannette.

— Et moi, je suis Hannah Behar, de Paris.

— Ben oui, s'esclaffa Jeannette, comme tout le monde ici ! » en mettant sa main potelée devant sa bouche, un geste qu'elle répétait chaque fois qu'elle riait. Ce trou béant, inesthétique, la complexait, mais ses parents attendaient le retour à Paris, forcément imminent, pour soigner leur fille chez un dentiste parisien réputé.

Jeannette venait de Neuilly-sur-Seine, riche banlieue où Hannah n'avait jamais mis les pieds, et l'arrivée en Turquie avait été un choc immense pour toute la famille. Son voyage s'était déroulé pourtant dans de tout autres conditions. Elle avait emprunté l'Orient-Express avec ses parents. Une salle à manger, des verres en cristal, des couchettes et un garçon qui servait le petit déjeuner. L'exil en première classe.

Jeannette invita Hannah chez elle, sur les hauteurs de Pera. Avec sa fontaine en marbre qui trônait dans la cour, ses lourdes portes en chêne sculpté, ses plafonds à l'italienne, son jardin taillé au millimètre et ses pièces de réception qui n'attendaient qu'un bal, la villa Osmania aurait pu être transportée telle quelle de Sicile.

Max Aslan, le père de Jeannette, dirigeait une

banque à Paris et possédait un immeuble face au bois de Boulogne. Malgré les protestations du consulat turc, les autorités de Vichy l'avaient exproprié, et poussé à fuir en abandonnant tout. Trop malade pour voyager, sa vieille mère était restée à Neuilly. Max envoyait régulièrement télégrammes et colis chez eux et aussi à Drancy, par précaution. Aucune réponse.

Les parents de Jeannette cousinaient avec la famille Camondo, légendaire en Turquie depuis Abraham de Camondo, le plus riche des Juifs de l'Empire ottoman. Nissim, son petit-fils, officier de l'armée française, avait été abattu aux commandes de son avion pendant la Première Guerre, en 1917. À Istanbul, les Rothschild de l'Orient étaient appréciés pour leur sens des affaires, leur courage, leur générosité. Tragédie de l'histoire : leurs derniers survivants, Béatrice, son mari Léon Reinach et leurs deux enfants Fanny et Bertrand, étaient détenus en ce moment même à Drancy.

Les deux fillettes devinrent inséparables. Jeannette ouvrait à Hannah une fenêtre sur un monde inconnu. Elle lui parlait de ses nurses anglaises, des thés de sa mère, du poney que son père ne manquerait pas de lui offrir quand les hostilités seraient finies. Babillant inlassablement, d'un optimisme à toute épreuve, elle distrayait Hannah et lui laissait entrevoir une issue heureuse. Elles partiraient toutes les deux en Normandie, dévoreraient des crêpes, pêcheraient des coquillages étranges. Il suffisait d'attendre... Hannah jouait avec bonheur le rôle de la grande sœur même si elle n'avait que six mois de plus que Jeannette, et veillait sur elle, écartant d'un regard noir les coups d'œil trop salaces sur ses bras potelés, ses fesses rebondies, ses bonnes joues. Elle lui servait de garde du corps en quelque sorte et l'idée la divertissait. Comme elles chantonnaient souvent dans le tramway les paroles de la chanson de Ray Ventura, « au lycée Papa, au lycée Papi, au lycée Papillon », elles baptisèrent ainsi leur école. Les garçons eurent beau ricaner et tirer sur leurs nattes, bientôt tout le quartier appela l'école des Français le lycée Papillon. Ce papillon leur donnait des ailes pour rentrer en France.

Hannah se hâta d'écrire à son père qu'elle était toujours la première au « lycée Papillon ». Elle en parla aussi à Suzon, sans mentionner sa nouvelle amitié. Elle cloisonnait ses mondes. Avec Jeannette, elle vivait sur un pied d'égalité. Un regard, une inflexion de voix avaient suffi pour se comprendre. Malgré leur différence sociale, elles appartenaient au même univers, celui de l'exil, de l'étrangeté. Hannah aimait et admirait toujours Suzon, mais cette dernière était loin, trop loin. Suzon avait dû le sentir qui lui proposait, dans une lettre, un peu loufoque, parvenue avec trois mois de retard, d'économiser pour venir la voir à Istanbul. Comme si elle en avait eu les moyens et la liberté !

Salut copine,

J'espère que tu es bien installée dans cette ville au bout du monde. Tu me manques, ici tout est gris et sale. Heureusement, j'ai découvert la patinoire et je t'y emmènerai, promis !

Quand viens-tu donc ? Avant que nous ayons des cheveux blancs et de la barbe au menton, j'espère. Ne me snobe pas, car je t'embrasse affectueusement, ma princesse orientale.
Ta Suzon

Hannah avait relu la missive des dizaines de fois, le cœur en liesse, avant de s'inquiéter davantage. Dans sa lettre, Suzon n'évoquait jamais Haïm, qu'elle aurait pu croiser, ni les grands-parents, juste ses frères et son idiot d'animal qui semblait l'accaparer.

L'été arriva du jour au lendemain, faisant pousser l'herbe sur les pentes de la ville, réveillant les chats paresseux, éclairant les cimetières dont les tombes s'affaissaient lentement. L'air embaumait des senteurs de figuier et de jasmin. Les deux amies s'amusaient à chasser les chiens faméliques, à courir sous les arcs-en-ciel de linge qui séchait. Affamées, elles se précipitaient alors à la pâtisserie Haci Bakir, fameuse pour ses loukoums à la noisette et à la rose, ou chez Marquise, non moins célèbre pour ses profiteroles.

Le Bosphore, qui paraissait gris et sinistre à Hannah, étincelait désormais sous le soleil. Fini les torpeurs brumeuses, un filet parme écorchait les nuages. Ses eaux sombres servaient d'écrin aux mosquées qui faisaient le dos rond et aux minarets qui tutoyaient le ciel. On entendait la voix rauque du muezzin. Hannah et Jeannette dévalaient les rues jusqu'au pont de Galata, espérant assister à la ronde des dauphins. Elles écoutaient la respiration des bateaux, le concert de barques, de chalutiers et les modestes *vapurs*, dont le nom venait du français et dont on suivait la fumée à la trace. Des enfants en slip sautillaient sur les quais, des poissons rutilaient dans les nasses des pêcheurs. Tout ici était commandé par l'eau qui séparait et réunissait les deux rives. Quand on passait trop de temps à regarder l'étendue des vagues, la ligne d'horizon se mettait à osciller. Hannah laissa le paysage la pénétrer, la mer apaiser ses angoisses. Elle se sentait dolente, presque liquide. Pour la première fois, la ville l'amadouait, savait la conquérir.

« Rappelle-toi, Istanbul est notre mère à tous », répétait Dani d'un air docte quand il avait bu trop de raki aux dîners familiaux qui s'éternisaient. Curieux comme elle avait du mal à supporter cet oncle qui ressemblait à son père. Peut-être parce qu'il souriait souvent à sa mère. Et puis il l'énervait avec sa manie de lui pincer la joue comme si elle lui appartenait, de lui ébouriffer les cheveux à la façon d'un chiot. Goguenard, il semblait l'avoir percée à jour et se moquer d'elle. Mais il ne supportait pas le moindre regard de travers, la moindre réflexion. Ses colères étaient légendaires, sa brutalité crainte. Un jour, épouvantée, elle l'avait vu rouer de coups un ouvrier qui avait volé dans la caisse.

« Pour l'exemple, tu comprends », avait-il osé ensuite se rengorger à table.

Cécile s'efforçait de taire ses angoisses, mais les mêmes questions l'assaillaient. Où se trouvaient ses parents ? Et Haïm ? À Lyon, Marseille, Drancy ? En Allemagne ? Les Alliés avaient débarqué au printemps en Normandie. Mais rien ne changeait pour les Juifs en France. Des trains partaient toujours vers l'inconnu. Le seul espoir de Cécile et d'Hannah était que Haïm se soit caché quelque part ou ait rejoint la Résistance. Il en était bien capable. Peu à peu, elles avaient arrêté d'aller à la gare attendre un train hypothétique. Sans en parler à personne. Elles avaient cessé d'y croire.

Quand la chaleur les laissait exsangues, Cécile menait sa fille et Jeannette en mer de Marmara, jusqu'aux îles aux Princes. L'excursion la ramenait à l'époque de ses fiançailles. Haïm aimait prendre le bateau, contempler l'eau qui scintillait comme du papier d'aluminium et cette lumière orangée qui les enveloppait alors. Sur l'île, le trio piqueniquait au bord de l'eau. Cécile achetait des sandwichs au poisson odorants et du *trucu*, un gros cornichon conservé dans le sel et entouré d'une feuille de chou. Le rivage miroitait d'un éclat d'or rose et les filles semblaient nager dans le bleu d'un tableau de Monet. Le soleil avait blondi la chevelure d'Hannah et doré le casque cuivré de Jeannette. On aurait dit des sœurs et Hannah revivait, apaisée par cette complicité si différente de celle qu'elle avait nouée avec Suzon.

« Quand on rentrera, tu viendras habiter à Neuilly, près de chez moi ? » demanda tout à coup Jeannette.

Hannah se contenta de hocher la tête. Elle ne se voyait pas quitter sa rue, son école, et surtout Suzon. Elle avait d'ailleurs du mal à imaginer leur trio futur. Suzon ne ferait qu'une bouchée de la blondeur sucrée de Jeannette et la traiterait de mijaurée. Mais Hannah saurait trouver les mots, amadouer sa copine du quartier. À trois, se prenait-elle à espérer, elles seraient tellement plus fortes !

Au retour vers la ville, en cette fin d'après-midi, régnait une étrange agitation sur le pont de Galata. En se rapprochant, Cécile et les deux filles remarquèrent que les pêcheurs avaient posé leurs cannes. Ils dansaient, chantaient, faisaient tournoyer leur chapeau dans les airs. À bord du bateau, le capitaine hurlait en turc, dans un sourire édenté.

« *Hurriyet, hurriyet ! Paris Isgalden Kurtuldu !* (Liberté, liberté ! Paris a été libéré !) »

Paris libéré ! Cécile portait la main à sa poitrine. Toutes les trois n'osaient y croire, puis criaient de joie en même temps.

« C'est fini ! Les Allemands vont partir ! »

Elles allaient rentrer. Les années de sang prenaient fin. Hannah s'imaginait déjà rue Popincourt embrassant son père, Suzon, ses grands-parents, Simon. Cette nuit-là, le sommeil la fuyait. Elle tournait dans son lit, rêvant à la fête dans son quartier, les drapeaux tricolores, les embrassades. Que la nuit turque finisse pour que le jour se lève enfin sur Paris !

Au matin, elle déchanta. Paris était bien libéré, désormais obtenir des nouvelles serait plus facile, mais la guerre continuait, sur d'autres fronts, notamment en Orient. Un retour immédiat en Europe paraissait impensable, insensé. Il fallait s'armer de patience.

Hannah n'en pouvait plus de cette attente, de cette vie en vacances éternelles. Elle voulait rentrer, grandir chez elle. Cécile comprenait et partageait la détresse de sa fille, cependant elle devait s'avouer qu'elle appréciait cette existence protégée sur les rives du Bosphore. Dani l'avait débarrassée des soucis matériels, et elle avait retrouvé des connaissances, des amis. Étrangement, elle se sentait plus parisienne à Istanbul qu'à Paris. On venait la consulter comme une arbitre des modes et des élégances. Dans son désespoir, ce rôle la flattait un peu, lui redonnait confiance en elle. Être une étrangère ne signifiait donc pas forcément devenir une paria. Dani était fier d'elle, et plus encore. Combien de fois l'avait-il frôlée, caressée du regard? Elle avait souvent dû lutter pour ne pas se réfugier dans ses bras, mais elle s'était retenue, par crainte qu'il ne confonde ce qui s'apparentait plus à un besoin de consolation qu'à un désir charnel, peut-être présent, mais qu'elle n'osait s'avouer.

« Sois patiente, ma chérie! Encore quelques semaines seulement. »

Les semaines se transformèrent en mois. Hannah avait l'impression que le retour ne viendrait jamais, qu'elles resteraient toute leur vie face au Bosphore. La France s'éloignait et les souvenirs de son père aussi. Parfois, elle perdait le son de sa voix et s'acharnait à le retrouver, en pleurant. Elle avait mauvaise conscience de ce séjour qui s'éternisait, quand la France s'enfonçait dans la misère et la guerre. Sa place était rue Popincourt, avec Haïm et Suzon, Jo et Rachel, pas dans ce décor d'opérette... Il fallut encore affronter un hiver, le vent et la grêle. La neige tombait comme un tapis chuchotant, enveloppant la ville dans un rêve de blancheur. Le temps semblait calqué sur leur paysage intérieur. Pour chasser la mélancolie, Hannah et Jeannette sculptaient des bonshommes avec une neige éblouissante. Les garçons de la classe les houspillaient parfois, mais elles les tenaient à distance. Pas question d'accepter une invitation au cinéma, ni même une glace dans un café. On restait entre filles. À dessiner des sorcières et des fées, des poneys (l'obsession de Jeannette) et des bateaux (celle d'Hannah). Et puis il y avait les cours de couture dispensés par cette dernière à son amie, qui, naturellement, n'avait jamais eu à tenir une aiguille. Elles se racontaient leur vie, leurs petits secrets en gloussant de rire. Dans une bulle, comme avec Suzon, protégée de la réalité, du monde qui s'écroulait là-bas en Europe, et des inquiétudes des adultes.

« Ces garçons sont amoureux de toi, lança Esther à Hannah après avoir observé la petite bande dans la rue.

— N'importe quoi, riposta Hannah en souriant à Élie, qui ressemblait chaque jour davantage à un petit poussah sur sa chaise haute. Ils font que m'embêter !

— Justement... »

Un jour de mai, alors qu'elles regardaient les bateaux, allongées sur le canapé, une occupation proprement stambouliote, Dani arriva en courant. Curieuse apparition. Son oncle, à qui poussait un ventre de sultan, se défaisait rarement de son autorité naturelle, et elle ne l'avait jamais vu courir comme un garçon des quais. À bout de souffle, il hurla :

« Ça y est ! Ça y est ! C'est fini ! »

Hannah faillit demander ce qui était fini, mais elle comprit vite. Après quinze mois de séjour à Istanbul, qui leur paraissait parfois deux fois plus long, elles allaient rentrer. La guerre était terminée ! Tous les trois s'embrassèrent, se serrèrent dans les bras. Quand ils eurent repris leurs esprits, Cécile annonça froidement :

« Nous partirons le plus tôt possible. »

Dani, qui lui tournait le dos, fit volte-face.

« Pourquoi rentrer ? demanda-t-il d'une voix rauque. Tu as commencé une nouvelle vie. Haïm va vous rejoindre, tes parents seront libérés. Vous êtes chez vous ici ! »

Cécile regardait son beau-frère comme si elle ne l'avait jamais vu. Après tout ce temps passé ensemble, il la connaissait donc si mal ?

« Tu te trompes ! Notre vie est en France. Même si je ne sais comment te remercier... Même si je suis triste de te quitter...

— Mais enfin, que t'a-t-elle apporté, la France ? Peux-tu me le dire ? Elle s'est déshonorée, la France. Vichy, Pétain, Drancy... Tu vas pardonner à cette élite qui vous a livrés aux nazis ? Antisémites ils étaient, antisémites ils resteront, tu verras. Ici, on est protégés, il y a du travail, et l'assurance de manger à sa faim. Et puis, nous sommes là, nous, votre famille !

— Tu ne comprends pas, soupira Cécile dans un sourire échoué. Hannah doit continuer son éducation, elle est brillante, elle peut réussir à Paris. Et moi, je dois retrouver Haïm, mes parents, le magasin. Et puis, je t'ai assez encombré comme cela. On se reverra. Nous reviendrons pour des vacances ou tu viendras, comme tu l'as tant rêvé, assister au grand prix de Monaco. Nous t'accompagnerons. »

Dani restait muet. Il ne comprenait pas que Cécile puisse le quitter, après ces mois de complicité, de visites quotidiennes, d'omelettes et de beignets partagés, de cafés jusque tard dans la soirée. Dani rendait visite à sa jolie belle-sœur trop souvent, mais il ne pouvait s'en empêcher. Il avait essayé de garder ses distances face à la femme de son frère, mais il était tombé sous son charme, son aura d'étrangère. Dans la cuisine, il lui avait une fois caressé la nuque d'un geste sensuel. Elle avait courbé la tête, acceptant sa main et respirant son désir, peut-être même le partageant. Il avait inhalé son parfum, senti sa chaleur, deviné son trouble. Elle était si différente de sa femme, si ronde, si pleine, transformée par l'enfant qu'elle avait porté. Parfois il avait envie de prendre Cécile là, sur le canapé, comme une de ces filles qu'il bousculait dans les bordels du port, et il reculait alors, effrayé par l'obscénité de son désir. Il y avait la petite, qui le regardait avec hargne, et puis le souvenir de Haïm là-bas en Europe, on ne savait où. S'il cédait à sa passion, il ne pourrait pas vivre avec lui-même, mais s'éloigner demandait un effort tous les jours plus difficile. Et maintenant, elle annonçait froidement son départ, le regard vide, comme si ça allait de soi. Et puis pourquoi quittait-elle Istanbul, cette

« ville monde » qu'il aimait tant ? Il avait besoin de sa force vitale, de son énergie animale et il espérait qu'il en fût de même pour Cécile. Jamais il n'aurait pu vivre sans le vacarme de ses rues, les eaux du Bosphore alangui, les minarets. Tout cela s'était imprimé dans son âme. Il était turc et stambouliote, avant d'être juif.

Muette, Hannah les regardait se disputer. Quelque chose chez sa mère la gênait. Celle-ci avait beau protester de son attachement à Paris, ses gestes brusques, ses regards fuyants trahissaient ses discours. Et si elle était tombée amoureuse de son beau-frère ? Tout à coup, cela lui parut une évidence. Leurs sourires, le maquillage de sa mère, les petits cadeaux de Dani, un foulard, une boîte à bijoux. Sa première impression de complicité étrange, de tendresse entre eux, sur le quai de la gare avait été la bonne. Cet homme aimait sa mère. Et que se passait-il quand elle dormait ou qu'elle partait en classe ? Cette pensée salissait Hannah, l'isolait davantage. À qui pourrait-elle confier une telle honte ? L'attirance de Cécile pour Dani était en tout cas un argument de plus pour rentrer. Il fallait mettre des kilomètres de mer entre ces deux-là, traverser des milliards de litres d'eau salée pour aider sa mère à oublier cet homme. Et retrouver son père.

20.

Cécile avait obtenu deux places sur un cargo américain faisant route vers Marseille. Le jour du départ, Dani et sa famille s'agitèrent sur le quai en des adieux qu'ils espéraient provisoires. Hannah fut presque étonnée de pleurer. Elle s'était attachée à cette ville rassurante, désordonnée et capricieuse, et à cette famille surgie du passé de son père. Cécile retint ses larmes, Dani lui manquerait, mais elle préférait regarder vers l'horizon. Il lui semblait que le visage de Haïm se dessinait dans les nuages. Si c'était un présage, elle ne sut comment l'interpréter.

Jeannette et ses parents faisaient aussi partie du voyage. Les premiers jours, les deux jeunes filles furetèrent dans le bateau, s'aventurant même jusqu'à la cabine du capitaine, un homme qui sentait la sueur et la bière. Le reste du temps, elles s'asseyaient sur le pont et papotaient pendant des heures, les pieds dans le vide, en regardant le ballet des mouettes. Quand le soleil tapait trop fort, elles enchaînaient les jeux de cartes en cabine.

Deux filles sur un cargo bourré de *boys* américains, cela avait ses avantages. Les soldats au large sourire leur firent découvrir une boisson à la fois sucrée et amère, qui désaltérait et donnait encore envie d'en boire.

« Coca-Cola. Un breuvage magique. Avec ça, on gagne toutes les guerres », rigolaient les boys en s'en aspergeant le visage et les bras pour bronzer plus vite.

Cécile surveillait du coin de l'œil le manège des soldats, sans quitter les gamines des yeux. Elle se méfiait de ces Américains arrogants et tout en force physique, même s'ils traitaient les filles avec respect. Elle se surprit cependant à accepter une cigarette d'un gars de Chicago, aux dents comme des touches de piano. Dans un accent effroyable, le jeune homme lui racontait son pays, l'hiver glacial, le vent qui s'infiltrait entre les immeubles qui tutoyaient le ciel. Cécile n'écoutait que d'une oreille. L'approche de l'Europe la rendait fébrile. Dans quel état retrouverait-elle les siens, l'appartement, la boutique ? Même s'il en avait bavé ces derniers mois dans le Pacifique, le jeune homme de Chicago ne pouvait imaginer son angoisse. Une *girlfriend* blonde l'attendait sans doute en Amérique. Leur vie reprendrait, paisible, entre hamburgers et balades autour du lac.

Un matin, Hannah se réveilla nauséeuse. Le bateau dansait sur les vagues. Le tango venteux faisait chavirer son ventre qui gargouillait de bile, des spasmes lui coupaient la respiration. Elle finit par appeler sa mère en sanglotant. Un marin proposa du Coca-Cola et de l'aspirine. Le cocktail plongea Hannah dans un sommeil entrecoupé de petits ronflements, de gémissements, de soupirs. Elle s'imaginait sur son lit à Paris, les mains fraîches de sa Nona sur le front, sa Nona qui sentait le lilas. La terre ferme devenait un rêve de plus.

Un jour, accoudées au bastingage, les filles virent pourtant Marseille se dessiner à travers une brume solaire. La France se rapprochait dans une odeur d'abricot portée par le vent. Groupés sur le pont, les passagers faisaient silence, comme dans le train à l'approche de la Turquie. Ils accostèrent bouleversés de joie et d'inquiétude. Au bas de la passerelle, certains embrassaient le quai, cette terre d'accueil malgré tout ce qui était arrivé.

Le taxi fendit la ville chaude et moite. On s'apostrophait, on riait aux terrasses des cafés. Le soleil s'imposait comme la seule étoile jaune sur la ville. Hannah comprit alors que la guerre était vraiment terminée. Elles étaient libres. Elles en ressentirent de la fierté, un sentiment qu'elles avaient oublié.

Le voyage vers Paris dura douze heures. Les parents de Jeannette avaient acheté des pans-bagnats et multipliaient les plaisanteries pour détendre l'atmosphère. Mais l'angoisse était palpable.

À la gare, les adieux furent rapides, comme les promesses de se revoir. Chacun se hâtait vers son destin. Un an que les Aslan n'avaient plus de nouvelles de leur grand-mère. Les Behar n'avaient jamais reçu de lettres de Haïm, de Jo et de Rachel.

Avec les valises, il fallut prendre un autre taxi. Le

chauffeur parlait du général de Gaulle, libérateur du territoire, la voix hachée par l'émotion.

« J'étais dans la Résistance, en Provence. On a fini par leur botter le cul, aux Allemands ! »

Il chantait *La Maquisarde* et *Fifi reine du maquis*, en s'étonnant que ses deux passagères en ignorent les paroles. Il les regarda bizarrement dans le rétroviseur. D'où venaient-elles ? demanda-t-il.

« Nous avons dû nous cacher », éluda Cécile, exténuée. Le chauffeur arrêta net sa ritournelle.

La rue Popincourt se dessina enfin, et ce fut comme un second voyage, un voyage dans le temps. Elle avait tant rêvé ce retour-là ! Elles sortirent du taxi, les jambes en flanelle.

En les reconnaissant, la concierge poussa un grand cri, les étouffa sur sa poitrine, et les entraîna vers sa loge qui sentait la soupe de poireaux et l'encaustique. Le cœur de Cécile battait à s'en décrocher, mais elle ne put retenir plus longtemps ses questions.

« Mon mari est là ? Vous l'avez vu ? »

Non, Mme Vaqueros n'avait pas vu Haïm. Elle ne savait rien. Elle n'avait rien reçu à leur intention, de Drancy ou d'ailleurs. Devant leur trouble, la concierge ajouta en caressant les cheveux d'Hannah :

« C'est un bazar incroyable en ce moment. Ne vous inquiétez pas. Vous aurez bientôt des nouvelles. »

Hannah se cacha dans son tablier comme lorsqu'elle était toute gosse et qu'elle se réfugiait dans la loge en attendant le retour de ses parents ; elle lui arrivait à la poitrine désormais.

Dans les escaliers, la concierge leur dit leur chance de retrouver leur logement inoccupé, à la différence de tant d'autres. Des locataires de fraîche date, regroupés en association, n'entendaient pas rendre les biens juifs. Une pétition contre les anciens propriétaires qui avaient eu le culot de revenir et de réclamer leur logement recueillit jusqu'à 14000 signatures. Des manifestations eurent même lieu ce printemps-là dans le quartier aux cris de « Les Juifs, au crématoire ! ». Comme toujours, les victimes gênaient. Mme Vaqueros en tressautait de rage, en ouvrant la porte avec son gros trousseau, mais Cécile ne l'écoutait pas vraiment.

« Si vous avez besoin de quoi que ce soit, je suis là », dit-elle en s'esquivant.

« Les pauvres femmes, soupira-t-elle. Pourvu que M. Behar rentre vite ! » Elle avait entendu tant d'histoires, vu tant de drames, de situations impossibles que son optimisme naturel, son bon sens méridional la désertaient. Elle ne reconnaissait ni son quartier ni les gens autour d'elle et assistait, impuissante, au naufrage de son petit monde, en essayant de soutenir ceux qu'elle aimait, d'un sourire, d'une accolade, d'un geste tendre. C'était peu, mais déjà beaucoup par rapport à tant d'autres, indifférents au drame de leurs voisins.

De la chance... Il fallait s'en persuader, pensait Hannah. Tout paraissait plus petit, étriqué. La table, le lit de ses parents, la machine à coudre. Cela sentait bizarre, le renfermé, presque le moisi.

Cécile remarqua le vide au plafond. Le lustre rapporté de Bucarest par Rachel, et dont elle était si fière, avait disparu. Les chaises aussi. La mandoline et la collection de timbres d'Hannah avaient quitté l'armoire. Quelqu'un était passé, s'était servi. Restaient le lit, le réchaud. Et ce lait apporté par la concierge qu'elles burent avant de s'endormir roulées en boule sous les couvertures.

21.

Réveillée la première, Cécile savoura quelques secondes la joie de se retrouver chez elle, avant qu'une autre réalité ne la rattrape : Haïm ne dormait pas à ses côtés. Espérait-elle vraiment que son mari lui ouvre la porte ? Il devait s'être réfugié dans une autre ville, il reviendrait forcément. Elle irait voir les voisins, ils en sauraient plus. En attendant, elle laissait Hannah dormir. Avec ses cheveux blonds bouclés et ses lèvres framboise, la lumière parisienne lui donnait encore des airs d'enfant. Pour combien de temps? Déjà elle lui échappait par des mouvements d'humeur et d'indépendance.

En apparence, le quartier n'avait pas changé. Le monde dans les rues, les marchandes de quatre-saisons, les gars qui sifflaient les filles, les cafés bondés. Cécile entra chez l'épicier qui l'embrassa. Un petit drapeau tricolore flottait sur sa caisse, à côté de la photo de son fils posant dans un maquis.

« C'est bon de vous revoir, madame Behar! Beaucoup de gens ne sont pas encore rentrés. Les Abravanel, les Alfandari, la moitié de la famille

Isaac. Mais ils vont revenir, c'est sûr. On ne disparaît pas comme ça. »

Les propos de l'épicier l'inquiétaient davantage qu'ils ne l'apaisaient. Elle poussa jusqu'au magasin. Elle découvrit une devanture poussiéreuse, à l'abandon. L'affichette « entreprise juive » avait disparu mais les scellés, la cire rouge sur la serrure défiguraient la porte d'entrée. Il faudrait passer au commissariat.

Le logement de ses parents avait échappé au pillage. Il sentait le renfermé et l'absence. Elle retint un sanglot devant les chapeaux de Jo, alignés comme à la parade sur l'étagère. Elle huma un moment l'odeur des robes de Rachel, ouvrit machinalement quelques tiroirs, puis referma la porte, le cœur en miettes.

Où étaient-ils? Comment le savoir? Rien ne l'avait préparée à ce vide. Ses parents puis Haïm avaient toujours veillé sur elle. Même s'ils étaient mal assortis, son mari l'avait protégée du monde. Il lui avait permis de rester cette femme-enfant qui avait cherché protection auprès de Dani à Istanbul. Désormais elle vivait seule à Paris avec Hannah, dans un désarroi absolu.

22.

On disait que des déportés arrivaient tous les jours au Lutetia, un palace du VIe arrondissement. Elles sautèrent dans le métro. À la sortie de la station Sèvres-Babylone, l'édifice dont la proue semblait s'avancer sur le boulevard Raspail les intimida. Les Allemands l'avaient réquisitionné pendant la guerre. En s'approchant de l'entrée, elles découvrirent des listes affichées sur des panneaux de bois, comme pour des élections. Une foule se pressait devant les placards, hurlant des noms, s'accrochant aux barrières. Écartant les adultes, Hannah se précipita sur le panneau des « B ». Des Behar, mais aucun ne se prénommant Haïm. Pareil pour les Levinescu : pas de Jo, ni de Rachel. Une dame de la Croix-Rouge leur conseilla d'entrer à l'intérieur, où les déportés étaient auscultés par des médecins.

Ce qu'elles virent dans le hall du grand hôtel les sidéra. Des hommes et des femmes à la peau grise et décharnées flottaient dans des sortes de pyjamas rayés trop grands pour eux. Ils avaient perdu leurs cheveux, leurs dents, leur regard. Leurs yeux immenses et vides paraissaient être tournés vers l'intérieur, l'indicible. Des familles se pressaient près d'eux, leur posaient des questions, leur montraient des photos de proches qui n'étaient pas revenus. Les fantômes répondaient par des grimaces poignantes, un geste d'ignorance ou de renoncement.

Pourtant plusieurs familles se retrouvaient, un père et un fils, une sœur et un frère. C'étaient alors des cris de joie, des baisers, des étreintes silencieuses. Hannah se sentait comme la petite fille aux allumettes, témoin d'un bonheur qui lui échappait, qu'elle craignait de ne pas mériter. Parfois, la mère et la fille croyaient reconnaître un geste, une attitude, un filet de voix. Cécile s'approcha ainsi d'une vieille dame aux cheveux gris et la fit pivoter, un peu brusquement. Elle s'effondra en s'apercevant de sa méprise. Cette femme n'avait pas quarante ans ! Une responsable les tança.

« Faites attention. Ces gens-là ont souffert, vous savez, on les soigne ici ! La France fait son travail ! »

Cécile faillit répliquer qu'une certaine France avait aussi permis de changer des hommes en spectres, mais elle ravala sa colère.

Elles rentrèrent rue Popincourt épuisées et hagardes.

Le lendemain, elles retournèrent au Lutetia avec des photos des disparus. Elles les montrèrent fébrilement aux rescapés de cette planète maudite nommée Auschwitz. Certains s'attardaient, hochaient mystérieusement la tête, finissaient par s'éloigner. Pour Hannah, il était impossible que ces fantômes aient pu connaître les siens. En fait, ces photos des temps heureux ne pouvaient parler à cette armée revenue de l'enfer. Les images et la douceur du quotidien avaient déserté leur cœur.

Elles continuaient à espérer malgré les rumeurs, les litanies funèbres. Isaac n'avait pas supporté le froid... Sarah était morte de faim... Mais quelques-uns revenaient, tels les enfants de Buchenwald, muets, avec des yeux trop grands dans leurs visages émaciés. On parlait aussi de prisonniers des Russes, de blessés dans des hôpitaux de province, d'amnésiques rôdant dans la campagne. Oui, certains finissaient par revenir. Alors elles se présentèrent tous les jours.

Au bout d'un moment, le faste du palace n'impressionna plus Hannah. Elle saluait le personnel, les scouts, des gosses de quinze ans qui aidaient comme ils pouvaient, s'asseyait dans les fauteuils moelleux avec un livre. À chaque cri de joie, elle levait les yeux, assistait aux étreintes, comptait les mains qui se touchaient. Cécile préférait interroger les rescapés, tenter de décrypter leurs informations confuses, lacunaires, désolées. Les déportés restaient flous ou se montraient d'une franchise brutale.

« Il s'est jeté contre les barbelés pour en finir... » avait asséné un survivant à une femme. Elle s'était évanouie et ses deux enfants s'étaient précipités sur elle. Larmes enchevêtrées.

Au bout d'un mois, elles n'en savaient pas plus. Elles s'étaient aussi rendues à la gare de l'Est où des trains déversaient des tombereaux de prisonniers de guerre, au Comité de la rue Amelot, à la synagogue de la rue Popincourt, qui n'avait pas fermé pendant la guerre, miraculeusement ignorée par les Allemands. La radio égrenait des listes de noms, mais Haïm, Rachel et Jo n'y figuraient pas. Bravant sa peur, Cécile avait fini par pousser la porte du commissariat de la place Voltaire.

« Vous pouvez dresser une liste pour les vols dans l'appartement, lui avait rétorqué un flic en rouflaquettes. Mais pour votre mari, seulement disparu pour l'instant, on ne peut rien. » Cécile avait regardé l'agent dans les yeux. Des yeux vairons, inoubliables. Semblables à ceux de ce flic qui arrêtaient les gens du quartier en 1941.

Hannah avait bien sûr tout de suite cherché à voir Suzon, mais sa mère avait refusé et coupé net à toute discussion. Pourquoi sa mère n'appréciait-elle plus les Dupuis ? Peut-être parce qu'ils avaient eu la chance de rester chez eux. Malgré ses lettres de Turquie, Suzon devait penser que son amie l'avait oubliée. Mais de son côté, elle ne s'était pas manifestée non plus.

Les cabines ne lui étant plus interdites, Hannah osa téléphoner à Jeannette, qui se dit ravie d'avoir de ses nouvelles. La grand-mère était rentrée, après un séjour forcé chez la bonne. Saine et sauve, mais en colère : on lui avait volé ses bijoux à l'hôpital. Elle ne mesurait pas tout à fait sa chance de s'en sortir avec quelques grammes d'or en moins sur sa silhouette toujours replète. Jeannette se disait très occupée, mais elle espérait qu'Hannah viendrait déjeuner un de ces jours. Elle n'avait qu'à téléphoner, son père enverrait le chauffeur. Hannah bredouilla des remerciements, raccrocha et se remit à scruter l'immeuble des Dupuis.

À force de tanner Cécile, elle obtint la permission d'aller sonner chez Suzon. Et si Suzon n'était plus là ? Si elle ne l'aimait plus ? Si elle l'avait remplacée dans son cœur par une autre fille plus grande, plus dégourdie, moins frappée par le destin ? Moins juive, pour tout dire. Elle sonna, terrifiée à l'idée de tomber sur l'un des frères. Mais Suzon lui ouvrit la porte et poussa aussitôt un cri.

« C'est toi, mon Hannah ! Je croyais que tu ne reviendrais plus ! »

Les deux filles s'embrassèrent, s'enlacèrent, esquissèrent quelques pas de danse, comme au cours de Mme Irina. La chienne, qui semblait avoir doublé de volume, fit des bonds autour d'elles, comme leur cœur en liesse. Elles s'étaient retrouvées, la guerre, l'exil n'avaient pas eu raison de leur amitié. Elles reformaient leur tandem, elles redevenaient Hannah et Suzon. Deux morceaux d'orange enfin réunis.

« Moi aussi, je viens de rentrer. J'étais à la campagne. »

Mme Dupuis n'était pas là. Les deux amies filèrent dans la chambre de Suzon, les mains entrelacées. Les doigts d'Hannah tremblaient à côté de ceux de son amie.

« J'ai embrassé un garçon l'an dernier au cinéma ! lança Suzon, les yeux brillants. Il était temps ! Et toi ? »

Hannah n'avait le cœur à embrasser personne en

Turquie. Alors elle raconta les bazars, les caravansérails, les moirures du Bosphore. C'était si loin... Suzon l'écouta distraitement. Comme à son retour de Fontenay, Hannah se sentait seule, avec ses souvenirs, ses secrets. D'ailleurs, son amie l'interrompait gentiment et repartait sur Édith Piaf, le jazz, les soldats américains, les bals qui fleurissaient tout près, rue de Lappe. Hannah la regardait, plus qu'elle ne l'écoutait. Avec sa silhouette aux formes harmonieuses, Suzon faisait déjà très femme. Soudain, trois coups à la porte, qui s'ouvrait, libérant les effluves d'un parfum sucré. Micheline Dupuis, plus en chair que jamais, le front orné de boucles à l'américaine, se figea imperceptiblement.

« Hannah ! Tu es rentrée ! »

Elle l'embrassa.

« As-tu des nouvelles de ton papa ? »

Hannah aurait préféré ignorer la question.

« Pas encore. Mais nous allons au Lutetia tous les jours. Et le consulat a promis d'intervenir.

— Ne t'inquiète pas, il va revenir. Tous les prisonniers rentrent. Et, crois-moi, on va faire le ménage ! Ceux qui ont collaboré, on devrait les fusiller ! »

Le fond de teint patriotique de Mme Dupuis était trop épais pour être honnête. Les prisonniers rentreraient-ils tous, vraiment ? Peut-être les politiques, les résistants. Mais qu'en serait-il des « raciaux », comme on disait maintenant ? Hannah n'y croyait presque plus. Dans le cour des miracles du Lutetia, elle avait trop entendu de déportés parler au passé de leurs camarades. Le fol espoir de retrouver sa famille ne l'avait toutefois pas complètement abandonnée. « *Comme la vie est lente/Et comme l'espérance est violente* », la voix de son père résonnait dans les vers d'Apollinaire.

Fin août, les listes du Lutetia comportaient moins de noms. Les déportés alités dans les étages avaient quitté l'hôtel. La foule des familles s'était éclaircie. Quelques-uns s'accrochaient encore aux panneaux, en désespoir de cause. Ceux qui étaient partis, ils le savaient désormais, ne reviendraient plus. Avalés par les plaines polonaises. Cécile et sa fille avaient décidé de cesser leur garde muette. Elles laissèrent juste un message sur une feuille de papier. Sans se le dire, elles se promettaient de ne plus repasser devant l'hôtel. Des années plus tard, Hannah ferait encore de grands détours pour éviter le palace, où des gens heureux sirotaient un verre entre amis, ignorant les drames, les espoirs déçus jadis chuchotés dans le hall si chic.

Dans leur quartier, faute d'avoir pu récupérer leur logement, plusieurs campaient à l'hôtel ou dans des meublés sordides. Une femme à bout de nerfs avait voulu forcer sa propre porte, et avait vu ses pauvres meubles voler par la fenêtre et brûler sur le trottoir. La police n'avait pas bougé. Pour les survivants, l'histoire marchait à reculons. Certains retrouvaient l'endroit où un mari, un frère, un cousin avaient débuté leur vie parisienne dans les années vingt. Renvoyés à la case départ. On se partageait les tickets de rationnement, on cherchait du travail, on réapprivoisait la vie. On réglait des comptes aussi. À l'hôtel de l'Europe, rue Sedaine, un jeune milicien avait été abattu par des FFI du même âge que lui. Sous les yeux de ses parents.

Dans les allées du Prisunic, Cécile tomba sur une ancienne cliente qui la toisait. Sous la lumière électrique, son visage était déformé par un vilain rictus.

« Eh bien, vous êtes revenues !

— Oui, madame. Nous étions réfugiées en Turquie pour quelques mois, mais nous sommes rentrées.

— Vous en avez de la chance d'être parties en vacances. On ne risque pas de pouvoir se les payer, nous. Ceinture pour les vrais Français ! »

Que répondre à tant de suspicion, de mépris ? Cécile en aurait presque ri si les sanglots n'avaient roulé dans sa gorge.

Le lendemain, boulevard Voltaire, un petit homme en bleu de travail, une baguette de pain sous le bras, lui faisait des signes. Ce visage agité de tics lui était vaguement familier.

« Tu ne me reconnais pas ? C'est Albert... Albert Frances ! »

Albert. Le copain ébéniste de Haïm qui avait installé leur évier sans se faire payer. Elle avait failli passer sans reconnaître ce garçon jadis joufflu, au sourire jovial, toujours prêt à rigoler, à chiquer, à boire un coup. Elle retrouvait un vieillard au regard effaré, aux cheveux clairsemés tel le duvet d'un oiseau de malheur. Sa mère l'incita à venir prendre un verre.

« Albert ! Comment vas-tu ? Et ta femme ? Tes enfants ? As-tu vu Haïm ?

— Oui, je l'ai vu », répondit Albert après un long silence...

Assise à la table, Hannah se retint de secouer Albert qui prit son temps, siffla lentement son café, mastiqua son pain avec difficulté. Qu'était-il arrivé à ses dents ? Bientôt Cécile n'y tint plus.

« Alors dis-moi, enfin, mon mari ? Où est-il ? Vous êtes partis ensemble ? »

Albert se racla la gorge.

« C'est fini pour lui. »

À ces mots, Hannah ressentit des pointes de feu dans le dos, un voile noir tomba devant ses yeux. À côté, sa mère semblait pétrifiée, une plaque rouge enserra son cou.

« Comment peux-tu en être sûr ? articula Cécile avec peine.

— Je l'ai vu arriver à Drancy, répondit Albert en baissant la tête. On l'a arrêté le lendemain de votre départ, je crois, en février 44. Il marchait dans la rue. Une rafle. Il avait son passeport sur lui, mais ces salauds de flics s'en foutaient bien. Nous avons été déportés peu après, à Auschwitz. »

Auschwitz. L'écho macabre, cent fois entendu au Lutetia et à la radio, résonna dans les murs de la rue Popincourt.

« Et alors ? » souffla Cécile.

Alors Albert raconta le voyage, quatre jours sans eau ni nourriture, entassés à la façon du bétail. Les plaintes, l'odeur de la tinette qui débordait, la suffocation. Et à l'arrivée, la sélection en allemand sur un quai glacial, le tri infâme, l'arrachement, le dernier regard à sa femme poussée dans une autre file.

Leurs enfants de quatre et sept ans, restés seuls à Drancy, avaient pris un autre train.

« Pendant tout le voyage, Haïm n'a parlé que de vous. Et des familles qu'il devait prévenir à Marseille, à Lyon. Il s'en voulait d'avoir été ramassé, de ne pas avoir contacté le consulat à temps. Mais il était sûr qu'à l'arrivée, on le relâcherait. Il était en règle, il devait vous rejoindre en Turquie. Moi, je le laissais parler, mais je savais qu'on ne nous libérerait pas ainsi.

— Et ensuite ? »

Cécile semblait s'être vidée de son sang. Hannah pensait à la princesse morte de ses contes d'enfant. Sa mère ne s'en remettrait jamais.

« Ensuite... Ensuite, il est allé au gaz, asséna Albert. Après avoir tenu deux mois. Mais à la fin, il n'arrivait plus à travailler. Moi, j'ai eu de la chance. Le scorbut, l'infirmerie, c'est ce qui m'a sauvé. Par contre, ma femme et mes enfants sont montés au ciel. Par la cheminée.

— Mais c'est quoi, cette histoire de gaz ? Tu ne l'as pas vu mourir sous tes yeux, n'est-ce pas ? »

Albert se tourna vers la petite qui venait de cracher ces mots.

« Hannah, tu sors, ordonna Cécile.

— Non ! Je veux savoir. »

Après tout, la peur qu'ils n'avaient pu lui épargner pendant toutes ces années lui donnait droit à la vérité.

Albert fixa Cécile.

« NN. Tu sais ce que ça veut dire, NN ? *Nacht und Nebel.* "Nuit et brouillard." Les nazis ont voulu nous faire disparaître sans laisser de traces. Les chambres à gaz. Après, le four crématoire. À leur âge, tes parents y ont été conduits tout de suite. De toute façon, ils n'avaient aucune chance de s'en sortir. Mais pour Haïm... »

Albert n'avait pas fini sa phrase. Il était parti, petite ombre repliée sur elle-même. Avant que Cécile ne le flanque à la porte. Elle en avait assez entendu. Hébétée, elle bascula sur le lit, en serrant sa fille contre elle. Plus tard viendraient l'effroi, les cris, la bouillie de larmes et de mots. Pour l'instant, elles étaient sidérées, perdues dans le cauchemar craché par cet homme. Avait-il tout inventé ? Malheureusement, ses dires confirmaient les témoignages du Lutetia. Des chambres à gaz remplies d'humains, des gens brûlés, réduits en cendres... Hannah tenta de chasser ces images impossibles. Elle les éteignit, les noya dans de grosses larmes chaudes qui coulaient le long de ses joues.

23.

Hannah avait repris l'école. Pas question d'arrêter les études auxquelles son père tenait tant. Haïm imaginait sa fille à l'université, diplômée. Cécile suivrait ses volontés, au prix de tous les sacrifices.

Chaque matin, le professeur principal posait la question rituelle : « Quel papa est revenu de la guerre aujourd'hui ? » Au début, plusieurs mains se levaient joyeusement. Puis elles se sont faites plus rares. Hannah ne se rappelait plus à quel moment les professeurs avaient commencé à la regarder, elle et quelques autres, avec des yeux de cocker. Marre de leur compassion, de leurs mines chiffonnées. À tout prendre, elle préférait la généreuse hypocrisie de cette infirmière bretonne qui répétait aux déportés du Lutetia : « Finalement, vous n'avez pas si mauvaise mine. » Au moins l'énorme bobard parvenait-il à arracher un sourire aux pauvres hères.

Cécile n'avait toujours pas rouvert le magasin. Elle s'appliquait à dormir pour ne pas penser. Le soir, Hannah grignotait un peu de pain et de fromage, en écoutant sa mère gémir dans son sommeil. La douleur de celle-ci la transperçait et l'habitait. La nuit, elle dormait contre elle et les mêmes cauchemars la visitaient. « Les doigts d'une même main », comme disait Nona.

Le quartier prenait peu à peu la mesure de l'horreur. À l'école Keller, 200 enfants manquaient à l'appel. Au cours de Talmud Torah du passage Dallery, où Cécile envoyait Hannah, moins par foi que par faim (on servait des repas chauds les jeudis et dimanches), beaucoup de chaises restaient vides. À quelques heures de la libération de Paris, des miliciens débarquaient encore au Bosphore pour cueillir une trentaine d'habitués. Direction la gare, puis les pays baltes, où leurs traces s'étaient perdues. Chaque rue, chaque immeuble, chaque passage abritaient des veuves et des orphelins. Le quartier Popincourt tout entier ressemblait à un gynécée. Mme Esther, Mme Eliza, Mme Georgette se retrouvaient seules, avec des enfants en bas âge. Celles qui n'avaient jamais travaillé durent s'y mettre vite, faute d'hommes. Impossible de « faire la chine » comme leurs maris à leur arrivée, impossible de partir sur les routes pour vendre du linge et des vêtements dans des fermes. Elles n'avaient pas leur permis et la plupart n'avaient jamais dépassé l'avenue Ledru-Rollin. Quelques-unes firent les marchés ou embauchèrent dans les ateliers, tous les jours, même le dimanche. La plupart travaillaient chez elles, à la machine, enrôlant les enfants.

Le sort des victimes intéressait peu. Aucun des 2 500 juifs rescapés sur 76 000 déportés n'avait eu l'honneur d'être interviewé. Silence radio. On parlait surtout des 2 millions de prisonniers, dont on attendait le retour. Les déportés « pour des raisons raciales » avaient eux disparu du vocabulaire. Il fallait rebâtir le pays dans l'euphorie de la victoire. Une partie de la France était en liesse, l'autre cachait son chagrin. Et puis, comme de Gaulle l'avait exprimé dans un si beau discours, « Pas un deuil, pas une larme n'avaient été en vain ». Tous les sacrifices se valaient donc pour libérer le territoire, même si, objectivement, une partie de la population avait dû subir deux guerres, l'une contre son pays, et l'autre, plus spécifique, contre son être même. Une partie de la population refusait tout de go de croire aux horreurs des journaux ou des actualités cinématographiques. Des gens étaient morts, bien sûr, mais pas ainsi, pas de manière aussi planifiée, scientifique. Oui, contre toute raison, certains parlaient de complots, de lobbies, de délires.

Hannah avait raconté la fin de son père à Suzon, qui n'avait pas posé de questions. Elle avait juste murmuré : « Et tes grands-parents aussi ? Ah, les salauds... » Elle avait aimé Rachel, sa bonhomie, sa gentillesse naturelle, et envié son amie qui grandissait sous le regard bienveillant de tels grands-parents. Et maintenant Hannah était seule, avec une mère anéantie par ce qui s'était passé. Elle l'aiderait. Son caractère l'incitait plus à protéger Hannah qu'à écouter sa douleur et à tenter de la réconforter. Que dire d'ailleurs ? Suzon se sentait dépassée par ce drame à la fois si proche et si loin d'elle. Elle préférait distraire, amuser son amie. Elle hélait les taxis en leur demandant s'ils étaient libres, et en cas de réponse positive leur répliquait « C'est bien, vive la liberté ! » en détalant. Parfois elle interrogeait les passants en anglais, en singeant une touriste américaine. Quand Hannah éclatait de rire, c'était une victoire personnelle. Elle l'étourdissait d'histoires drôles, de potins, de refrains, de mille sottises. Elle décida qu'Hannah viendrait chez elle tous les jours après l'école. Elles goûtaient, révisaient, puis écoutaient Line Renaud ou les Compagnons de la chanson, qu'elles mimaient devant la glace, avec une brosse en guise de micro.

Hannah menait ainsi deux vies. Dans la journée : le lycée, les autres filles, Suzon... Le soir : les courses, le ménage, une présence protectrice auprès de sa mère. Celle-ci cousait d'un air absent, en se piquant, ce qui ne lui serait jamais arrivé auparavant. Elle regardait le sang couler, sans réagir, et Hannah partait chercher du coton. Elles s'étaient remises à la machine, il y avait toujours des petites pièces à coudre, que l'on revendait ensuite et qui rapportaient un revenu complémentaire précieux. Car le pécule offert par Dani avait fondu, il fallait reprendre le travail.

Cécile ouvrit la boutique à contrecœur et se mit à proposer les culottes de coton, les bas, les nuisettes dont les Parisiennes avaient été privées pendant si longtemps. L'administrateur provisoire avait bien géré le magasin, les stocks étaient considérables. Elle suivit les conseils des gens du quartier et partit même en train à Troyes et à Romilly, pour acheter aux fabricants des fins de série qu'elle revendait. Succès immédiat : on se refilait l'adresse entre coquettes.

24.

Pendant cette période, Hannah se montra d'une sagesse déconcertante. Elle ne se plaignait jamais, esquissait des sourires, jouait l'indifférente. Elle n'évoquait pas la mort des siens. Le mot « déporté » ne franchissait jamais ses lèvres. Elle le détestait, il suintait l'humiliation, l'abattoir. Elle aurait préféré pouvoir dire « prisonnier » ou « mort à la guerre » comme d'autres filles. Elle ne savait pas définir ce qui leur était arrivé. Après des mois de paperasses administratives qu'elle avait dû remplir elle-même (Cécile, malgré ses efforts, n'y parvenant pas), elles avaient obtenu un papier mentionnant une *disparition.* Il n'y avait pas d'acte de décès, pas de preuve tangible de sa mort, pas d'endroit où se recueillir et entamer par les gestes immémoriaux ce que bien plus tard on appellerait dans le langage courant le *travail de deuil.*

Sa mère n'était pas veuve, mais mariée à un disparu, à une ombre.

Hannah n'était pas orpheline, juste amputée de

son père et de ses grands-parents. Séparée des autres par l'ampleur de sa douleur secrète.

Voilà pourquoi elle se sentait si vide, si loin d'elle-même.

Quand la nuit arrivait, les barrages patiemment édifiés dans la journée lâchaient un à un. La culpabilité la submergeait. Elle aurait dû insister, obliger son père à monter dans ce train pour Istanbul, refuser de quitter Paris sans lui. C'était de sa faute, forcément. Elle oscillait entre la colère et les larmes, avec ce sentiment lancinant de ne plus avoir le droit de vivre, puisque tant d'autres, et certains bien plus jeunes qu'elle, avaient été assassinés. Elle dormait avec la chemise de son père roulée en boule sous son oreiller et s'évertuait à se souvenir de son parfum, qui commençait à s'évanouir. Dans la rue, souvent, elle croyait le reconnaître. Sa nuque, sa démarche. Le cœur affolé, elle se précipitait au-devant d'un homme qui la regardait à peine. Ce n'était jamais lui. Parfois, elle oubliait la voix de celui qui lui lançait le soir d'un air malicieux : « *Ke haber ?* (Quoi de neuf?) » Alors, elle fouillait dans sa mémoire et ne la retrouvait qu'au prix d'efforts de concentration qui l'épuisaient. Elle passait de longues heures couchée, à attendre des pas qui ne viendraient plus.

Le magasin permettait à Cécile d'arrêter de penser, au moins pendant la journée. Parler de choses frivoles avec les clientes la réconfortait, éloignait un peu le désespoir, toujours tapi, prêt à bondir. Parfois, elle fondait en larmes. Une Parisienne, apercevant le tatouage sur le bras d'une cliente, avait innocemment demandé : « C'est votre numéro de vestiaire ? » Drôle de vestiaire laissé là-bas en Pologne.

Les distractions étaient rares dans le quartier. Les gens restaient entre eux. Pendant quatre ans, la société française avait vécu sans les Juifs, écrivait Sartre, et le sentiment général était qu'il convenait de ne pas trop signaler leur réapparition, sous peine de voir reflamber l'antisémitisme séculaire. Le soir, on se réunissait pour une partie de poker ou une promenade. Les jours fériés, les Judéo-Turcs pérégrinaient au café Rey, sur cette place Voltaire qui serait un jour dédiée à Léon Blum, en mémoire de tous les MM. Rosenblatt de la terre. Hannah et Suzon se rendaient parfois au cinéma. *Bambi* et le loup de Tex Avery les renvoyaient en enfance. *Anna Karénine, Noblesse oblige* ou *Fabiola* leur ouvraient un autre monde.

Hannah n'avait pas revu Jeannette. Son ancienne complice d'Istanbul était partie étudier dans un collège huppé près de Londres. Pour Hannah, elle aurait pu aussi bien vivre sur Mars. Des années-lumière séparaient désormais leurs galaxies respectives. Il n'y avait plus rien à partager. La guerre avait privé Hannah de sa famille, celle de Jeannette avait été épargnée. Et le déséquilibre ainsi créé se transformait, pour l'habitante de la rue Popincourt, en gouffre infranchissable.

Alors, elle se réfugiait dans la lecture. Mauriac, Colette et même Gide. Des textes ardus et forts, qui la comblaient. Suzon avait toujours autant de mal avec la littérature.

« Pas le temps de lire. Tu me raconteras ou bien je verrai le film ! »

Plus que jamais attirée par le mouvement et le monde extérieur, Suzon alignait les kilomètres à vélo, seule ou avec son père. Elle pouvait aller jusqu'à Saint-Maur, juste pour le plaisir. Dans les descentes, de drôles de sensations couraient dans son bassin.

« Tu devrais essayer, c'est sensass ! »

Hannah avait acquiescé, un peu gênée.

Le dimanche, elle se rendait au patronage, place des Vosges, comme beaucoup de gosses de la rue. Il fallait retaper de jeunes organismes dénutris par la guerre. Des dames bien intentionnées bourraient les enfants de biscuits vitaminés, de pastilles vivifiantes ou les mettaient sous la lampe à UV. Les filles chantaient « J'ai perdu le *do* de ma clarinette » ou « Colchique dans les prés » en tendant des biceps imaginaires.

Les monitrices répétaient, un sourire plaqué aux lèvres :

« Vous avez eu de la chance. Soyez contentes d'être en vie. »

Leurs yeux noyés dans le vague démentaient leurs propos. Mais les enfants n'avaient rien à ajouter à cela. Et de fait, ils ne parlaient pas de la guerre entre eux, ni à leurs parents. Il ne leur serait pas venu à l'idée de demander pourquoi certains n'étaient pas revenus, pourquoi on n'avait pas fui quand on aurait pu, pourquoi des familles s'étaient laissé attraper comme ça au saut du lit. Les enfants protégeaient leurs parents en faisant semblant de ne pas y penser. De leur côté, les adultes éludaient, en parlant d'un oncle qui « avait pris le train » ou d'une amie qui « était partie au camp ». Moins on en parlait, mieux cela vaudrait. Le silence qui s'étendait ravageait les âmes.

Les familles les plus nécessiteuses étaient aidées, comme avant-guerre. Ceux hantés par le souvenir des camps, au point de ne plus parvenir à vivre normalement, étaient pris en charge discrètement, pour ménager leur fierté. Simon, l'intime, comptait parmi ces malheureux. Faute de s'intéresser à sa subsistance, il ne retrouvait plus de boulot, de commandes, il passait son temps chez lui, seul, à dormir par terre comme là-bas ou errait dans les rues, le regard vide, sans parler, faisant peur aux enfants. On le montrait du doigt. Il incarnait Pitchipoï, la mauvaise conscience de tous, et même Hannah ne parvenait pas à lui arracher un pauvre sourire. Et puis, un soir noir de suie, il s'était pendu, signant ainsi sa reddition totale face aux Allemands. Hannah n'avait pas su quoi faire avec ce chagrin supplémentaire. Lui aussi était parti, l'avait quittée. Et volontairement encore. Il n'y avait plus de figure paternelle dans sa vie, plus de mains rugueuses, d'odeur de tabac blond et de café froid. Les hommes s'étaient volatilisés, elles restaient seules, sa mère et elle, face à la catastrophe.

L'espoir et le déni perduraient des années après la guerre. À l'école, Hannah connaissait une fille dont toute la famille avait disparu. Il ne restait plus à Blanche, une grande toute en jambes et en bouclettes brunes, qu'une vieille tante impotente dont l'état avait paru si critique aux Allemands qu'ils l'avaient laissée dans la rue, en chemise de nuit, sur un brancard. Elles avaient survécu grâce aux habitants de son immeuble qui les avaient cachées à la cave. Pendant quatre ans, Blanche avait reçu des cadeaux de ses parents et de ses grands-parents, partis «pour un long voyage». Elle continuait à espérer leur retour à Noël, pour Pâques, aux beaux jours.

Un matin, dans la cour de l'école, Hannah et Suzon discutaient passionnément d'*Autant en emporte le vent*, quand une grande de terminale s'arrangea pour faire tomber une photographie sur les genoux d'Hannah. Elle s'en empara, presque par mégarde. Sur le cliché, on voyait un enchevêtrement de corps humains avec des bras et des jambes squelettiques, poussés par un bulldozer. Elle jeta la photo, terrifiée à l'idée de reconnaître dans ce monceau de cadavres le visage de ceux qu'elle aimait.

Hannah devait apprendre à grandir sans le regard bienveillant de son père. Doucement, pourtant, la vie reprenait ses droits. Il y eut des matins plus légers et des anniversaires. Cécile avait invité des amies, fait un gâteau, décoré le logement de guirlandes dorées. Pour Hannah, c'était presque trop beau. Un poème récité par l'absent aurait suffi.

> *« Comme vous êtes loin, paradis parfumé,*
> *Où sous un clair azur tout n'est qu'amour et joie. »*

Derrière ses sourires se glissait toujours une question : « Si mon père rentrait maintenant, le reconnaîtrais-je seulement ? »

Suzon lui offrit une trousse de maquillage, des chaussures neuves dénichées Dieu sait où et une écharpe rouge identique à la sienne. Elle la noua autour du cou de son amie et fit semblant de ne pas remarquer ses larmes.

Hannah ressentit à ce moment-là une immense bouffée d'amour. Suzon était sa sœur, sa jumelle. Avec délicatesse et naturel, elle avait adouci son adolescence, lui communiquant sa force, son enthousiasme, sa joie de vivre. Des cadeaux inestimables, qu'elle n'aurait pu imaginer recevoir lorsqu'elle rentrait seule de l'école il y a si longtemps, avant la guerre, les Allemands... avant l'écharpe rouge et l'étoile jaune.

En 1948, Hannah entraîna Suzon au cirque d'Hiver pour un rallye de soutien à la création de l'État d'Israël. Depuis quelques mois, elle écoutait fébrilement la radio. Après deux mille ans d'absence, les Juifs allaient retrouver leur terre. Fini l'exil, le sang, les larmes. Elle avait suivi avec rage l'affaire de l'*Exodus,* les immigrants illégaux reconduits de force, d'abord à Marseille puis, à Hambourg, ironie de l'histoire, les navires prisons où des femmes, des vieillards, des enfants se battaient pour avoir droit à un pays. Quand les immigrants s'étaient vus détenus à Chypre dans des camps administrés par la Grande-Bretagne, elle avait bondi. Mais le 14 mai 1948, l'*Hatikvah,* l'hymne sioniste, avait retenti et David Ben Gourion avait lu la déclaration d'indépendance du jeune État. Le quartier Popincourt bruissait d'émotion. Enfin un motif de fierté, même si les sionistes ne formaient qu'une minorité. « L'an prochain à Jérusalem » devenait un rêve possible. Hannah se découvrait une passion pour l'actualité et les relations internationales. Elle se disputait avec sa mère, moins convaincue par cette nouvelle Terre promise.

« Tu te rends compte, un pays à nous ! Jamais plus on ne pourra nous chasser, nous persécuter.

— Ça, un pays, *mi kerida* ? Un désert, oui... Les Arabes ne nous laisseront jamais y habiter. Les sionistes vont mourir de faim ou finir une balle dans la tête !

— Rappelle-toi le pogrom de Kielce, il y a deux ans. Quarante morts, tous des Juifs polonais rescapés des camps... Eh bien, c'est fini. Jamais plus ! Si seulement je pouvais, moi aussi, être là-bas...

— Il n'en est pas question. Tu dois terminer tes études. Et un pays en guerre n'est pas un endroit pour une jeune fille. »

Cécile croisait les bras sur la poitrine. Signe que la discussion était close.

25.

Cécile avait raison : la guerre n'avait pas tardé. Les Juifs qui affluaient de toute l'Europe, exténués par tant d'épreuves, devaient maintenant apprendre le maniement des armes, se défendre contre les Arabes. Jérusalem fut encerclée. Hannah bouillait d'impatience, d'indignation, d'angoisse, mais ces émotions extrêmes la ramenaient aussi à la vie. Des volontaires arrivaient de partout pour défendre le jeune État. Des copains plus âgés du patronage décidèrent de rallier le port de Haïfa. Un voyage éprouvant, à l'issue incertaine, on n'était pas sûr de passer en Méditerranée. Quand elle leur avait demandé d'emporter un appareil photo, ils avaient ri.

« On ne va pas faire du tourisme, là-bas, mais défendre le droit à l'existence de l'État juif ! »

Elle aurait tant aimé les accompagner, non pour se battre, mais pour toucher des yeux ce pays né du rêve de Theodor Herzl. Elle se contentait de voyager en imagination, en dévorant les magazines consacrés au sujet ou en écoutant les informations, le poste vissé à l'oreille.

Tout cela n'intéressait guère Suzon. Israël, c'était si loin, étranger à son quotidien. André Dupuis la tannait pour qu'elle trouve du travail. Les filles n'avaient pas besoin d'être éduquées, et elles coûtaient cher. Trois grands enfants à nourrir, c'était beaucoup trop.

« Il a raison. Si tu savais comme je m'ennuie en cours ! avait confié Suzon à son amie.

— Mais que vas-tu faire ?

— Dactylo, vendeuse, mannequin... avait-elle gloussé. Je m'en fous. L'important, c'est de gagner de quoi quitter les parents. »

La Terre promise de Suzon, c'était le cinéma Saint-Sabin ou le Massif Central, le dancing de la rue Basfroi. Malgré ses dix-huit ans, ses parents ne lui lâchaient pas la bride. Trop peur des mauvaises rencontres, surtout avec les Italiens du quartier qui reluquaient sa silhouette appétissante. Le soir, la demoiselle Dupuis attendait donc que son père et sa mère s'endorment. Un ronflement d'ogre valait signal. Elle faisait le mur à pas feutrés, en emportant son rouge à lèvres et son trousseau de clés.

Les garçons serraient de près ses formes palpitantes, respiraient son parfum, se battaient pour la raccompagner. René le premier : il avait bien grandi depuis la crémerie familiale, et Suzon le provoquait, allait jusqu'à effleurer sa bouche, puis s'éloignait dans un éclat de rire. Malgré sa taille imposante, il lui obéissait, fasciné par son allure de fille libre, de « gourgandine » aurait dit sa mère. Dans la rue, les hommes se retournaient sur elle, la sifflaient sans vergogne. Elle aimait ce sentiment de puissance, elle travaillait ses poses devant sa glace, jouait de sa cigarette comme d'un fouet pour dresser les mâles. Hannah n'en revenait pas. Comment son amie avait-elle pu changer ainsi en quelques mois, devenir à la fois familière et si étrangère ? Il lui était poussé un corps affolant. Il ne restait rien de la gamine un peu forte, à part ses yeux de chat et son nez retroussé. Le garçon manqué à l'écharpe rouge semblait loin.

Hannah se montrait mal à l'aise avec les garçons, les vêtements passe-muraille que sa mère s'obstinait à lui confectionner ne prédisposaient pas à de futurs rendez-vous galants. De toute façon, elle ne trouvait rien à dire au sexe opposé. Les garçons ne l'inspiraient pas. Et elle ne savait ce qu'ils attendaient d'elle. Encore un monde opaque, inaccessible.

Elle fréquentait avec bonheur le lycée Voltaire, dévorait même les livres qui n'étaient pas au programme, *Le Silence de la mer* de Vercors ou les poèmes de René Char, tous les deux résistants. Les bonnes notes lui offraient une revanche. On l'avait rabaissée, humiliée, pendant la guerre : elle montrerait qu'elle pouvait obtenir son bac, réussir sa vie. Comme les autres. Mieux que les autres, puisque la France, bonne fille, l'accueillait pour la seconde fois.

Suzon avait fini par lâcher l'école. Après des cours de sténodactylo dans un appartement de la rue Marcadet qui empestait le tabac froid, elle s'était essayée au métier de vendeuse, avant de claquer la porte. Trop soupe au lait, déclaraient ses employeurs. Ingérable, regrettaient les patronnes qui tenaient à leurs maris. Suzon s'en moquait, elle savait qu'il y aurait toujours du boulot pour elle, son sourire restant le meilleur des curriculum vitae. Et puis, la vraie vie résidait ailleurs. S'amuser, rencontrer des gens, se découvrir une passion, voilà son programme. En vérité, comme les *girls* des comédies américaines, elle rêvait du prince charmant qui la sortirait de la mouise. En attendant, elle dansait, minaudait, flirtait à outrance.

« Tu deviens un rat de bibliothèque, serina-t-elle à Hannah. Sors un peu, amusons-nous. Tu as envie de ressembler à nos mères ? Pas moi, ma chérie. »

Et elle enfourcha son vélo pour une balade à Montmartre avec un fou de cyclisme rencontré lors d'un entraînement, avant une de ces courses auxquelles, flanquée de ses deux frères, elle participait le week-end.

Ce printemps-là, Hannah obtint son deuxième bachot. Cécile, qui l'accompagnait et l'attendait à chaque épreuve, s'était inquiétée, évidemment. Mais tout avait paru facile à Hannah. Le jour des résultats, calme et composée, elle avait guidé sa mère vers les panneaux. Et sur ces listes qui lui en rappelaient d'autres, elle avait trouvé son nom.

« Behar... Tu l'as ! Avec mention en plus ! exulta Cécile.

— Oui, maman. C'est bien », répondit Hannah, rose et recueillie.

Elle songea à la fierté qu'aurait éprouvée son père, lui aussi bachelier, et à celle de ses grands-parents. Le meilleur serait-il toujours ainsi teinté de nostalgie ? Elle aurait voulu s'en ouvrir à sa mère, mais celle-ci, pressée d'annoncer la nouvelle, faisait mine de ne rien entendre. Parfois Hannah se disait qu'elle était la seule pour qui l'oubli était impossible. Pourtant elle entendait les pleurs de Cécile derrière la cloison, quand la nuit les enveloppait et convoquait les fantômes, Haïm, Rachel, Jo, Simon... Les matins blêmes, elle voyait son regard cerné, ourlé de violet. Cécile se cognait aussi à la mémoire, mais leurs solitudes ne s'épaulaient pas.

26.

Le bac en poche, Hannah n'avait qu'une envie, continuer à étudier, à apprendre. Elle voulait aussi écrire, mais n'osait se l'avouer. Il lui fallait aider sa mère, qui trimait au magasin, les clients étaient devenus exigeants. Certains magasins avaient supprimé les vendeuses, on se servait soi-même maintenant. On appelait ça le prêt-à-porter, une notion saugrenue selon Cécile qui prenait plaisir à discuter avec les clientes, à les aider à choisir la gaine ou le soutien-gorge qui allait leur donner confiance, les transformer en créatures attirantes, aux courbes prononcées.

L'amour des livres vous le rendait toujours. Hannah avait décroché un job à la bibliothèque. Entre deux fiches à remplir sur les auteurs, elle trouvait le temps de découvrir les poésies d'Aragon et d'Eluard. Son maigre salaire permettant d'équilibrer les comptes, Cécile pouvait embaucher un représentant pour le magasin dans tout l'est de Paris.

L'année suivante, Hannah s'inscrivit au Centre

de formation des journalistes, le CFJ comme on disait familièrement, au grand étonnement de Cécile. Journaliste, vraiment ? Elle ignorait que des femmes pouvaient embrasser cette profession. On n'entendait que des hommes à la radio ! Quant à Suzon, elle avait paru impressionnée et lui avait demandé si elle lui parlerait encore quand elle tutoierait les vedettes.

Les premiers jours furent difficiles : après le lycée de filles, Hannah se sentait un peu perdue dans cet univers mixte, au sein de cette jeunesse désinvolte et facile, toujours des livres sous le bras et la cigarette au coin des lèvres. Les garçons arboraient souvent des chemises à carreaux et des chaussettes rayées. Les filles s'affublaient de blouses désespérément noires. Mais les unes et les autres semblaient se moquer de tout, des magouilles politiques, de leurs parents, et même de la guerre. Ils découvraient Sartre, Camus et Sidney Bechet, portaient aux nues Max Jacob, mort à Drancy, ou l'historien Marc Bloch, torturé et fusillé par la Gestapo, vomissaient Charles Trenet, Arletty et Sacha Guitry, soupçonnés de complaisance avec l'ennemi.

Hannah partageait l'euphorie des discussions tardives, des débats tranchés, des querelles politiques. Elle ne soupçonnait pas un tel univers, et elle y évoluait avec aisance. Au CFJ, elle n'était plus une originale, une « intellectuelle » comme disaient les amies de sa mère en détachant ironiquement les syllabes, mais une étudiante parmi d'autres, qui voulait comprendre le monde et un jour l'expliquer à des lecteurs. Pour la première fois, elle avait l'impression d'être libre, sortie du carcan de son éducation, de son milieu. Loin du quartier Popincourt, des Judéo-Espagnols, des nuisettes du magasin, de sa vie d'avant. Ici, elle pouvait s'épanouir, à condition de travailler dur. L'école allait former des journalistes modernes, capables de mener des enquêtes, de poser les bonnes questions, de se montrer rigoureux et indépendant face au pouvoir. Pour cela, il fallait trouver des sujets d'articles, se balader dans la rue, perdre sa timidité, prendre des notes. La première fois qu'elle avait interviewé le directeur d'un magasin de jouets sur les Grands Boulevards à Noël, ce dernier n'avait rien compris, sa voix fluette ne portait pas. Elle était rentrée bredouille, des pages blanches entre les mains. Une autre fois, alors qu'elle interrogeait des forts des Halles au petit matin, elle n'avait pu noter que la moitié de l'entretien, trop impressionnée par les carcasses de bœufs qui pendaient dans les frigos et le sang qui ruisselait sur le carrelage blanc. Mais elle apprenait, et vite.

L'appartement était envahi par les carnets où elle accumulait des notes, les magazines, les livres. Il avait fallu déplacer Ferdinand, le mannequin qui lui rappelait son enfance. Sept ans plus tôt, elle avait voulu l'épingler d'une étoile, pour juguler la guerre qui s'abattait sur eux. Aujourd'hui, elle vivait dans un pays en paix et ne cousait plus que le week-end, pour tenir compagnie à sa mère, qui s'usait les yeux sous la lumière blafarde.

L'un de ses premiers articles pour le journal interne du CFJ traitait des éboueurs. Bonne idée, car on ne savait quasiment rien de ces hommes du petit matin.

« Tu vas sentir bon, ma chérie ! la brocarda Suzon. Tu devrais t'intéresser aux mannequins cabine de M. Dior. Au moins, tu verrais du beau monde ! »

Suzon et ses rêves parfumés.

Elles étaient allées voir toutes deux *Jeux interdits* au cinéma, et Suzon s'était émerveillée de la ressemblance d'Hannah avec la jeune Brigitte Fossey. Même soie bleue du regard, même sourire charmeur. D'où l'idée suzonienne...

« On devrait faire du cinéma, toi et moi. Ce serait drôle, non, la blonde et la rousse ? On va envoyer nos photos. »

Suzon et ses désirs de gloire.

Mais Hannah préférait la vie au cinéma. Levée aux aurores, elle était allée interroger les nettoyeurs des rues après leur tournée, au moment où ils enlevaient leurs gants et leurs casquettes d'un air fatigué. D'abord réticents (que leur voulait cette jolie fille délicate ?), ils avaient raconté les horaires difficiles, l'odeur à laquelle on ne s'habituait pas, le nez froncé de leurs femmes quand ils rentraient, mais aussi la chouette camaraderie qui les unissait, les trouvailles dans les poubelles des Parisiens, la beauté de la ville à l'aube, sur les quais déserts. Elle avait prévu de rester deux heures en leur compagnie mais finalement, la matinée s'était prolongée autour des cafés, croissants et calvas qu'elle leur avait offerts. De retour rue Popincourt, elle avait jeté ses impressions sur le papier. Saisir le visage sec et buriné de ces parias de l'aube, tracer leurs gestes précis et expérimentés, restituer le bruit du camion qui s'éloigne dans les rues au petit matin. Elle ne s'endormit qu'après avoir mis un point final au reportage. Une semaine plus tard, le professeur du CFJ la complimentait.

« Remarquable, mademoiselle Behar. Faites-nous ainsi découvrir, ressentir, des univers différents, montrez-les-nous, plutôt que de les décrire. »

Après ces éloges, ses camarades la considérèrent différemment. Les garçons sollicitaient souvent son avis, la réclamaient les jours de bouclage. On l'élut même porte-parole de la petite troupe d'apprentis journalistes. Cette notoriété naissante la gênait un peu, mais en son for intérieur mûrissait la certitude que sa place était là, et qu'elle la méritait.

Un soir, elle dînait avec Cécile quand le téléphone sonna.

« Un monsieur pour toi. »

Personne ne l'appelait jamais le soir, sauf Suzon, qui lui racontait les dernières grivoiseries de son patron ou la énième crise de nerfs d'une cliente qui n'entrait pas dans sa robe. Elle la faisait rire, son univers était si différent.

« Mademoiselle Behar, dit une voix masculine, rugueuse.

— Oui ?

— Pierre Lazareff, de *France-Soir.* »

La gorge d'Hannah s'assécha. Lazareff ? De *France-Soir ?* Si c'était un canular des copains du CFJ, ce n'était pas drôle. *France-Soir* était son journal favori, elle le dévorait tous les jours. Elle en découpait des articles pour l'édification de Suzon et les commentait tous les week-ends autour d'un chocolat chaud, un rituel auquel les deux amies tenaient.

« Vous êtes là ? reprit l'homme, qui n'avait pas l'air de plaisanter.

— Oui, oui.

— J'ai lu votre papier sur les éboueurs. Formidable. Venez donc me voir au 100, rue Réaumur. On discutera. Demain vers 17 heures, cela vous va ? »

Elle reposa le combiné, les mains moites.

Lazareff avait remarqué son texte ! Elle tenta de faire comprendre l'importance de cet appel à sa mère, mais depuis quelque temps Cécile se recroquevillait, se renfermait. Quand elle rentrait, Hannah la trouvait souvent assise, les yeux dans le vague. Il fallait la secouer pour lui redonner l'aspect d'un être vivant, répéter plusieurs fois des phrases avant qu'elles n'arrivent jusqu'à elle. C'était préoccupant, mais ce soir-là, toute à sa joie, elle ne s'en soucia pas.

Le lendemain, bien en avance sur l'heure convenue, elle patientait devant *France-Soir*, le vaisseau amiral de la presse française, fier de ses 2 millions de lecteurs quotidiens. Des centaines de gens y travaillaient, entraient et sortaient. Les imprimeries turbinaient, les dactylos battaient l'air de leurs doigts manucurés, des journalistes à la cravate dénouée couraient dans les étages, des crieurs vendaient directement sur le trottoir. Une ruche qui sentait l'encre et l'action.

Hannah fut introduite dans le bureau de «Monsieur Lazareff», comme l'avait répété avec vénération une assistante au chignon laqué, presque glacé.

«Bonjour mademoiselle, je suis Pierre Lazareff, se présenta un petit homme aux rondeurs affables et au front dégarni. Vous étudiez au CFJ, n'est-ce pas?

— Oui monsieur, répondit Hannah dans un souffle.

— Comme je vous l'ai dit, j'ai trouvé très bon votre papier sur les éboueurs. Un ton vif, un style simple, expressif. Si vous voulez, vous pouvez commencer à piger.

— Dans quel domaine? osa demander Hannah.

— Les faits divers. J'ai l'impression que cela vous passionne. Alors allez-y! Après votre diplôme, on verra...»

Le patron de presse n'était pas spécialement beau, mais il avait du charme. Son regard pétillait d'intelligence derrière son bureau presque vide.

«Vous allez voir, le monde va changer. Et pas seulement en Occident. Ça va être fascinant, surtout pour votre génération. Après tout, vous avez gagné le droit de changer les choses, non?» L'homme parlait si vite qu'il en bafouillait.

Hannah sortit de l'entretien un peu sonnée. Elle allait écrire dans *France-Soir!* Un honneur, dont il fallait se montrer digne. Elle fêta l'événement avec Suzon qui, en affranchie, commanda un kir, laissant la reporter en herbe à sa limonade.

Le jour, elle suivait les cours du Centre; le soir,

elle écrivait ses articles. Le week-end, elle sillonnait à pied Paris ou la banlieue en quête de sujets : un métier disparu, des scènes vues au café, la dernière mode, les bals musettes, tout ce qui paraissait digne d'une rubrique. Elle rédigeait la nuit, avec facilité, mais beaucoup d'angoisse. Enfin, Lazareff continuait à la publier, ce qui était bon signe. Et l'argent commençait à rentrer.

Sa mère put s'acheter un aspirateur et un lave-linge, ce qui soulagea la mauvaise conscience de sa fille qui n'avait plus le temps de donner un coup de main à la maison. Hannah ne croisait plus sa mère que le matin, avant d'attraper le métro. Cécile somnolait déjà quand elle rentrait. Parfois elle la bordait comme une enfant ou elle s'endormait contre elle, une vieille habitude.

La noctambule Suzon s'indignait : on ne la voyait plus !

« Comment peut-on consacrer ainsi autant de temps à la vie des autres et aussi peu à la sienne ? » tempêtait-elle, tout en se félicitant de voir son amie s'épanouir et remerciant en silence le grand patron qui lui avait donné sa chance. Et puis Suzon était amoureuse, ce qui l'occupait.

« Il fait le taxi, on s'est rencontrés comme ça. Je suis sûre que c'est l'homme de ma vie. »

Hannah avait déchanté en le rencontrant, l'homme de la vie de Suzon. Un regard torve, un front bas, des manières de rustre. L'animal avait tenu un mois. Suzon l'avait plaqué après avoir découvert qu'il voyait une autre fille, une gamine qui se prenait pour une pin-up et vendait des cravates aux Galeries Lafayette. Et elle était repartie en chasse après avoir claqué l'imprudente : les hommes prêts à lui payer un verre ne manquaient pas. Et celui qui la ferait pleurer n'était pas encore né.

Quand Hannah reçut son diplôme, Pierre Lazareff, fidèle à sa parole, l'engagea. Un pari car à part la myriade de dactylos et d'assistantes, les femmes ne se bousculaient pas à *France-Soir*, pas plus qu'au *Figaro* ou au *Monde* d'ailleurs. Mais cette petite Behar intriguait Lazareff, il appréciait sa façon de capter le quotidien, sa finesse, sa réserve, son sens du concret. « Des faits, rien que des faits », aimait-il à répéter.

Entre ce fils d'immigrés russes banni par Vichy et cette enfant cachée orpheline, le courant passait bien, et c'était l'électricité de la vie. Il lui expliqua son projet de moderniser la presse française, de traquer l'actualité, d'innover avec des méthodes américaines : les petites annonces, les scoops, les faits divers ou la politique internationale.

« Il faut ramasser la vie du monde pendant vingt-quatre heures, pour la jeter au visage des lecteurs. »

Elle était d'accord, d'accord sur tout. Elle débuta une carrière à *France-Soir* qui devait durer deux décennies. Seule fille parmi une équipe de six hommes, il fallut assurer ! Pour la tester, le premier jour, un rédacteur en chef l'envoya suivre les flics. Ils l'embarquèrent chez une vieille dame battue par son fils. Elle obtint son interview, lui tenait la main, et prenait des notes de l'autre. Elle ne pleura que chez elle. Puis elle franchit les grilles d'une prison pour recueillir le témoignage d'un condamné. Elle se rendit à la morgue plus souvent qu'à son tour. Quand une mère étranglait son nouveau-né, c'était elle qui en parlait. Un type qui balançait les morceaux de sa femme dans la Seine, pour elle aussi. Il fallait juste ne pas s'évanouir quand on ouvrait les sacs plastique. Elle tenait bon, mieux que certains pompiers dont le visage virait au vert et qui s'éclipsaient discrètement pour vomir. Sur le boucher conjugal, elle écrivit son meilleur texte. Lazareff ne la complimenta pas, ce n'était pas son genre, mais lui fit comprendre qu'il avait apprécié.

À la rédaction, Pierrot-les-Bretelles, comme on le surnommait affectueusement, adorait vociférer, s'emporter contre les grandes plumes, Joseph Kessel, Lucien Bodard, Henri de Turenne, Philippe Labro, qui pourtant ne s'en laissaient pas compter. Il mâchouillait constamment les fume-cigarettes que ses secrétaires achetaient par caisses entières. Plus le stress montait à la rédaction, plus sa consommation augmentait. Mais avec elle, il se montrait protecteur. Il avait été contraint à l'exil, interdit d'exercer son métier, elle avait dû s'enfuir, changer de nom. Ils faisaient sans doute les mêmes cauchemars. Il l'emmenait à Montmartre où il avait grandi et lui racontait son enfance aux côtés de Ray Ventura ou de Jean Gabin.

Cet homme qui avait inventé un journal à huit ans et écrit son premier article à quatorze possédait une vaste culture et lui posait de nombreuses questions. Sur ses goûts, sur son histoire, son père, la Turquie. Hannah, qui n'avait pas l'habitude qu'on lui prête autant d'attention, retrouvait un peu de la lumière de son grand-père sur elle. Elle rayonnait, consciente de sa chance.

Elle essayait d'expliquer tout cela à Suzon. Les « conf' de rédaction » où l'on s'engueulait ferme, l'excitation du bouclage le soir, son admiration pour les ténors du journal qui arrivaient à midi et dictaient leur papier d'une traite, les pieds sur le bureau, en lorgnant les dactylos. Les titres étaient toujours justes, la formule souvent choc, les manchettes frappaient l'œil. Elle aimait commencer tôt, sentir le vieil immeuble se mettre à vivre, résonner de tous les bruits du monde. Parfois, elle montait un étage jusqu'à la rédaction du magazine *Elle* qu'Hélène Lazareff, la femme de Pierre, avait créé en 1945. Une ambiance différente, plus féminine, mais aussi passionnante. Elle y découvrait les dernières tendances, le couturier à la mode et les ragots dont Suzon se montrait si friande. Le week-end, Suzon faisait provision de rumeurs et de paillettes, la tête penchée, à la fois rêveuse et captivée, comme lorsqu'elle était enfant. Elle dévorait les magazines et s'imaginait rencontrer des acteurs, des musiciens. Son père la traitait d'écervelée, lui interdisait de sortir quand son allure lui déplaisait. Elle criait alors plus fort que lui et l'obligeait à céder. Suzon s'était amusée à se teindre en brune et Hannah se prenait à regretter sa rousseur de renard qui allait si bien avec les taches de son qu'on pouvait compter sur sa peau blanche. Elle arborait désormais des lèvres Rouge Baiser, des yeux maquillés façon biche et un béret canaille posé en accent circonflexe sur le haut de son crâne. Folle amoureuse du boxeur Marcel Cerdan, elle ne manquait aucun des matchs du champion et s'était mis en tête de monter sur un ring dans une salle du quartier avec les garçons. Sa mère l'en avait empêchée. Et si on lui cassait le nez ? Elle ne pourrait jamais se marier. « Des trouilles de mamie », avait rétorqué Suzon. Elle ne doutait de rien. Elle se voyait bien prendre la place d'Édith Piaf dans le cœur de Marcel. En attendant, elle avait trouvé un job dans une entreprise d'import-export, des olives en provenance d'Algérie, travaillait le strict minimum pour ne pas se faire virer, tentait d'éviter les mains baladeuses de son patron. Le samedi, elle emmenait Hannah dans les cafés, danser le be-bop ou écouter chanter Juliette Gréco, dont elle imitait l'eye-liner charbonneux. Parfois des touristes croyaient tomber sur l'original boulevard Saint-Germain et la photographiaient. Royale, Suzon se laissait mitrailler.

Hannah se serait contentée d'un café au Flore ou au Select, espérant apercevoir Simone de Beauvoir, ou mieux encore Jean-Paul Sartre, dont elle avait lu les *Réflexions sur la question juive* avec passion, mais Suzon ne l'entendait pas ainsi. Il lui fallait de la danse, des rires, des hommes au regard lourd de désir qui l'entraîneraient chez eux plus tard, la bousculeraient sur le lit, l'étourdiraient de caresses et de baisers. La sensualité lui servait de passeport dans le monde.

« On nous a déjà gâché notre enfance avec la guerre, tu ne vas pas en plus te laisser prendre tes belles années. Alors un peu de rouge à lèvres, une jupe, tu accroches un sourire, s'il te plaît, et tu me suis. On donne *Autant en emporte le vent* au Gaumont Palace, place de Clichy ! »

Après tout ce temps, Suzon continuait à lancer des ordres, comme lorsqu'elles étaient gosses, mais cela ne dérangeait pas Hannah. Elle aimait bien ne pas avoir à discuter. Suzon décidait, et elle obéissait, trop heureuse d'être encore prise sous son aile. Elle l'entraîna pour des premières vacances à Juan-les-Pins. La station balnéaire lui évoqua Istanbul, avec sa lumière dorée, le soleil qui semblait aspirer la terre, les maisons qui penchaient voluptueusement vers la mer. Suzon avait appris par des musiciens que Sidney Bechet donnait une réception dans une villa. Elle se procura deux invitations et s'amusa à habiller Hannah, en jupe et en bustier blanc, pour aller danser. Elles eurent un succès monstre, les deux filles de la rue Popincourt. Les garçons juraient qu'elles ressemblaient à Bardot et Gréco, juchées sur un char. C'étaient des bêtises, mais dans l'odeur entêtante des mimosas, les deux jeunes femmes pouvaient presque le croire. Elles seraient toujours complices, malgré les différences qui s'exacerbaient. Suzon obligeait Hannah à sortir de son monde intérieur et fortifié, peuplé de fantômes et de brumes, de son univers mental barbelé dans lequel elle se retranchait parfois. De son côté, Hannah tempérait les excès de Suzon, l'extravertie, cherchait à la rendre plus raisonnable, moins attirée par la vie facile et l'indolence. Ce soir-là, Hannah néanmoins surprit son amie : après avoir bu pas mal de champagne et de rhum coca, elle embrassa un grand type aux yeux verts qui flottait dans son veston. Suzon s'éclipsa en souriant, laissant Hannah à sa découverte amoureuse.

Ce gars-là ne plaisait pas à Suzon. Trop bien élevé, trop sensible, lavette pour tout dire. Elle n'aimait que les petites frappes et les musclés à la coule. Pas de danger qu'elle pique les amoureux si fades de son amie. Et puis, elle tenait trop à Hannah pour se disputer à cause d'un garçon. Le lendemain matin, au petit déjeuner, elle exigea l'histoire en détail.

« Mais enfin Suzon, il m'a embrassée, c'est tout. Pas de quoi écrire un roman...

— Comment c'était? s'énerva Suzon. Une simple fricassée de museaux ou le nirvana? »

Elle avait déjà une sacrée expérience, y compris avec un homme marié. Il avait voulu quitter sa femme pour elle, l'imbécile. Comme si elle le lui avait demandé !

« Pas mal », répondit Hannah qui torturait son croissant et l'émiettait nerveusement.

Comment confier l'émerveillement de ce baiser, ce souffle chaud, cette caresse satinée sur la nuque ? Le garçon avait un prénom (André) et un métier, ingénieur chez EDF à Toulouse. Elle ne le reverrait sans doute jamais, raison de plus pour conserver le souvenir de cette première étreinte. Elle avait été sur le point de céder, puis s'était reprise. Mais l'épisode l'avait rassurée sur son pouvoir de séduction sur les garçons à la peau lisse et à l'odeur sucrée. La gamine maigrichonne qui baissait les yeux devant les frères de Suzon avait disparu.

27.

Ce soir, Hannah était rentrée plus tôt. Cécile voulait lui parler. Cela semblait être important car elle ne cessait de tordre ses mains osseuses, signe certain de son embarras. Il faisait si froid dans le logement ! Hannah, qui n'avait pas pris le temps de déjeuner au journal, se jeta sur le poisson en saumure acheté par sa mère à l'épicerie des Cinq Continents, l'un des derniers vestiges ottomans du quartier. Cécile ne faisait des courses que pour sa fille. Elle n'avait plus faim de rien depuis longtemps.

« *Hanunika, como vas ?* (Petite Hannah, comment ça va ?) »

Voilà qui était inhabituel. Cécile ne glissait du ladino dans la conversation que dans les grandes occasions, quand elle était émue, ou voulait obtenir quelque chose. Elle regarda Hannah dîner, avec cette admiration muette qui énervait sa fille, puis se lança :

« Chérie, cela fait plus de neuf ans que ton papa est parti.

— Oui, maman... », répondit Hannah en mâchonnant ses haricots à la viande.

Ces dernières années, elle rêvait souvent que Haïm avait embarqué sur un paquebot pour l'Amérique, qu'il avait refait sa vie là-bas. La peine engendrée par cette éventuelle fuite s'atténuait d'un espoir fou, celui de le voir revenir un jour.

« J'ai bien réfléchi, balbutia Cécile. Je ne suis pas si vieille... »

La tournure de la conversation agaça Hannah. Elle regrettait d'avoir mangé si vite. Son ventre se rebellait. Les vers de la « Charogne » de Baudelaire lui revinrent en mémoire.

> « *Tout cela descendait, montait comme une vague,*
> *Ou s'élançait en pétillant.* »

« Albert m'a demandé de l'épouser. Je vais accepter... Si tu es d'accord, bien sûr. »

Hannah regarda sa mère, pâle comme un linceul. Se remarier ! Et avec Albert, l'homme qui avait mis des mots sur leur cauchemar ! Elle n'avait jamais pu oublier ses phrases sèches racontant l'horreur. Elle évitait la rue de Charonne où se tenait son atelier. Quelque part dans le cerveau d'Albert logeait une image de son père, amaigri, humilié, battu sans doute. Elle voulait l'extirper de la tête de cet homme. Elle ne pourrait jamais lui parler, l'écouter raconter sa journée, le regarder manger avec appétit, quand son père, lui, ne rentrait plus à la maison. Disparu comme Simon, incapable de redonner un sens à sa vie, dans le ciel qui s'en foutait. Ils étaient pourtant loin tous les deux d'être « rassasiés de jours », comme disait la Bible. Un pauvre sourire sur les lèvres, Cécile attendit une réaction. Hannah se leva, retint un geste de tendresse pour sa mère et attrapa son manteau.

Le froid de la rue qui lui mordait le visage n'arrivait pas à la calmer. Ses oreilles bourdonnaient, elle était prise de vertiges. Elle passa devant le Bosphore, où son père l'emmenait, et où, racontait-il fièrement, il avait assisté avant la guerre aux premières bar-mitsvah des garçons de la communauté judéo-turque dans l'arrière-salle. Elle poussa vers la rue Sedaine, où trônait le magasin familial, agrandi et rénové désormais. Le représentant avait sauvé l'affaire, chaque année les résultats s'amélioraient. Cécile songea à proposer des robes, des jupes et même des chaussures, comme dans la rue Meslay.

« Albert m'a dit que c'était l'avenir. »

Si Albert l'avait dit... Comment n'avait-elle pas vu venir le coup ? Depuis le temps qu'il passait à la maison, pour installer chauffe-eau et frigo, réparer une étagère, arranger la porte, il avait dû tomber amoureux de Cécile, de son sourire rapiécé et de son corps tout en pointe, maigre comme là-bas. Et Hannah n'avait rien vu venir. Abîme de sa bêtise.

Le couple bancal que formaient ses parents lui revenait en mémoire. Son père, toujours perdu dans ses pensées, absent même quand il était là. Sa mère qui aimait rire et s'amuser avait vite compris son erreur en le suivant à Paris. Mais que pouvait-elle faire d'autre ? Rentrer en Roumanie avec sa fille sous le bras ? Devant la montée de la terreur nazie, Haïm s'était montré trop confiant, trop sûr de sa chance, quand Cécile avait deviné le malheur à venir. Elle avait dû fuir Paris avec Hannah, rentrer, se retrouver seule, tout reconstruire. Après ces épreuves, Hannah comprenait que Cécile veuille briser sa solitude, avant que cette solitude ne la brise, c'était une autre guerre à mener pour une femme. Au moins en apparence, elle devait accepter cet Albert qui avait pris un ventre de bénédictin depuis Auschwitz. Elle tairait ses sentiments profonds; elle en avait l'habitude. Et puis, elle n'était pas à plaindre, avec un métier passionnant et une amie comme Suzon, elle ne risquait rien. Rassérénée, elle rentra chez elle sous une pluie fine et sale.

Levant les yeux, elle aperçut de la lumière chez les Dupuis. Elle faillit appeler Suzon, mais renonça. C'était trop tôt pour se confier à son amie.

Certains soirs, elle montait l'escalier, tapait trois coups discrets à la porte des Dupuis, et Suzon lui ouvrait, attifée d'une chemise de nuit excentrique, les cheveux prisonniers de bigoudis ridicules. Elles s'attablaient dans la cuisine et dévoraient des tartines, comme lorsqu'elles avaient dix ans. Confiture, miel, rillettes, tout ce qui leur tombait sous la main. Au cours de ces expéditions nocturnes, Hannah n'avait jamais croisé les parents de Suzon. André Dupuis travaillait tard, et Micheline lisait des magazines de mode dans sa chambre, des revues idiotes qui l'abrutissaient autant que les calmants qu'elle prenait depuis que son mari fricotait avec sa secrétaire.

« Un vrai zombie, avait confié Suzon, d'une voix rendue rauque par l'émotion, les regrets aussi. Elle roupille tout le temps et je n'arrive pas à la faire sortir. Ou bien elle s'accroche à moi. C'est un peu tard pour jouer à la poupée ensemble, non ? »

Gilles s'était engagé dans la Légion, à la grande fierté de son père. Il servait en Indochine, et il envoyait des cartes postales laconiques à cause du secret militaire. Devenu machiniste, Lucien avait travaillé sur les fameux *Don Camillo*, la série de films avec Fernandel qui faisait jubiler Suzon. Les frasques du curé méridional laissaient Hannah froide. Elle se souvenait du prêtre de Fontenay avec son front plissé, ses yeux enfoncés, ses prêches contre les Juifs. Lucien l'avait invitée sur le tournage de *Casque d'Or*, elle avait cru s'évanouir quand Simone Signoret l'avait saluée simplement, sans chichi, comme si elles se croisaient tous les jours. Elle n'avait jamais vu une femme aussi belle, aussi sûre d'elle. Au retour des studios, elle avait proposé à Pierre Lazareff une série de chroniques sur les tournages de films. Le patron avait accepté, car tout l'intéressait : les vedettes, les reportages chocs, les scoops photos, les bandes dessinées et même les ragots (les « Potins de la commère » de Carmen Tessier faisaient un tabac). Il devinait d'instinct ce qui plaisait aux foules : un jeune abbé, nommé Pierre, qui luttait contre les mal-logés, mais aussi Mme Coty dont la mort, montrée en huit colonnes à la une avec des photos inédites, avait pulvérisé des ventes déjà colossales. Grâce à ce cocktail, *France-Soir*, fondé sans argent, « cartonnait » parmi les journaux issus de la Résistance. Hannah gagnait bien sa vie et pourrait louer un studio près du domicile maternel... et conjugal. Elle verrait Albert, de temps en temps, et toujours en présence de sa mère.

Le mariage eut lieu un mois plus tard, avec les voisines, les habitants du quartier, dont la plupart avaient connu Haïm. Les gens riaient, s'amusaient, chantaient. Mme Vaqueros, qui ressemblait à ce qu'aurait été Rachel si elle avait vécu, parlait trop fort en agitant ses doigts secs. Elle avait apporté du vin et en buvait un petit doigt en l'air, dans une pose comique. Elle racontait des anecdotes sur la vie de l'immeuble, en évitant soigneusement les allusions à Haïm, aux grands-parents. Et couvait Hannah du regard : la petite qu'elle avait vue si frêle, si timide était devenue si belle, si posée... C'etait un peu sa fille à elle aussi, par procuration. Elle l'avait tant de fois recueillie dans sa loge, l'avait remplumée à grands coups de « pastel de natas », ces flans odorants espagnols, et de « leche frita », dégoulinants de sucre. Elle voulait la voir heureuse, dans ce pays qui lui devait bien cela. Malgré l'alcool qui lui montait à la tête, la brave femme frissonna en se souvenant du retour des deux femmes, juste après la guerre. Deux petits chats affolés et désorientés.

Dans sa robe bleue, Hannah essayait de faire bonne figure : elle avait passé l'âge de bouder, et sa mère semblait enfin heureuse. Elle se souvenait de l'oncle Dany, des regards trop tendres esquissés entre lui et sa mère à Istanbul. Souvent elle avait eu envie de gifler cet homme gominé qui gesticulait auprès de Cécile tandis que sa propre femme attendait un enfant. À leur retour, Esther leur avait écrit en français, mais aussi avec des bribes d'anglais, qu'elle s'était mis en tête d'apprendre après la guerre, et elle glissait dans l'enveloppe plusieurs billets soigneusement pliés au milieu. Cécile les regardait puis les rangeait sans oser aller à la banque les changer. Depuis quelque temps, les lettres avaient également disparu. Esther devait avoir fort à faire avec une maisonnée pleine, un mari toujours impatient, des enfants turbulents. Cécile comprenait, Hannah aussi. Istanbul leur paraissait un mirage du passé, un intermède dont elles n'aimaient guère parler.

Albert, lui, avait connu la guerre, la peur, les camps, il avait perdu sa femme et ses enfants. Il venait du quartier. Albert pouvait se justifier. S'il aidait Cécile à retrouver un certain équilibre, comment pouvait-elle l'en empêcher, même si elle avait du mal à le supporter avec ses yeux de verrat, sa bedaine façon Troisième République et son air de propriétaire quand il enserrait la taille de Cécile.

Pour se marier, Cécile obtint enfin l'acte de décès de son mari. Une bougie fut allumée, comme le voulait la tradition. Contre toute raison, Hannah doutait encore parfois de la mort de son père. C'était moins de l'espoir qu'un caprice d'enfant. Dans ces moments-là, elle se plaisait à penser qu'Albert et sa mère s'étaient mariés pour du beurre.

Mais, en cet après-midi de printemps, Cécile rayonnait dans une robe crème qu'elle avait dessinée elle-même, avec des incrustations de dentelle. Coiffée d'un chapeau orné d'une aigrette, elle passait d'un invité à l'autre, serrait les mains, se laissait embrasser. Hannah n'avait pas vu les joues de sa mère rosir à ce point depuis longtemps.

Grâce aux deux vendeuses engagées à mi-temps, Cécile pourrait enfin s'échapper. Ils partiraient en voyage de noces pour la première fois, Haïm n'ayant jamais pu l'offrir à sa jeune épouse. En Camargue sans doute, elle avait tellement rêvé des chemins, des rizières et des Gitans ! À cette idée, Hannah eut envie de vomir ses petits-fours. Elle s'éclipsa, prétextant la remise d'un article. Métier béni ! Personne ne s'aperçut de son départ, sauf Suzon qui la rattrapa dans l'escalier, tandis qu'elle s'enfuyait vers la bibliothèque.

« Ça va, Bibiche ? Ce n'était pas trop dur, tout ça, pour toi ? »

Suzon avait un air inquiet.

« Non, j'ai vécu pire, répondit Hannah, sur un ton qui ne trompait pas son amie.

— Rappelle-toi, ta complicité avec ta mère, c'est rare, dit Suzon. Ne la gâche pas pour un homme, aucun n'en vaut la peine. Et puis, toi aussi tu te marieras !

— Rien n'est moins sûr, cria Hannah en continuant à dévaler l'escalier. On se voit samedi comme prévu ! »

D'un geste rageur, elle sécha ses yeux embués de larmes. Quelle idée de se mettre dans un état pareil. Suzon avait tenté de lui parler, mais partager ses sentiments les plus intimes, même avec son amie d'enfance, était au-dessus de ses forces. Le silence ouaté de la bibliothèque, la lumière tamisée qui tombait sur les livres lui rendirent sa sérénité. À son habitude, elle ignora les autres étudiants, même le jeune homme blond un peu trapu qui cherchait à accrocher son regard depuis des semaines. Il attendrait, elle devait remettre sa copie. Écrire l'aidait à refouler ses monstres secrets, lui rendait le monde plus supportable, plus compréhensible. Chaque phrase l'allégeait d'elle-même, l'obligeait à s'ouvrir aux autres et à ce monde qui tournait si vite.

À force d'acharnement, elle était devenue grand reporter, provoquant quelques jalousies au journal, vite éteintes par l'évidence de son talent. Elle avait interviewé des personnalités aussi différentes que Marcel Dassault ou Boris Vian. Elle voyageait beaucoup, s'étourdissant de rencontres et de découvertes. À chaque destination, elle visitait un lieu juif. Le cimetière aux tombes de guingois à Prague, la place du Ghetto Nuovo à Venise, le Mellah à Fez, la rue aux Juifs de Bordeaux, la synagogue de Carpentras. C'était un besoin d'éprouver la fin d'un monde, un univers crépusculaire qui l'attirait et la troublait en même temps, et dont l'effondrement avait débuté bien avant la Seconde Guerre mondiale. Elle voyait dans ses pèlerinages un signe adressé aux siens, une marque de foi aussi, qui la distinguait, sans l'engager.

Cependant elle n'avait jamais pu se rendre en Allemagne. Elle redoutait les accents de cette langue qui avait bercé sa petite enfance, et que sa mère s'interdisait désormais. Elle craignait surtout de voir un nazi derrière chaque passant. Elle n'était pas retournée à Istanbul. Fermer les yeux lui suffisait pour convoquer les senteurs océanes du Bosphore, elle préférait les souvenirs à la réalité d'une ville qu'elle trouverait sûrement provinciale aujourd'hui.

Avec ses huit éditions par jour, *France-Soir* était devenu une entreprise florissante. Elle s'y sentait bien et avait refusé les offres d'embauche de ses concurrents, même celle de *L'Express*, ce nouveau magazine au format de *news* américain. Elle devait trop à la rue Réaumur pour la quitter. Avec sa chaleur, sa simplicité, son culot aussi, Lazareff était devenu une sorte de père spirituel. Ses éternelles lunettes sur le front, il la conseillait, la guidait, tout en parcourant des kilomètres de colonnes de lettres typographiques.

Quand elle le pouvait, elle emmenait Suzon en reportage. Celle-ci vivotait : petits jobs, misérables combines, espoirs malheureux qui n'aboutissaient jamais. Son avenir de mannequin s'était arrêté au moment où elle avait pris la fuite devant un photographe qui insistait pour qu'elle pose nue. Actrice, cela n'avait pas marché non plus. Sa dernière lubie : devenir gérante d'un café. En fait, Suzon aidait de vagues copines dans leurs magasins ou elle revendait des foulards de marque dont elle refusait de donner la provenance à Hannah. Elle avait souvent la mine défaite, le regard cerné par des limaces sous les yeux. Ses fréquentations nocturnes l'enfonçaient, l'attiraient au bord du vide. Elle n'avait pourtant rien perdu de sa beauté, et même retrouvé sa teinte naturelle, cette rousseur à la Rita Hayworth. Avec sa taille de guêpe et sa moue sensuelle, on la comparait aussi à Françoise Arnoul, la vedette des *Amants du Tage*, mais on la devinait lassée des rencontres sans lendemain, des efforts pour boucler son mois, des types qui lui envoyaient taloches ou coups de poing, et qu'elle laissait faire, parce qu'ils avaient peut-être raison. Elle n'était pas bonne à grand-chose. Elle sombrait parfois dans une forme de dépression, qui la plongeait au fond de son lit pendant des jours. Elle buvait trop, elle avait même fini au commissariat après s'être battue avec une ancienne patronne qui lui devait de l'argent. Hannah était allée la chercher au commissariat, mi-fâchée, mi-choquée. Aux rares heures laissées libres par le journal, elle tentait de s'en occuper, en lui proposant une sortie, un week-end, la première d'un film, tout ce qui pouvait effacer la détresse de son regard.

En juin 1953, elles partirent toutes les deux à Londres où Élisabeth II allait être couronnée. Pour la première fois, l'événement serait retransmis en direct à la télévision, et *France-Soir* avait dépêché huit envoyés spéciaux. Hannah devant être présentée à la reine, Suzon lui fit répéter sa révérence dans la chambre d'un *bed and breakfast* qui sentait les scones et la rose. Hannah confondait les gestes, elles avaient rigolé, de vraies collégiennes. Si cette vieille chouette de Mme Irina avait pu voir ça !

En avril 1956, elles descendirent à Monaco pour le reportage le plus mondain de l'année. Grace Kelly allait épouser le prince Rainier. Munies des autorisations nécessaires, en lisière d'un front de photographes qui faisaient le pied de grue sur le quai, Hannah et Suzon avaient guetté l'arrivée de la star à bord du paquebot qui l'amenait des États-Unis. L'entrée du *Constitution* dans le port de Monte-Carlo avait été accueillie par une salve d'honneur et une pluie d'œillets rouges et blancs jetés d'un hydravion dans le ciel punaisé.

« Merci ma chérie, cria Suzon dans l'oreille d'Hannah. C'est le plus beau jour de ma vie !

— Regarde ! Regarde ! Pas mal pour des gamines du quartier Popincourt, non ? »

Hannah tentait de garder une réserve professionnelle, mais à l'unisson de son amie, elle vibrait de bonheur, perdue dans la foule en liesse, entre le bleu de la Méditerranée et l'azur du ciel, une pluie de fleurs effleurant ses épaules hâlées. Quelques jours plus tard, le mariage fut célébré, avec Alfred Hitchcock pour témoin et Gene Kelly comme cavalier.

Hannah envoyait par téléphone jusqu'à trois papiers par jour. Entre deux verres de rosé, Suzon peaufinait son bronzage dans un bikini blanc digne de Brigitte Bardot. En fin d'après-midi, elles se rejoignaient sur la plage ou dans un café du port, et s'échangeaient leurs impressions avant la soirée. Cette insouciance retrouvée avec Suzon marqua l'une des périodes les plus heureuses de la vie d'Hannah. Deux jeunes filles sous le soleil, de l'argent dans leurs poches, des garçons dans tous les coins, l'envie de profiter de tout. Malheureusement, il avait fallu rentrer.

Ensuite, si les deux amies se téléphonaient toujours, elles se virent moins. Hannah posait de plus en plus rarement son sac dans le quartier et Suzon avait quitté l'appartement familial après une énième dispute avec son père. Elle partageait un studio avec une esthéticienne à la voix criarde qui agaçait Hannah. Épouvantée par les épilations à la chaîne et les cancans des clientes, Suzon n'avait pas tenu deux semaines dans l'institut de beauté de l'hystérique. Et puis elles n'avaient plus les mêmes centres d'intérêt. Pour Suzon, le monde semblait s'être réduit à son café préféré, à quelques rues, où on la connaissait. Hannah, elle, ouvrait grand ses ailes et sillonnait la planète.

L'Algérie couvait sa guerre, le Proche-Orient s'enflammait. Elle aurait aimé partir pour Budapest dont les habitants manifestaient contre l'entrée des chars soviétiques et voir les Russes mitrailler les ménagères qui faisaient la queue pour un bout de pain à la place, afin de témoigner de la sauvagerie des hommes. Elle fut envoyée en Israël, au moment de la crise du canal de Suez, puis de la guerre avec l'Égypte. Elle embarqua, le cœur serré, au comble de l'excitation. Elle allait enfin voir Israël, dont la naissance était pour elle la seule bonne nouvelle de l'après-guerre. Elle se promit de rendre visite aux deux sœurs de sa mère, qui vivaient à Nazareth, depuis leur alyah, leur retour en Israël, dans les années trente. Elle partait à la recherche de ses racines.

La guerre fut déclarée le 29 octobre. Elle interrogea des civils, des kibboutzniks (souvent rescapés des camps), de simples soldats et des gradés de Tsahal, l'armée israélienne, avec l'aval de l'état-major. Flanquée d'un photographe, elle se rendit dans le Sinaï et put voir les soldats égyptiens prisonniers, ils semblaient avoir son âge. Son reportage déchaîna les passions à Paris. Elle partit aussi à Eilat, où Israël avait désormais le droit de naviguer, retrouvant ainsi un accès à la mer Rouge. Elle poussa jusqu'à la bourgade de Charm el-Cheikh baignée par des eaux d'un bleu de cobalt. Elle se sentait chez elle dans ce pays aride et sec, bavard et sentimental, en phase avec sa double filiation ashkénaze et séfarade. Elle aurait aimé s'y poser un peu, louer un studio à Tel-Aviv, apprendre l'hébreu, mais Paris la réclamait. Et sa mère, à qui elle téléphonait une fois par semaine, s'affolait. N'était-ce pas dangereux de sillonner ce pays en guerre chronique ? Elle n'en avait pas assez, des conflits ? Pourquoi toujours partir ? Quand rencontrerait-elle un chic type qui lui donnerait des enfants ? Hannah, dont les relations plutôt compliquées avec l'autre sexe se résumaient à quelques draps froissés, eut envie de rire. Elle n'avait pas le talent de Suzon pour attirer les hommes et elle se voyait mal convoler avec un brave commerçant du XIe arrondissement, comme le suggérait suavement Albert.

Elle rentra à regret dans les brumes de la rue Réaumur. Elle relisait un papier au journal quand l'OAS fit exploser une bombe derrière un distributeur de boissons. Une employée blessée, du verre brisé. Le danger n'était pas forcément là où sa mère le croyait.

28.

Un jour de semaine, Hannah se réveilla tard. La veille, elle était rentrée de New York où elle avait assisté à la première de *West Side Story* à Broadway. Elle avait applaudi et tapé des pieds comme les autres, bluffée par l'énergie du spectacle. Elle avait aussi acheté le disque, pour Suzon. Suzon qui avait dû rentrer d'un difficile rendez-vous en Hollande. Elle avait été négligente et accusait quinze jours de retard. Test de grossesse positif. Ça devait arriver.

«Je ne peux pas garder ce bébé, sanglotait-elle au téléphone. Une fille mère sans argent, sans boulot, mes parents vont me tuer ! »

Hannah aurait dû l'accompagner dans cette épreuve, l'aider comme Suzon l'avait fait pendant toutes ces années, mais le travail s'accumulait. Elle comptait se rattraper aujourd'hui, mais son amie ne répondait pas au téléphone. Sans doute réfugiée chez un fiancé temporaire. Hannah s'inquiétait, elle tombait sur des types de plus en plus louches, des petites frappes. Elle n'aimait pas la façon dont ils la regardaient, la manière dont ils lui parlaient.

Comme à une fille qui avait déjà un peu trop servi. Mais elle n'osait rien dire. Suzon n'aimerait pas qu'elle s'immisce dans ses amours, elle qui pourtant se moquait des petits copains d'Hannah qu'elle n'avait pas le temps de rencontrer, tant ils passaient vite dans sa vie.

Cet après-midi-là, elle décida d'aller se promener au Pletzl, le quartier juif historique de Paris. Un gâteau au fromage blanc de chez Goldenberg, rue des Rosiers, la tentait. Elle avait aussi envie d'entendre parler yiddish, même si elle ne se l'avouait pas. Sa mère ne parlait plus cette langue. Amnésique et zélée, elle se voulait plus française que les Français. Elle s'était fait naturaliser en même temps qu'Albert. L'épouse modèle agitait sa nouvelle carte d'identité à tout propos. Un vrai hochet, ce bout de papier. Française, Cécile avait désormais des droits. Fini la Roumanie, l'Est natal, le gâteau au fromage et la carpe farcie. Bienvenue au gigot-flageolets et au paris-brest dominical rapporté un doigt glissé dans le ruban qu'elle balançait en s'inspirant des Parisiennes chics.

Mais l'inquiétude des années noires ressurgissait tel un cafard chaque fois qu'Hannah partait sans son sac à main.

« Tu ne peux pas sortir sans ! hurlait-elle. Où est-il ? »

Il avait fallu du temps à Hannah pour comprendre que cette angoisse venait de loin, des Ausweis, des contrôles d'identité à chaque coin de rue, du mot « Juif » barré en gros et en rouge sur les pièces d'identité. Elle rassurait sa mère, comme elle pouvait. Et vérifiait la présence de la fameuse carte avant d'ouvrir la porte.

Elle mordait maintenant avec volupté dans la mousse nuageuse et vanillée de son gâteau, et poursuivait sa promenade. Le quartier avait peu changé depuis les balades avec son grand-père Jo, qui venait rue des Rosiers acheter un livre pour une bar-mitsvah, retrouver des copains ou boire un verre de vodka maison sans essuyer les reproches de sa femme.

Peu à peu, elle descendit vers la Seine. Depuis Istanbul et le Bosphore, la coulée satinée de l'eau l'attirait. Ses pas la conduisaient dans une venelle, la rue Geoffroy-l'Asnier. Un écriteau discret signalait le Mémorial du martyr juif inconnu et le Centre de documentation juive contemporaine. Elle ignorait qu'un tel endroit, qui abritait les cendres du ghetto de Varsovie et des camps d'extermination, pouvait exister en plein cœur de sa ville. Personne ne lui en avait jamais parlé, même dans le quartier Popincourt. Pourtant, comme elle pouvait le lire sur un prospectus à l'entrée, le centre avait été créé en 1943, à Grenoble, pour rassembler des preuves, témoigner de ce qui s'était passé, et déjà demander justice.

Au premier étage, Hannah tomba sur des photos, des objets, des dates affichées. Il y avait là des lettres dans des vitrines en bois, des clichés montrant des bébés joufflus sur des couvertures, des mariages à la campagne. Des vies ordinaires, pleines d'espoir en l'avenir. Elle manquait d'air, avait l'impression de parcourir une galerie éboulée.

Mais elle continua son exploration. Le bruit de ses pas lui faisait peur, elle se retournait sans cesse, alors que l'endroit était désert. Le martyr juif n'attirait pas les foules. Un panneau lui apprit que le centre comportait aussi des archives, recueillies pendant la guerre par des résistants. Celles de la Gestapo, des services d'Otto Abetz à l'ambassade d'Allemagne, des commissariats aux affaires juives et des préfectures. Une foule d'informations capitales pour les Alliés, au moment du procès de Nuremberg, et que les historiens et les étudiants commençaient à interroger en silence. Elle s'entendit demander à une femme qui la regardait avec bienveillance s'il y avait des documents concernant le XIe arrondissement, donna d'un souffle des noms, celui de son père, ceux de ses grands-parents. On lui proposa de s'asseoir, ce qu'elle fit avec gratitude, tant ses genoux tremblaient. Elle attendit devant un mot en hébreu : « *Zakhor!* (Souviens-toi !) » Elle se souvint de l'odeur de son père, de sa barbe du week-end qui piquait, de ses mains d'intellectuel abîmées par les ballots de linge à porter, du lilas de sa Nona, de son sourire de travers et des chatouilles de son grand-père Jo quand il lui glissait une pièce le soir de shabbat. Mais que savait-elle vraiment de ceux qui l'avaient quittée si vite ?

La femme revint, chargée de dossiers, des documents sur microfiches, et d'autres classés dans des boîtes à chaussures.

« Prenez votre temps. Je serai à côté si vous avez besoin de moi. »

Hannah la remercia d'un hochement de tête et

alla s'asseoir, son butin dans les bras, au fond de la pièce. Elle demeura ainsi un moment, le regard vide. Mais ces papiers, ces lettres l'attiraient. Elle dut s'y plonger, et tant pis si elle s'y noyait. Elle trouva vite le carnet à souches où figuraient les noms de Jo et de Rachel et la liste de leurs effets personnels à leur arrivée à Drancy. Les Allemands établissaient une comptabilité précise, les gendarmes français délivraient un reçu aux prisonniers. Il y avait sur cette feuille carbone de quoi lui crever le cœur : deux alliances, 300 francs en billets, maigre butin pour deux personnes âgées ! Un deuxième document mentionnait le convoi qui les avait emmenés vers Auschwitz : des noms, des professions, des dates de naissance écrites en allemand. Puis la piste se perdait. Gazés dès leur arrivée sûrement, avait dit Albert. Quelque chose de chaud lui brûlait la gorge, remontait de très loin, piquait ses yeux. Elle continua pourtant, refoulant sa nausée et les larmes qui menaçaient de couler. Retrouvant ses réflexes de journaliste, elle ouvrait d'autres dossiers. Un document relatif à une rafle dans son quartier, le 4 février 1944. Le lendemain de leur départ à Istanbul ! Mue par une intuition soudaine, elle retourna aux dates des convois. D'un doigt tremblant, elle suivit les listes interminables, un peu comme une aveugle sur un tableau en braille. Un nom lui sauta au visage : Haïm Behar, le 10 février. À peine une semaine plus tard ! La rafle en question avait été l'une des plus importantes dans la capitale cette année-là. Hannah imagina les policiers français allant d'un appartement à l'autre, une liste à la main, sourds aux supplications des mères, rudoyant les vieillards. Une note ultra-secrète du préfet de police datée du 3 février stipulait qu'il fallait donner les animaux aux voisins, et penser à fermer le gaz. Double ironie. Car les Juifs turcs étaient a priori exclus de cette opération. C'était écrit ici, noir sur blanc. Haïm avait bien été emmené de force, malgré son passeport en règle. L'administration pouvait aussi se tromper, mais était-ce réellement une erreur ? L'opération en tout cas avait été fructueuse : 115 hommes, 217 femmes et 108 enfants parisiens arrêtés, 78 dans le seul XIe arrondissement. Direction la Pologne et sa terre bientôt moutonnant de montagnes de cendres. Hannah trouva la date de la mort de son père sur une autre fiche, juste deux mois après son arrivée. Albert avait dit vrai.

Elle compulsa d'autres papiers, dont certains étaient en piteux état, et tomba sur une note estampillée « confidentiel », un ordre de mise à disposition des bus de la STCRP, des dépôts de Vincennes et de Montreuil. Les Juifs conduits dans les commissariats devaient embarquer dans ces autobus réquisitionnés. Ceux-là mêmes, ventrus et verts, qui conduisaient tous les jours les Parisiens à leur travail ou leurs amours, et qu'on hélait sur les boulevards... Autre ironie : les véhicules portaient encore les plaques des différentes stations desservies : Nation, République, Champs-Élysées, alors qu'ils filaient tous vers Drancy, l'antichambre du carnage. Une consigne précisait que les vitres de ces autobus devaient rester fermées et que la plate-forme serait réservée aux bagages. Pas question de laisser échapper quelques pauvres hères dont le seul crime était d'être nés juifs. Le reste détaille le début des opérations (6 h 30), le nombre de chauffeurs nécessaires et la composition des équipes d'arrestation. Au bas du document, un nom écrit en gras la frappe au visage. Ce jour-là, le chef des dépôts de l'Est s'appelait André Dupuis. André Dupuis, signé à l'encre rouge. L'homme qui réparait le vélo d'Hannah, rigolait avec Haïm, emmenait les deux familles pique-niquer... Vite, très vite, elle demanda des photocopies d'une voix étranglée par l'émotion.

Dans la rue, ses oreilles bourdonnaient, le vertige l'attirait vers le sol; si cela continuait, elle allait s'incruster dans le trottoir, qui serait une autre pierre tombale. Elle rassembla ses dernières forces, échoua dans un parc sablonneux, face à la Seine. Elle y resta longtemps, les mots se bousculaient dans sa tête. Des enfants venaient jouer près d'elle. Le XIe arrondissement avait été le quartier le plus touché : plus de 7000 déportés dont 1169 enfants. Tous ces disparus avaient un jour arpenté les mêmes rues qu'elle. Aucun des petits du Vél' d'Hiv' qui étaient montés dans un train à destination de l'Est n'était revenu, elle le savait. Arrachés à l'heure du sommeil à leurs parents pour être tués, à 1500 kilomètres de chez eux.

Un gouffre sembla s'ouvrir, sous ses os, au plus profond du cœur, faisant jaillir une souffrance encore inédite. Maintenant, elle savait tout, et c'est comme si ses grands-parents, son père, étaient morts à nouveau. Ils avaient repris vie fugacement, dans l'écho de leurs noms, pour lui être arrachés quelques secondes plus tard, dans le bringuebalement des convois, puis le silence mortel, sidéral d'Auschwitz.

Il y avait autre chose. Le nom d'André Dupuis figurant sur ces papiers infamants. Par son travail, le père de Suzon avait-il eu connaissance de l'imminence de la rafle dans son quartier, dans sa rue ? Pourquoi n'avait-il pas prévenu son voisin, celui avec qui il avait bu des canons au café, celui qui l'avait aidé dans sa comptabilité ? Suffoquée, elle rejoignit les ombres. Le temps se dilatait, la clouait sur le banc.

29.

Au lieu de monter chez sa mère, elle sonna chez les Dupuis. Personne ne répondit. De rage, elle balança des coups de pied dans la porte. Au bout d'un moment, décidée à tout enfoncer comme les policiers vichystes, elle perçut des pas lents dans l'appartement. Micheline Dupuis ouvrit, les traits creusés, comblés par le fond de teint, les yeux vagues mais le rimmel étudié, les cheveux ramenés en un chignon lâche. Une momie cuisinant un gigot-pommes de terre dans la bonne conscience d'une soirée ordinaire.

« Hannah, que se passe-t-il ? Mais enfin, qu'est-ce que tu as ? »

Hannah la repoussa sans un mot et s'avança dans le couloir, s'arrêtant au seuil de la salle à manger. Vautré dans un fauteuil, le père de Suzon fixait l'écran du téléviseur. Empâté, le cheveu clairsemé, il avait changé, lui aussi. Un bœuf avachi devant une télé qui hurlait. Captivé par la diffusion d'un match de football, il n'avait pas remarqué Hannah qui s'avançait telle une somnambule. Suzon, qui finissait un éclair au chocolat, se leva en cognant ses genoux contre la table, baissa le volume de la télé et se précipita vers son amie. Quelque chose n'allait pas.

« Tu te sens bien, Hannah ? Tu es toute pâle. »

Elle avait l'air faible, elle aussi. Son avortement hollandais l'avait sans doute poussée à se réfugier chez les siens. Dupuis tournait avec regret la tête en direction d'Hannah, elle reconnaissait bien sa morgue, sa suspicion. Les lèvres serrées, elle sortit de son sac une liasse de documents photocopiés et la jeta à la tête du père de Suzon.

« Tu te crois où, ma petite ? rugit Dupuis, en sursautant dans son fauteuil.

— Qu'est-ce que c'est que ça ? demanda Suzon, interloquée.

— Ça, c'est l'arrêt de mort de mon père, signé par le tien, répondit Hannah en toisant Dupuis, qui regardait les documents tombés sur ses genoux.

— Tu es cinglée ! » lâcha Micheline Dupuis, dont personne n'avait remarqué l'entrée dans la pièce.

Hannah ramassa une feuille sur le parquet et la tendit à Dupuis.

« Attendez, vous n'avez pas tout lu. C'est bien votre nom, là, sur l'ordre de réquisition de vos précieux bus ? »

Dupuis soupira, il avait encore pris dix ans.

« Et vous saviez à quoi ils allaient servir, ces bus, le 4 février 1944 ? » continua Hannah d'une voix suraiguë.

Dupuis ne cilla pas, il semblait ailleurs.

« Ils allaient emmener des innocents vers la mort,

cria-t-elle. Vous saviez mon père en danger et vous n'avez rien dit. »

Elle voulait ouvrir la fenêtre, que tout l'immeuble, toute la rue l'entende :

« Convoi 68, parti de Drancy le 10 février 1944, avec 1 500 déportés... 1 229 personnes gazées directement à l'arrivée. 210 hommes, dont mon père, sélectionnés pour le travail, 61 femmes. Je continue ? »

Suzon remua les lèvres, mais pour une fois, rien n'en sortit.

« Je ne savais rien de tout ça, lâcha Dupuis d'un ton plat. À l'époque, on m'a demandé d'envoyer ces véhicules, en vingt-quatre heures. J'ai obéi, c'est tout. Je ne savais pas à quoi ils allaient servir. Et je ne voulais pas perdre mon emploi en me mêlant de ce qui ne me regardait pas. »

Hannah se rapprocha du fauteuil crapaud d'où André Dupuis tentait en vain de s'extirper. Près, tout près de lui. À quelques centimètres du visage, elle hurla :

« Ah oui ? La note stipule qu'il faudra une escorte policière pour chaque autobus, fermer les fenêtres et condamner la plate-forme. Ils partaient en vacances, d'après vous ? Vous avez peut-être *seulement* fait votre boulot, André, mais c'était un sale boulot. Vous avez gardé votre emploi mais perdu votre humanité. Vous avez collaboré. » À ce mot jeté comme un crachat, André se dressa d'un bond avec une agilité étonnante pour sa corpulence. Il commença à suer, les yeux injectés de sang. Avec une détermination froide qui glaça Hannah, il leva le poing sur elle, et de l'autre main l'attrapa fermement par l'avant-bras. Ses doigts s'enfoncèrent là où la chair était la plus tendre. Elle était si proche qu'elle sentait son odeur aigrelette, les Gitanes qu'il fumait sur le balcon, des relents de viande rouge à peine mâchée.

« Maintenant tu te tires, espèce de petite merdeuse. J'en ai assez de toi, et de tous ceux de ton espèce. »

Hannah n'eut pas le temps de réfléchir à quelle espèce elle appartenait quand Dupuis, d'un geste plein de rage, la lâcha, aussi brusquement qu'il l'avait empoignée. Elle recula, perdit l'équilibre, et s'étala par terre, battue, humiliée, dans un fracas de chaise qu'elle emporta dans sa chute.

Suzon, livide, essaya de poser une main sur le bras de son amie qui se releva péniblement et se dégagea, là, comme elle put. Ce contact avec la chair de Suzon, c'était aussi toucher un peu celle de Dupuis, qui la révulsait.

« Hannah, calme-toi. Papa croyait peut-être qu'on emmènerait ton père et les autres dans une usine, travailler pour l'Allemagne, comme nos gars du STO.

— Sûrement, ironisa Hannah. Des gosses de trois ans, des femmes enceintes, mon grand-père avec son diabète. Suzanne, ne dis pas n'importe quoi ! »

Ce n'est plus Suzon, mais Suzanne. Une étrangère. Chacun son tour.

« Toi aussi, tu savais qu'on était en danger. Tu connaissais le sort de M. Rosenblatt. Tu te rendais bien compte de ce qui se passait. Tu percevais la peur dans les yeux de ma mère. Tu voyais les chaises qui se vidaient progressivement à l'école. Tu n'en as jamais parlé à tes parents ?

— Mais enfin, on était des enfants !

— Pas à quatorze ans ! Assez grande pour draguer les garçons, mais trop môme pour comprendre ce que tramaient les nazis... Tu te fous de moi ?

— Si tu crois qu'on avait que ça en tête ! l'interrompit Micheline d'une voix mauvaise, les bras croisés sur sa poitrine, comme pour se protéger. On n'avait plus rien à bouffer, Gilles devait partir au STO, il a dû se mutiler, rappelle-toi. Nous aussi, on avait nos problèmes. S'il avait fallu prévenir tout le monde... On n'a rien à se reprocher.

— Salope, siffla Hannah entre ses dents, en avançant vers la mégère les poings serrés.

— Ça suffit comme ça », tonna André Dupuis d'un air menaçant. Il brandit son journal en sa direction, comme s'il s'agissait d'une cravache. Et dans l'esprit embrumé d'Hannah se juxtaposaient les photos du Mémorial, celles d'officiers pleins de morgue et de prisonniers fous de terreur. « Rentre chez toi. Tu as dit ce que tu avais à dire. Maintenant tu t'en vas. »

Hannah regarda une dernière fois Suzon, dont les yeux se perdaient vers la fenêtre, comme si cette scène ne la concernait pas, comme si seuls ses parents étaient en cause. Tout en elle traduisait la colère, l'hostilité. Elle avait les épaules rentrées, le cou raide, l'air buté. Un roc d'incompréhension qui l'évitait et semblait l'accuser, elle, de ces révélations obscènes. Hannah voulut quand même esquisser un pas vers elle, lui parler, l'implorer peut-être.

Près de vingt ans d'amitié ne pouvaient s'achever là, ainsi, de manière aussi sordide, mais Micheline l'arrêta d'un regard. Un mur les séparait, fait d'incompréhension, de haine, de vieilles rancœurs tenaces.

Alors Hannah saisit un verre de vin sur le guéridon et le lança au visage d'André Dupuis. Celui-ci la regarda s'enfuir, sans essuyer le liquide qui coulait sur ses joues. Sonné, il ressemblait à un boxeur en fin de combat. Ressentait-il un peu de culpabilité ? Hannah n'en savait rien. Trop tard de toute façon.

Elle ramassa les quelques feuilles à ses pieds et dévala cet escalier qu'elle avait emprunté des milliers de fois pour retrouver Suzon. Dans le hall, elle vomit le gâteau de la rue des Rosiers, puis sa rage, son humiliation, sa haine. Elle avait l'impression de se cogner aux bords de son cerveau. Son univers venait de basculer une seconde fois. En rompant avec Suzon et sa famille, elle avait coupé l'autre fil qui la reliait à son ancienne vie. Elle tenta de se reprendre avant de remonter chez sa mère, de résister à ce gel intérieur qui la figeait. Résister, toujours résister.

Cécile l'avait trouvée grelottante sur le palier, et sourde à toutes ses questions. Elle l'avait installée sur le canapé, l'avait bordée telle l'enfant qu'elle était restée à ses yeux.

Dans le mauvais sommeil qui avait saisi Hannah, les phrases d'Albert lui étaient parvenues comme du morse, avant de s'estomper et d'accueillir des images plus précises. Elle s'était revue, à douze ans, sur ce même canapé, avec ses parents qui, le soir, déversaient leur peur entre ces quatre murs. Haïm était vivant.

30.

Le lendemain, Hannah n'avait rien raconté à sa mère, ni les jours suivants. Comment pouvait-elle lui expliquer que les Dupuis, cette famille française dont elle était si fière d'être devenue l'amie, aurait pu sauver Haïm en le prévenant du danger, en l'abritant ? Comme d'habitude, elle chercha à protéger celle qu'elle sentait plus fragile qu'elle, cette petite âme de verre qui menaçait toujours de se briser. Elle ne lui révélerait pas non plus pourquoi elle ne voyait plus Suzon, elle inventerait des contraintes de travail, son nouveau cercle d'amis journalistes.

Mais Cécile ne posa pas de questions. Elle aussi abritait un secret ; depuis longtemps, depuis la pénible algarade avec Micheline, elle ne voulait plus entendre parler de la famille Dupuis. C'était seulement par amour pour sa fille qu'elle avait toléré la présence de Suzon à son mariage avec Albert.

Après quelques jours passés sur le canapé maternel, Hannah avait regagné son studio, mais le cauchemar l'avait suivie rue Bréguet.

Pour la première fois, elle ne pouvait plus travailler, écrire ni même lire. Elle restait allongée à regarder la lumière qui changeait dans le ciel parisien et sur les toits gris. Elle avait dû téléphoner au journal, alléguer qu'elle prenait enfin les congés auxquels elle avait droit, et même cet effort lui avait pesé. Elle ne répondait pas au téléphone, rarement aux coups frappés à sa porte. Elle somnolait, à des heures bizarres, flottant dans ses souvenirs, recroquevillée pour occuper le moins d'espace possible. Le cœur en cendres, elle regardait la photo prise chez le photographe du boulevard Richard-Lenoir, ses parents, beaux, fiers et confiants malgré le danger qui s'avançait. À l'image d'un puzzle, elle revoyait la soie des cheveux dans la natte de Suzon, le regard de son père à la gare, Istanbul et le feulement de la mer, l'appartement à moitié vidé. Le plafond de sa vie lui était tombé dessus. Son corps la trahissait : dès qu'elle cherchait à se lever, elle vacillait sans consistance, des vertiges la saisissaient et la contraignaient à se recoucher. La pièce devenait sale, chaotique. Elle se nourrissait de biscuits et de thé, qu'elle abandonnait autour du lit, une exilée dans sa propre maison.

Certains jours, quand la pluie tapait à la fenêtre avec une précision de métronome, elle songeait à avaler des cachets ou à se couper les veines. Elle glisserait alors dans le sommeil, puis dans le néant. Et l'idée lui faisait du bien. Cela lui laissait un choix, peut-être un but, en tout cas une porte de sortie. Mais en fin de compte, elle était trop fatiguée, même pour se tuer, et elle attendait.

Attendait quoi? Une visite de Suzon, un signe du destin, quelque chose. Elle écoutait le silence et espérait les bruits de pas qu'elle connaissait par cœur, ceux d'une dynamo rousse toujours en marche. Parfois même, elle les entendait, les pas de l'amie, et dans un effort infini allait jusqu'à la porte. Affaissée contre celle-ci, elle guettait le moindre craquement du bois, la moindre pression dans l'escalier et les propres battements de son cœur qui ralentissaient au fur et à mesure que le chagrin emportait tout. Dépressive, et elle s'en fichait. Son envie de sortir, de se battre, de vivre, l'avait quittée, voilà tout. Elle avait perdu Suzon, sa sœur, sa moitié d'orange, qui ne l'avait pas défendue auprès de ses parents, comme elle avait perdu naguère son père et ses grands-parents.

Le poids du passé, telle une gigantesque gifle, l'empêchait de se relever. Quand elle arrivait à organiser ses pensées, elle reconnaissait que Suzon n'était pas responsable de la politique de Vichy ni de la folie meurtrière des Allemands, et que son père n'avait été qu'un maillon, l'un de ces fonctionnaires alimentant la machine, sans états d'âme, sans se poser de questions. Mais pour elle, cela ne changeait rien, sauf en pire. Dans les heures d'angoisse, elle avait cru en la bonté de cette famille-là, dans la compassion et la pitié des voisins, et cette pensée l'avait soutenue toutes ces années, l'avait empêchée de sombrer. Des gens pleuraient avec elle le départ de son père, l'assassinat de ses grands-parents, se rappelaient leur façon de parler, leur manière de manger, leur rire. Ils n'étaient donc pas tout à fait morts, pas tout à fait oubliés. Découvrir des années plus tard que son père aurait pu être averti du danger, caché et sauvé par ces mêmes personnes, l'avait anéantie. Ce conditionnel l'empêchait de remonter dans le monde des vivants. Sa conscience ne comptait pas les années, elle restait scotchée en 1944, là où tout avait basculé.

Instinctivement, sa mère respectait sa peine secrète. Elle passait tous les deux jours, apportait des bouillons de poulet, rangeait le capharnaüm au pied du lit. Cette présence rappelait à Hannah les crises d'asthme de son enfance. Quand elle avait terminé son affectueux manège, Cécile s'asseyait sur l'unique chaise et s'occupait en cousant ou en tricotant. Hannah devait posséder une douzaine d'écharpes de toutes les couleurs tricotées par sa mère. Elle avait remisé l'écharpe rouge de Suzon au fond de son armoire. Suzon qui avait disparu, sans un mot d'explication, sans une phrase pour la mémoire de la famille d'Hannah. Suzon qui lui avait tourné le dos après presque vingt ans d'amitié exclusive. Hannah se retrouvait orpheline, amputée de son enfance, de son soutien, de son alter ego. Le silence lui paraissait un hurlement.

Dans son coin, Cécile semblait deviner cette souffrance. Elle caressait la main diaphane de sa fille, embrassait son front et repartait aussi silencieuse qu'elle était arrivée.

Parfois Hannah avait l'impression d'avoir rêvé sa présence, comme celle de Haïm.

Au journal, on téléphonait, on s'énervait. Quand allait-elle revenir ? Les vipères de la rédaction s'en donnaient à cœur joie, les plus tendres parlaient de peine d'amour, les venimeuses distillaient des nouvelles d'un avortement compliqué. Hannah finit par envoyer rue Réaumur un certificat médical faisant état d'une asthénie générale, due au surmenage. On lui foutrait la paix, au moins pendant quelque temps, elle pourrait s'ancrer à son drap blanc, avant de remonter à la surface.

Suzon l'avait-elle vraiment aimée ou était-ce elle qui avait mendié son amour ? Peut-être celle qui se disait son amie l'avait-elle admise à ses côtés par jeu, désœuvrement ou bonne conscience ? Une petite youpine, pourquoi pas, si elle se montrait sage et pas trop voyante dans le tableau des collabos ?

Un jour, on frappa à sa porte. Trop tard pour espérer Suzon, qui comme son père avait brusquement, si brusquement, disparu de sa vie. À moitié nue dans une chemise d'homme fripée, Hannah regarda un moment cette jeune femme en vison sans la reconnaître. Jeannette. Une Jeannette déguisée en grande personne, chaussée d'escarpins, arborant une coupe au carré, et teinte en blonde ! Elle avait appelé Cécile qui, sans prévenir Hannah, avait confié l'adresse de sa fille à son amie d'Istanbul, pensant sans doute que le souvenir des jours heureux déteindrait sur le présent. Sur le coup, Hannah eut envie de claquer la porte au nez de l'élégante visiteuse. Ce parfum trop lourd, ce sac à main de dame patronnesse. Mais quelque chose dans l'attitude de Jeannette la retint. Sous les fards, elle retrouvait la petite fille qui avait embelli son séjour en Turquie, dilué sa peine d'être arrachée à Haïm. Elle la laissa entrer sans un mot, intimidée malgré elle par sa maîtrise et sa silhouette.

« Hannah, je suis si heureuse de te retrouver ! J'ai tellement pensé à toi, toutes ces années ! »

Hannah se taisait, perdue dans ses souvenirs. Des senteurs, des images l'envahissaient. Des effluves de tilleul et de mûriers remontaient de cette ville gloutonne où les gens semblaient toujours courir, comme couraient ces petites filles en robe d'uniforme bleu portant des anneaux d'or aux oreilles... Elle écoutait à peine à présent Jeannette raconter sa vie bourgeoise. Un appartement dans le XVIe arrondissement, un mari avocat, du bénévolat dans la communauté juive, des week-ends à la campagne chez ses beaux-parents, des hobereaux solognots. Rien de tout cela ne s'écartait d'une trajectoire tracée très tôt, avant la plaie de la guerre. Jeannette avait cicatrisé. Elle n'avait rien perdu et tout récupéré : sa grand-mère, son hôtel particulier, habité pendant dix-huit mois par un colonel allemand « respectueux des tableaux », son bataillon de *nannies.* Elle avait repris l'école, enchaîné au lycée Pasteur de Neuilly, obtenu son bac, comme on le lui avait demandé. Puis elle s'était lancée dans l'essentiel : la chasse au mari, un gentil garçon, ferré dans un rallye organisé par les mères fiérotes de leur progéniture. Son bonheur était sans mémoire, sans question. La guerre ressemblait à un accident de parcours.

« Et toi ? Raconte, que deviens-tu ? »

Hannah avait parlé de ses reportages, de tous ces

gens anonymes ou célèbres dont elle croisait la vie, pour une heure ou une semaine. Jeannette l'écoutait, impressionnée mais dubitative. Dîner avec Jacques Brel, c'était chic, mais fréquenter des beatniks, des ouvriers, des forains lui semblait saugrenu, et même très risqué. On était si bien chez soi, protégée du tumulte du monde. Elle souhaitait trois enfants, des dimanches au bois de Boulogne, une vie réglée comme les partitions de ses leçons de piano.

Jeannette orienta la conversation vers la Sublime Porte, là où tout avait commencé pour elles.

« Tu te souviens de cette manifestation sur le Bosphore ? Il y avait un monde fou, des gens sur des barques, des canots, des gros bateaux. Et tous s'égosillaient, agitaient des drapeaux, sifflaient entre leurs doigts ou.... tombaient à l'eau ! On a tellement ri !

— Et les *yalis* qui brûlaient ? On s'était donné rendez-vous pour profiter du spectacle, les marchands d'eau et de graines avaient rappliqué en cinq minutes ! Et nos promenades avec ta mère à Balat ! Tu sais qu'il n'y a plus de Juifs là-bas ? Ils ont tous émigré en Israël. Les Grecs aussi sont partis, en 1955, après les émeutes. La ville a bien changé depuis notre départ. »

L'après-midi avait déroulé l'écheveau des souvenirs. Était-ce l'évocation des restaurants qui servaient des rougets entiers sous le pont de Galata ? Hannah avait forcé son manque d'appétit et grignotait les macarons apportés par la revenante.

Elles s'étaient étreintes longuement, se promettant de se revoir, sachant qu'elles n'en feraient rien. Leurs vies différaient trop, mais le lien tissé dans les ruelles d'Istanbul brillerait souvent dans leur mémoire.

En lui permettant de renouer avec son enfance, Jeannette l'avait aidée à sortir de son lit. Elle n'avait pas seulement connu la tragédie, mais aussi l'odeur des glycines à Pera, le bruit des sabots des chevaux aux îles des Princes, les chats au soleil, les enfants se baignant nus dans le Bosphore. Elle pouvait effeuiller ces images pour colorier sa vie. Elle revint à *France-Soir* avec une énergie décuplée. La décennie qui suivit fut menée à un galop d'enfer. Toujours partante pour une interview de dernière minute, un dossier à approfondir, un reportage le jour de Noël ou le week-end de Pâques, quand les autres restaient en famille. Elle sillonnait le monde avec une boulimie qu'elle ne s'expliquait pas totalement, écrivant ses papiers dans les cafés, les gares, à l'arrière des taxis. L'Amérique, Moscou, Cuba, elle souhaitait tout voir, tout comprendre. On avait voulu la confiner à quelques rues du XIe arrondissement de Paris, l'arracher à son école, à ses amies, aux siens. Elle ouvrait grand les fenêtres et partait à la seconde où elle le décidait, son sac toujours prêt. Sans comptes à rendre à personne, la liberté en bandoulière. Impossible à arrêter, désormais, plus rapide qu'un ordre signé par des fonctionnaires zélés. Mais elle n'oubliait pas pour autant d'où elle venait, à quel sort elle avait échappé. Ainsi, elle voulait témoigner, se placer encore et toujours du côté des victimes. En décembre 1959, elle fut l'une des premières à Fréjus où un barrage hydroélectrique s'était rompu, libérant une vague de quarante mètres de haut et noyant quatre cents personnes, ensevelissant des centaines de maisons. Elle avait tenu la main d'une petite morte, toute blanche dans son pyjama brodé. Elle avait pleuré, mais seulement après avoir envoyé son texte. Elle se portait toujours vers le tragique, revivant ainsi sans fin sa propre enfance saccagée. Contrairement à ce que prétendaient ses copains grands reporters, un cadavre n'en chassait pas un autre. Ils s'invitaient dans sa tête, pour une ronde effrayante.

Quand elle réintégrait les petits bureaux de la rue Réaumur, elle accueillait avec une pointe d'agacement l'admiration des stagiaires qui chuchotaient sa légende et fantasmaient sur ses cahiers de notes qu'elle trimballait partout. Du discours de Khrouchtchev à l'ONU à la guerre d'Algérie, de la naissance des Beatles à la mort de Marilyn Monroe, les faits marquants de ces dernières années s'y trouvaient commentés, d'une écriture indéchiffrable. Une autre aurait été fière de son parcours. Mais prendre le pouls de la planète s'accompagnait chez Hannah d'une implacable et secrète remise en question. L'avènement de ce monde libre dont on se gargarisait la laissait froide. Elle n'oubliait pas que cette France si civilisée avait laissé partir 73 000 vies en fumée, dont trois qu'elle chérissait. Et rien, ni tombe, ni dépouille, ce mot qui lui évoquait toujours des loups écorchés. Le pays ruisselait d'héroïsme, mais on ne parlait jamais des Juifs exterminés. Dans l'imaginaire collectif, seuls les combattants, les résistants, les déportés politiques pouvaient prétendre au rang de victimes. Personne n'assumait Vichy dont les principaux cadres, plus de dix ans après, dirigeaient toujours l'Administration. On escamotait, on réécrivait l'histoire. Les déportations n'incombaient qu'aux seuls Allemands. La France avait conservé son honneur. Et pour elle, ce mythe gaulliste, cette farce macabre, ressemblait à une tache originelle qu'elle cherchait à exorciser par des voyages sans fin, du travail à foison. Elle aurait aimé rappeler la responsabilité de la police et de tous les André Dupuis. Mais ces mots-là la désertaient, refusaient de coopérer, de s'aligner sur une page blanche, de raconter l'histoire et ceux qui en paient le prix. Alors elle vivait seule, seule avec sa mère, et l'écho des disparus. La nuit, elle retrouvait tout : le dessin des lèvres de sa grand-mère, la main chaude de son père dans la sienne, elle croyait entendre des bruits de bottes, des voix l'appelant sous la neige d'Auschwitz, les regrets chuchotés de milliers de vies non vécues, des enfants perdus dans les limbes, des livres inachevés. À l'aube, tout cela disparaissait pour réapparaître sous d'autres formes. Des malaises la prenaient devant les boîtes à lettres vides. Elle détestait les chiens, les gares, les uniformes. Elle se méfiait de la police française, qu'elle fréquentait pourtant pour les besoins de son métier. Après tout, la plupart des malheureux arrêtés n'avaient vu aucun uniforme allemand entre leur domicile et leur arrivée à Auschwitz ! Et beaucoup de flics qui avaient participé aux rafles demeuraient en activité. Après la guerre, la cité de la Muette à Drancy était promptement redevenue, crise du logement oblige, un HLM modèle. Effacée, la collaboration ! Elle faisait siens les mots de Faulkner : « Le passé n'est jamais mort. Il n'est même jamais passé. » En tout cas pour les victimes. Après le vol de ses papiers d'identité dans le métro, elle avait attendu trois semaines avant de pousser la porte du commissariat, pour s'entendre décliner son identité d'une voix d'enfant timide, aux aguets.

Hannah Behar, fille de Haïm et de Cécile Behar. Oui, père décédé.

Elle allait mal, elle le savait. Elle avait essayé de retourner dans les endroits de son enfance, en pensant qu'ils la rassembleraient. Au Bosphore, où son père avait joué aux cartes. Mais depuis la rafle du 5 mai 1944, l'endroit avait perdu son âme. Elle était aussi revenue à la synagogue, le fameux « Siete » en face de chez ses parents, où l'on pénétrait par un petit couloir. Toute son adolescence, elle avait entendu sa mère répéter quand elle se plaignait : « Si tu n'es pas contente, va pleurer au 7. » Trop exigu, il servait désormais de club social et de cantine aux nécessiteux. Un vendredi soir, elle poussa la porte du temple de la rue de la Roquette, la synagogue Don Isaac Abravanel, plus spacieuse, installée sur le terrain où une plaque avait été inaugurée en 1935 à la mémoire des Juifs orientaux engagés volontaires pendant la Grande Guerre. Elle s'étonna de l'ambiance chaleureuse : jeunes, femmes, vieux, tous se parlaient, s'apostrophaient. Elle n'y connaissait personne. Elle improvisa tant bien que mal des chants et des prières. Chez elle, on ne fréquentait guère le *kal* (« synagogue » en judéo-espagnol). Ni le temps ni l'envie. Elle trouva un peu de paix au milieu des siens et y retourna plusieurs fois. Mais l'accalmie ne dura pas. Comment croire encore en un Dieu qui aimait les hommes? Il les avait abandonnés, laissé mourir, même les enfants. Dieu s'était comporté en salopard. Un diable, oui! Stendhal avait raison : « La seule excuse de Dieu, c'est qu'il n'existe pas. »

Elle avait d'autres rituels. Elle chuchotait le nom de ses disparus le soir avant de s'endormir, car dire leurs noms à voix haute les retenait à la porte du néant. Dans son portefeuille, elle gardait la photocopie de la fiche de ses grands-parents à Drancy, ainsi que la liste des déportés où figurait son père; elle y portait parfois les lèvres subrepticement. Elle n'avait jamais parlé de ces documents à Cécile. Elle était la seule à savoir la vérité et la trahison des Dupuis. Pourquoi torturer sa mère? Elle ne serait jamais dans le camp des bourreaux.

Ses copains auraient trouvé morbide de garder de telles pièces sur son cœur. Ils se passionnaient pour les héros de leur époque, les Beatles, les Stones, Marilyn qui venait de tirer sa révérence ou Martin Luther King. Un air de rock and roll couvrait les complaintes du passé. L'heure n'était-elle pas aux nouvelles idéologies qui libéreraient l'homme? Au bout de quelques années, elle mit ses papiers dans un coffre à la banque, pour éviter qu'ils ne se détériorent et que Cécile ne mette la main dessus. Régulièrement, elle allait vérifier qu'ils étaient toujours en place. Après un hold-up, elle les récupéra et les rangea dans un tiroir. Mais elle eut peur d'un cambriolage ou d'un incendie (ces reliques disparaissant en fumée, un comble !). Elle les apporta dans une autre banque, dans un autre coffre. Une histoire juive qui n'avait pas de fin. Quand elle sombrait, elle envisageait de se les faire tatouer sur la peau. Quitte à se faire tatouer, elle préférait avoir le choix du motif.

Elle reprit néanmoins goût à ses reportages. Elle partit au Caire à la conférence des 56 États non alignés. Dans un souk, une voyante lui prédit un mariage prochain et des jumeaux. Elle éclata de rire, un peu affolée, et se contenta de couvrir l'union de Brigitte Bardot avec le milliardaire allemand Gunther Sachs. Une cérémonie de sept minutes à Las Vegas. Pour quelques-unes, l'amour n'avait pas de mémoire. C'était une période un peu folle, de fêtes extravagantes données Via Veneto à Rome, à Saint-Tropez ou à Saint-Moritz et avec ceux que l'on n'appelait pas encore des paparazzi, elle faisait découvrir au public ébahi la vie des riches et des puissants. Ce qui l'impressionnait moins que la haine de l'autre, les foyers d'intolérance et de racisme attisés partout sur la planète. Les émeutes raciales à Los Angeles et les manifestations après la mort de Malcolm X la bouleversèrent. Comment pouvait-on traiter des êtres humains de cette façon ? Dans les charges des policiers surentraînés, elle croyait entendre les bruits de bottes dans les escaliers de son quartier. Cette Amérique-là n'avait rien à voir avec les fantasmes des blousons noirs du Golf Drouot, les idoles Johnny et Sylvie y auraient fait pâle figure. Là-bas, on ne chantait pas l'amour et la liberté en play-back, on luttait pour un nouveau « Nouveau Monde » ; une certaine Amérique blanche avait vécu. Après s'être rendue à Da Nang au Viêtnam en 1966 pour suivre la rébellion militaire pro-bouddhiste et les bombardements au napalm, elle osa des articles plus musclés, plus engagés. La politique américaine de la terre brûlée était condamnée à l'échec. Elle l'écrivit, la révolte au cœur, ce qui déclencha une tempête à la rédaction. Comment pouvait-elle se ranger du côté des Viêt-côngs, ces suppôts du totalitarisme ? On se trompait, elle ne prenait pas parti, elle se contentait de faire son travail, d'écrire avec les yeux. En levant le voile sur ce qui se passait réellement là-bas, elle se réappropriait le monde, tordant le cou à son statut de victime, de petite fille traquée. Elle dénonçait les massacres, la terreur, et réintégrait ainsi la communauté des vivants. Mais quelques-uns ne voulaient pas voir. Rue Réaumur, l'ambiance avait changé ; le chef était malade, éteint, souvent absent ou nerveux, l'équipe moins soudée, moins motivée, aussi.

Elle n'en restait pas moins une jeune femme, avec des rêves, des humeurs de jeune femme, et la vague des *sixties* l'emporta. En 1964, elle interviewa Françoise Dorléac à propos de son nouveau film, *Les Parapluies de Cherbourg*, où elle partageait la vedette avec sa sœur, Catherine Deneuve. L'entretien devait durer quarante-cinq minutes, il se prolongea une partie de l'après-midi. Dorléac incarnait le charme, la légèreté, le génie féminin français. Elles se promirent de se revoir, de se téléphoner, mais l'actrice, très demandée, multipliait les déplacements. Hannah suivait sa carrière de loin, regrettant que les tournages et les reportages les séparent, elle lui écrivait des mots, lui envoyait des livres qui l'avaient touchée. Quand une dépêche de l'AFP lui annonça sa mort sur l'autoroute de l'Estérel, elle eut la sensation de perdre de nouveau quelqu'un de sa famille. La complicité de Françoise et de Catherine lui avait rappelé le couple formé jadis avec Suzon : le feu et la glace, l'éclair et le brouillard, la vivacité et le secret.

La même année, la guerre menaça Israël. Cette fois-ci, elle préféra couvrir le sujet de Paris. L'inquiétude était palpable. Des volontaires français s'enrôlaient pour défendre le pays, malgré la position de De Gaulle plutôt en faveur des pays arabes. Elle marchait dans Paris avec des milliers de manifestants, son carnet de reporter à la main, quand elle s'étala de tout son long. Saleté de pavés ! Elle se relevait difficilement lorsqu'une main vint à son secours.

« Ça va, mademoiselle ? Vous avez fait une sacrée chute ! »

L'homme en face d'elle était grand, presque dégingandé, avec des yeux très bleus. Il se tenait voûté, deux appareils photo en bandoulière, l'air intimidé.

« Oui, merci. Je n'ai jamais bien regardé devant moi. »

Ils accompagnèrent encore un moment les manifestants puis s'arrêtèrent boire un café en terrasse. Hannah saignait du genou et de la main. Robert nettoya délicatement ses plaies à l'aide d'un mouchoir trempé dans un verre d'eau.

« Vous semblez vous y connaître, s'amusa-t-elle, vous avez été infirmier ?

— Dans nos métiers, répondit le jeune homme, il faut savoir soigner un bobo. »

Ils évoquèrent leurs reportages les plus mémorables. Robert se trouvait à New York le 9 novembre 1965, au moment de la gigantesque panne électrique qui coinça 800 000 personnes dans le métro. Il avait réussi à capter l'air hagard des prisonniers des rails qui remontaient à la surface. Ses clichés des pillards profitant de l'obscurité avaient fait le tour du monde et terrifié l'Occident. Hannah raconta son entretien au Cap avec le professeur Christian Bernard après sa première transplantation cardiaque et le sourire incrédule du patient ramené à la vie. Après l'exposé de leurs faits d'armes, ils purent passer à autre chose. Ils avaient beaucoup en commun. Ils aimaient les hippies, Jacques Dutronc et surtout Serge Gainsbourg. Ils adoraient Jean-Paul Belmondo dans *Pierrot le fou.* Ils avaient pleuré aux adieux de Brel au music-hall. Ils détestaient *La Grande Vadrouille,* ce film qui mythifiait une France résistante et rigolarde, et que Robert avait retitré *La Grande Dérouille.* Ils abhorraient les émissions que suivaient leurs parents à la télévision, le carton-pâte d'« Au théâtre ce soir » ou les guignolades de « Jeux sans frontières ». Ils rêvaient d'une télévision plus libre, où les femmes de tête délogeraient les femmes-troncs speakerines, où les Noirs et les Arabes quitteraient leurs emplois de gibier de faits divers.

En attendant, Robert devait partir en Israël car la guerre s'annonçait. Elle l'accompagna au nouvel aéroport d'Orly, une véritable attraction visitée en famille et chantée par Gilbert Bécaud. Elle l'embrassa fougueusement. En amour aussi, elle allait vite dorénavant. Mais la peur qu'il ne la quitte ou qu'il ne se fasse tuer forait déjà son esprit. Elle s'obligea à lui dire au revoir d'un ton léger, un sourire aux lèvres. À la manière d'une « nana à la coule », de son époque, qui n'attendait d'un homme que du plaisir partagé ; mais à l'intérieur, elle s'affolait.

Pendant les hostilités, elle vécut l'œil rivé à la télévision, comme elle avait collé son oreille à la radio en 1948. Les chars israéliens bousculaient les positions syriennes, égyptiennes, jordaniennes. Elle fit sien l'appel de Raymond Aron dans *Le Figaro* : « Si les grandes puissances laissent détruire le petit État qui n'est pas le mien, ce crime m'enlèvera la force de vivre. » Elle s'inquiétait pour Robert qui prenait des photos au milieu des combats, mais aussi pour Israël, dont elle se sentait toujours plus proche. Elle n'était pas la seule, beaucoup de ceux qui avaient occulté leur judaïté la retrouvaient au moment où Israël affrontait le péril. C'était un sentiment doux-amer, un lien renoué avec le passé. Quand le son du shofar retentit sous les vestiges du temple dans la vieille ville de Jérusalem, quand les soldats caressèrent les pierres du Mur, elle pleura avec Cécile. Le Mur des lamentations portait bien son nom, même si son caractère sacré leur échappait, elles en éprouvaient la force du symbole. Israël renouait avec une capitale vieille de deux mille ans. Une vieille ville entourée de cimetières, où les morts commandaient aux vivants, mais une capitale malgré tout.

Un matin, Robert lui téléphona, la voix rauque : il venait à peine de rentrer, il mourait d'envie de la revoir. Ils se retrouvèrent chez Lipp, émus comme deux collégiens. Robert était plus beau que dans son souvenir, plus bronzé. Ils s'embrassèrent sous le platane de la place Fürstenberg, et elle le suivit chez lui. Il n'avait pas ouvert la bouche qu'elle était nue dans ses bras puissants, qui la protégeraient. Robert fut doux et fervent.

31.

Avec Robert, elle découvrit l'insouciance. Elle s'étonnait que tout soit si facile, si simple entre eux. Ils partaient le matin ensemble au journal, car il avait quitté son agence pour être engagé à *France-Soir* sur la recommandation d'Hannah. Le soir, le premier arrivé préparait à dîner, mettait un disque. Ils sortaient peu, préférant discuter, se raconter leurs vies. Robert venait d'un village en Bretagne qu'il avait quitté pour monter à Paris. Il ne connaissait rien au judaïsme, elle lui en apprit les bases. Cécile, qui s'était d'abord méfiée de ce géant aux yeux bleus qui riait trop fort et n'aimait pas les cornichons au sel, avait fini par l'apprécier. Il jouait aux cartes avec elle, en prenant soin de la laisser gagner. Elle attendait leurs visites avec impatience car sa santé déclinait. Elle passait parfois des après-midi au lit à tricoter ou à fixer le sol. Elle avait peu à peu déserté le magasin, préférant déléguer la gestion à Albert et les tâches aux commis. Hannah avait raconté à Robert l'histoire de sa famille, sans jamais évoquer Suzon. Trop douloureux, malgré les années qui défilaient. Elle pensait souvent à leur tandem, à ses quatorze ans et à cette Hannah naïve et apeurée de la fin de la guerre, qui lui tendait encore les bras, et qu'elle avait envie de consoler comme s'il s'agissait de sa propre fille. Avec Robert, dans les draps chahutés, ils parlaient parfois d'un enfant, mais leur métier les accaparait. Après tant d'années de suprématie, *France-Soir* perdait des lecteurs. Il n'y avait pas que la concurrence de la télévision, le quotidien s'était aussi coupé de toute une nouvelle génération, celle qui écoutait avec dévotion *Salut les copains* et s'ennuyait, comme ne tarderait pas à l'écrire Viansson-Ponté, en première page du *Monde*, dans un article jugé par la suite prémonitoire. Hannah et Robert, qui passaient des heures à discuter de la guerre d'Algérie, du tiers-monde et de féminisme, déploraient ce divorce et tentaient d'infléchir la ligne du journal. En vain : *France-Soir* restait respectueux, trop peut-être, du pouvoir en place.

« On devrait fonder notre propre journal ou une agence, tu ne crois pas ?

— Voilà une bonne idée, s'était amusé Robert. Et avec quel argent ? Je te rappelle que nous sommes fauchés, ma chérie. »

Hannah avait dû engager une femme de ménage pour Cécile qui ne pouvait plus tenir seule sa maison. Sa mère s'était inclinée à contrecœur. Il était loin le temps où elle escaladait les étages de ses clients, les bras chargés de paquets de torchons. Quant à Albert, il multipliait les séjours à l'hôpital pour des problèmes de poumons et de dos. Les camps avaient laissé des traces.

Pour la première fois depuis longtemps, Hannah se sentait en paix. Le soir, elle se dépêchait de retrouver Robert et s'émerveillait de l'aisance avec laquelle elle s'était glissée dans la peau d'une compagne, peut-être d'une épouse. En public, elle jouait les affranchies, c'était dans l'air du temps, mais en son for intérieur, elle n'avait rien contre la robe et le voile blancs. Taisant ses fantasmes de pièces montées, elle courait danser à Montparnasse, à Montmartre ou au Palais-Royal. Dans ces boîtes qu'elle découvrait, elle jouait à la touriste dans sa propre ville, s'amusait sans arrière-pensées, enfin allégée d'un destin qui la torturait. Elle se félicitait presque de ne jamais croiser Suzon. Souvent elle avait frémi à la vue d'une crinière rousse, mais c'était toujours un autre animal. Peut-être avait-elle quitté la France pour l'Angleterre, là où « ça se passait », comme elle disait. Les bons jours, Hannah l'imaginait mariée à un lord anglais un peu décati qui la gâterait. *My Fair Lady*... Quand le choc de l'abandon revenait, elle la voyait vieillir, seule, astiquant les verres dans un pub.

Un jour, Robert rentra surexcité du journal.

« Devine mon prochain sujet... Le dernier Truffaut, avec Jeanne Moreau et Charles Denner. Une histoire de vengeance. Je vais suivre le tournage, le journal veut des photos de stars !

— C'est pas juste. C'est moi qui aime Charles Denner ! »

Hannah nourrissait en effet une passion pour ce

petit Polonais arrivé très jeune en France. Entré dans la Résistance à seize ans avec son frère aîné, il avait été grièvement blessé en faisant exploser un camion. Cela lui avait valu une croix de guerre, dont il ne parlait jamais. Elle avait vu tous ses films et l'avait interviewé longuement après *La Résistible Ascension d'Arturo Ui*, la pièce mise en scène par Jean Vilar, où il campait un Goering machiavélique. Elle raffolait de sa voix grave, de son nez busqué, de ses cheveux de jais. Elle aurait aimé l'accompagner, mais on la réclamait à la rédaction.

Le film de Truffaut s'appelait *La mariée était en noir*. Un titre de circonstance, car Robert se mit à rentrer de plus en plus tard du tournage, souvent éméché. Le week-end, il passait son temps à dormir dans leur petit appartement de la rue Saint-Sabin. En semaine, il filait au labo au saut du lit, pour surveiller ses clichés. Elle vivait avec une ombre, une silhouette qui n'esquissait plus un geste tendre, un homme en négatif. Un jour, dans les toilettes du journal, elle surprit une réflexion d'une consœur qui jacassait avec une stagiaire devant la glace du lavabo :

« Le Robert, il ne se gêne pas. Se taper une script en plein tournage, c'est risqué ! »

Hannah faillit s'évanouir sur la cuvette, des mouches dansaient devant ses yeux. Robert avec une autre ? Ils ne s'étaient pas juré fidélité (c'était pour les bourgeois), mais quand même cela faisait mal, sacrément mal. Un abandon de plus, un autre homme qui la quittait. Elle passa la conférence de rédaction en plein brouillard, remâchant sa colère et sa blessure. Elle se découvrait comme les autres, comme ces péronnelles qui arrivaient le matin les yeux rougis, reniflant leurs peines de cœur dans un mouchoir à tordre. Le soir même, elle lança la conversation sur le sujet, et Robert déballa tout d'une traite, presque soulagé : une femme plus âgée que lui, les premières approches, ses défenses tombées peu à peu face à une idylle qui le transportait et le laissait honteux. Hannah écoutait, opinait, souriait même entre ses larmes. Robert n'avait rien d'un monstre, ni même d'un cavaleur, comme le héros de *La mariée était en noir.* C'était juste un homme amoureux d'une autre femme. Ils se séparèrent sans en faire un drame. Et si Hannah gémit le soir dans son oreiller, elle n'en montra rien. Quand le film sortit, elle s'abstint de le voir. Elle en pinçait beaucoup moins pour Charles Denner.

Un matin, le téléphone sonna. C'était Albert, la voix cassée. Il n'appelait jamais; une mauvaise nouvelle donc, forcément. Cécile était morte dans son sommeil, après s'être plainte la veille d'être fatiguée. Son cœur avait dû lâcher pendant la nuit. Hannah se précipita rue Popincourt et s'arrêta sur le palier, terrifiée à l'idée de sa mère gisante. Son métier l'avait souvent confrontée à des corps sans vie, mais il y a la mort et *nos morts.* Quand Albert lui ouvrit, elle le serra dans ses bras, pour la première fois. Il semblait avoir rétréci, tassé par le chagrin.

Cécile reposait dans la chemise de nuit à dentelles dont Hannah lui avait fait cadeau à son dernier anniversaire. Elle avait l'air en paix, presque coquette, comme si elle se préparait à retrouver les siens. Enfin. Les siestes près de sa mère à Istanbul lui revenaient en mémoire. À l'époque, une petite fille priait pour que sa maman n'oublie pas de respirer dans son sommeil, et que son père les rejoigne vite.

« Elle t'aimait beaucoup, tu sais..., dit-elle doucement à Albert.

— J'ai essayé de la rendre heureuse, souffla-t-il, mais ce n'était pas facile. »

Hannah le savait parfaitement. Cécile alternait les périodes d'abattement et d'euphorie. L'âme slave et ses montagnes russes. Elle refusait d'évoquer le passé mais se rongeait de l'intérieur, condamnée à vivre pour toujours en 1942. Elle avait mal à la France, à sa vie sans Haïm. Hannah savait qu'un traitement bien adapté aurait pu l'aider, mais elle s'y refusait.

« Un médecin ? Pour quoi faire ? répétait-elle ces dernières années. Je ne suis pas folle. »

Hannah avait recouvert les miroirs, mais n'avait pas déchiré un vêtement, ni même arboré un ruban noir, comme le voulait pourtant la tradition. Après avoir prévenu les rares amis, les pompes funèbres et la mairie, elle avait fouillé dans le petit bureau où Cécile gardait ses papiers. Datée de deux ans plus tôt, une lettre manifestait sa volonté d'être enterrée chez elle, en Roumanie. Impossible, à cause de la dictature du Conducator Ceausescu. Pourquoi Cécile, qui avait fui cette terre de pauvreté à dix-sept ans pour ne jamais y revenir ni en parler, souhaitait-elle être inhumée dans son village natal, près de Bucarest, après tant d'années passées en France ?

Hannah mesura le poids du silence, tout ce qu'elles n'avaient pas pu ou su se dire. Le chagrin déferla en vagues gigantesques. Maintenant elle était vraiment seule. Personne ne lui parlerait plus jamais de son enfance, de son père, des instants insouciants d'avant la guerre. Cette fois-ci, c'était fini, la dernière voix s'était tue.

Elle avait enterré sa mère à Bagneux par un jour de sucre glace. La neige tombait sur un maigre cortège d'amis, de connaissances. Albert trébuchait et le rabbin appointé pour l'occasion n'avait jamais vu Cécile. Ses mots vides plombèrent une cérémonie vite expédiée, où Hannah grelottait de froid et de chagrin. Elle s'étonnait d'avoir si mal, de ressentir un tel manque, et à son habitude se flagellait. Elle aurait dû se montrer plus patiente, consacrer davantage de temps à sa mère, la gâter. Mais la présence de ce pauvre Albert l'en avait empêchée. Vingt-trois ans après, elle lui en voulait encore d'être revenu des camps à la place de son père. Pitoyable ! Elle avait ânonné le Kaddish, cette psalmodie venue de si loin, mais au moment de déposer le caillou rituel, elle avait flanché. La tombe paraissait un gouffre pour celle qui avait fini si petite, si recroquevillée.

Au moins Cécile disposerait d'une sépulture sur laquelle sa fille pourrait se recueillir. Sur la stèle, on lirait Cécile Levinescu, épouse Behar, puis Frances. À la différence de beaucoup d'habitants du quartier Popincourt, elle n'avait pas voulu faire franciser son nom pour faciliter son intégration et celle de sa fille après la guerre. Elle ne craignait pas une éventuelle répétition de l'histoire, et si elle ne s'enorgueillissait pas d'être juive, elle n'en avait pas honte non plus. Levinescu, épouse Behar, et Frances : elle était née et morte ainsi, avec tant d'autres, loin de chez elle.

Près de l'emplacement où les employés du cimetière s'affairaient à remuer la terre, Hannah découvrit un monument en l'honneur des combattants juifs morts pour la France. Des volontaires qui, tel son père, avaient voulu en découdre avec les Allemands, contre les nazis, par amour de la France. Hannah ignorait l'existence de cette tombe collective abritant les restes de 66 soldats. C'était peu, comparé aux 12 000 Juifs engagés dans les combats, mais le symbole était fort. Elle songea à la fierté de Haïm dont le 22e régiment avait été, comme le célèbre Cadre Noir, cité à l'ordre de l'armée pour sa bravoure et décoré en 1941 d'une médaille du gouvernement de Pétain. Pour tout remerciement, on l'avait envoyé à Auschwitz, ainsi que tant de ses frères d'armes. Du fait de ce glorieux passé militaire, Haïm avait été déclaré « Mort pour la France ». Alors que ses grands-parents, livrés par l'État français aux bourreaux, n'y avaient pas eu droit. Cette ironie horrible lui arracha le cœur.

32.

Hannah avait retrouvé sa vie de célibataire. Elle ne passait plus rue Popincourt, elle y avait pris seulement quelques objets appartenant à sa mère, ses gants, son matériel à coudre, son sac à main qu'elle ouvrait de temps en temps. Une odeur de rose s'en dégageait encore, de plus en plus ténue. L'intensité de sa peine l'avait surprise au début, puis elle s'y était habituée.

Suzon avait-elle su pour sa mère ? Elle songeait toujours à leurs jeux d'enfants. Elle avait tellement besoin de ce rire, de cette tendresse-là. Au journal, les copines qui se disputaient avec leurs parents au téléphone l'insupportaient. Se rendaient-elles compte de leur chance ? Elle avalait les jours et s'en étouffait souvent.

Pour oublier Robert et sa script, elle avait enchaîné les liaisons éphémères. Certains hommes ne lui convenaient pas, question de peau, d'électricité. D'autres aimaient surtout sa souffrance, la pressant de raconter jusqu'à la nausée le récit de son enfance. Ils l'écoutaient, fascinés et horrifiés.

Ils voyaient en son incroyable énergie une victoire sur l'histoire, sans se douter qu'elle puisait sa force à des sources plus secrètes, dans l'inextinguible volonté de se montrer digne de son père, de lui faire honneur. Quelques-uns ne voulaient jamais en parler, c'était si loin la guerre ! Ils souhaitaient enterrer l'histoire, celle-ci en tout cas. Les vrais combats avaient lieu ailleurs maintenant. Beaucoup ne la suivaient pas sur le terrain d'Israël et ne pouvaient l'alléger des bagages qu'elle portait. Elle était tombée amoureuse de Séfarades qui l'auraient aimée enceinte, pieds nus, à préparer dans la cuisine des festins orientaux. Elle avait dit non, pressentant qu'ils n'étaient que des esquisses. Pourtant elle aurait souhaité un enfant, réparer un peu de sa jeunesse volée, retrouver les jeux de l'âge tendre dont on l'avait privée si tôt.

Bientôt, elle atteindrait l'âge de son père, puis le dépasserait. C'était presque inconcevable. Devenir plus vieille qu'un père ou une mère, c'était naviguer sans carte, sans repère, dans le noir.

Pourtant, depuis peu, il y avait Nathan, ce garçon aux cheveux bouclés et aux grands yeux si doux. Il avait les plus longs cils qu'Hannah ait jamais observés chez un homme, et une beauté que tout le monde admirait. Mais il vivait seul, s'occupant peu des filles. Tourmenté et solitaire, récitant des poèmes d'Aragon. Un beau ténébreux, avait au début pensé Hannah, qui tenait ses distances depuis ses derniers fiascos. Mais il avait su l'amadouer, la tranquilliser. Il n'irait nulle part, il resterait là, près d'elle. Et elle commençait à croire cet enfant du XIe arrondissement, dont la mère avait sauvé la vie en le confiant, avec son frère encore bébé, à une voisine. Élevé par des maisons de l'Œuvre de secours aux enfants, l'OSE, il n'en gardait pas que des bons souvenirs. Peu de chaleur, beaucoup de solitude. Elle l'avait rencontré de manière inattendue lors d'un reportage sur les instituteurs. Il enseignait rue Godefroy-Cavaignac, là même où il avait été élève, à deux pas de chez elle. Il se souvenait des tabliers stricts des élèves des années quarante, du salut au directeur, de la cloche à la fin des cours et de la discipline qui régnait, chez les garçons comme chez les filles, rue Keller. Ils partageaient les mêmes images, les mêmes obsessions même si Nathan, fils de Juifs polonais dont le père avait combattu dans la MOI, militait, et pas elle, ce qui le rendait fier. Mais pas une nuit ne se passait sans que l'un d'eux ne crie dans son sommeil. À son réveil, Nathan était toujours présent, disponible, souriant, à la différence de Robert. Sa passion pour la politique lui permettait de rester debout. Hannah regrettait de n'avoir pu le présenter à sa mère, il lui aurait plu ainsi que son petit frère Samuel, sur lequel il veillait avec ferveur. Elle se voyait bien faire un bout de chemin avec Nathan.

En ce mois de mai qui sentait le lilas, elle devait le retrouver à la Rhumerie, boulevard Saint-Germain. Il l'emmènerait au cinéma ou peut-être juste flâner. Il connaissait tout Paris et lui racontait la Révolution française, la Commune, le mont Valérien, avec ferveur et un enthousiasme communicatif. Il n'avait pas sa carte, n'aimait plus le Parti et voulait le déborder sur sa gauche. Il fréquentait les comités Viêtnam de base, regardait du côté des maquis andins, et l'embrassait dans sa 2 CV enfumée. Depuis deux semaines, l'agitation avait quitté les lieux d'histoire et régnait dans la rue. Les manifestants se réunissaient tous les jours, la police était débordée, les pavés fusaient. Elle avait défilé maintes fois, entraînée par Nathan, frappant dans ses mains, sautillant comme les autres sur place au rythme de « Ho-Ho-Ho Chi Minh ! Che-Che-Guevara ! ». Euphorique, en phase avec cette marée humaine, solidaire avec cette jeunesse dont elle n'ignorait pas que la plupart, du moins pour les dirigeants, partageaient les mêmes racines qu'elle. Cohn-Bendit, Weber, Kouchner, Krivine, Geismar, Goldman... C'étaient en effet les enfants de ces familles juives qu'on avait chassées, brutalisées, affamées et finalement assassinées qui se massaient aujourd'hui sur le bitume parisien. Debout, libres et désireux de faire table rase du vieux monde, de ses idéologies rancies, de la peur de l'autre. En rêvant d'une société plus juste, plus équitable comme leurs parents qui, pour certains, s'étaient illustrés dans la Résistance, ils reprenaient les rênes de leur destin et imprimaient leur marque sur l'avenir.

Il faisait doux, l'air était suave. Elle se souvint des vers de Verlaine que Haïm aimait tant :

« *Ah ! les premières fleurs, qu'elles sont parfumées !* »

Des nuages inoffensifs couraient après le soleil, le ciel restait d'un bleu presque violet. Par un temps pareil, on pouvait oublier cette histoire de France confondue pour un temps avec le projet maléfique d'un dictateur allemand, les matins gammés. Stop, se dit-elle, assez pour aujourd'hui. « Prenez garde à la tristesse, écrivait Flaubert, c'est un vice. »

Arrivée boulevard Saint-Michel, Hannah entendit la jeunesse du monde s'ébrouer et sentit une grande vague d'humanité la submerger. À cet instant précis, il n'y avait plus ni Juifs ni non-Juifs, ni jeunes ni vieux, ni Français ni étrangers. La preuve ? La phrase ardente hurlée par tant de jeunes poumons : « Nous sommes tous des Juifs allemands », qui l'étourdit presque. Si son père avait pu entendre cela entonné en plein Paris ! Pas de « CRS-SS » aujourd'hui, ce slogan imbécile qui avait couru les cortèges et qu'elle avait refusé d'ânonner, tout comme Nathan. Ils savaient bien, tous les deux, que rien ne pouvait se comparer. L'histoire ne bégaie pas, elle perd ses mots.

Tout d'un coup, son regard est happé par une gamine qui fuse d'un groupe de manifestants pour courir vers le trottoir. Ces cheveux roux, ces taches de son, cette écharpe rouge en oriflamme de la rébellion... Elle s'élance sans réfléchir à la poursuite de cette boule de feu, en traversant la foule, quand une voix familière la cloue sur place, la ramenant trente ans en arrière :

« Reste près de moi, il y a trop de monde. »

Hannah met une seconde à comprendre qu'on ne s'adresse pas à elle mais à la petite, là-devant, qui revient sur ses pas en narguant gentiment celle qui ne peut être que sa mère. C'est Suzon en effet qui s'avance dans leur direction. Elle n'a pas changé, toujours ce sourire dégoupillé aux lèvres. Et ses yeux qui brillent, de cette lueur qui annonçait ses farces au temps de la rue Popincourt...

« Je te présente ma fille. »

Hannah s'accroupit à la hauteur de l'enfant et plonge alors dans de grands yeux verts.

« Comme tu es jolie ! Comment t'appelles-tu ?

— Devine », rétorque la fillette en dévoilant ses dents du bonheur.

Elle tend instinctivement les bras vers la grande. Et les ouvre pour embrasser le passé, le présent et le futur de ces vies dont un jour les deux amies lui raconteront l'histoire.

Remerciements

Je n'aurais jamais pu écrire ce livre sans les conseils historiques avisés de Karen Taieb, responsable des archives du Mémorial de la Shoah à Paris, et de Serge Klarsfeld, avocat, historien, et président des Fils et Filles des déportés juifs de France : qu'ils soient ici remerciés de leur patience et de leur gentillesse.

Je remercie également tous ceux qui avec générosité m'ont ouvert la porte de l'univers judéo-espagnol, en premier lieu Arlette Bules de l'association *Aki Estamos* et aussi Claire Romi de l'association *El Syete*, Robert Frances, Albert Barbouth, Maurice Alhadève, Mathilde Elias-Pessah et Évelyne Nahmias. Nombre d'entre eux m'ont raconté leur voyage et leur arrivée à Istanbul.

François Szulman, coprésident de l'Union des engagés volontaires et anciens combattants juifs 1939-1945, m'a guidée à travers les batailles de la Somme et Annette Zaidman, secrétaire générale de l'association des Fils et Filles des déportés juifs de France, a décrit avec précision l'engagement politique de la communauté juive pendant la période couverte par mon livre.

Toutes leurs histoires extraordinaires m'ont inspirée.

Je remercie les Éditions Robert Laffont, en particulier Nicole Lattès, Antoine Caro et Jeanne Barzilaï, pour leur enthousiasme, leur soutien et leur aide précieuse.

Paris, juin 2011

Bibliographie

La Robe couleur abricot, de Mathilde Elias-Pessah et Évelyne Nahmias (L'Harmattan, 2008).

Les Juifs à Paris de 1933 à 1939, de David H. Wienberg (Calmann-Lévy, 1974).

Mesure de nos jours. Auschwitz et après, tome III, de Charlotte Delbo (Minuit, 1995).

Enfants cachés, enfants sauvés, de Gérard Ferrand (Alain Sutton, 2005).

Le Combattant volontaire juif, 1939-1945 (Union des engagés volontaires et anciens combattants juifs 1939-1945, 1971).

Mémoire d'une enfance volée, d'Annette Zaidman (Ramsay, 2002).

Vichy et les Juifs, de Michael Marrus et Robert O. Paxton (Calmann-Lévy, 1981).

La Résistance et le « problème » juif, de Renée Poznansky (Fayard, 2008).

Le Bosphore à la Roquette, d'Annie Benveniste (L'Harmattan, 2000).

Génération, d'Hervé Hamon et Patrick Rotman (Le Seuil, 1987).

Carnets de mémoires, enfances cachées, de Michèle Rotman (Ramsay, 2005).
V'el d'Hiv, de Francois Bott (Le Cherche Midi éditeur, 2008).
La Grande Rafle du Vel d'Hiv, de Claude Lévy et Paul Tillard (Tallandier, 2010).
Lutetia, de Pierre Assouline (Gallimard, 2005).
Turkey and the Holocaust, de Stanford J. Shaw (Macmillan, 1993).
Vidal et les siens, d'Edgar Morin (Le Seuil, 1989).
Vichy-Auschwitz, de Serge Klarsfeld (Fayard, 2 volumes, 1983 et 1985).
L'Étoile des juifs, de Serge Klarsfeld (L'Archipel, 2002).
L'Épopée France-Soir, de Robert Salmon (LBM, 2004).
Dernier train pour Istanbul, d'Ayse Kulin (Ramsay, 2009).
Minuit, de Dan Franck (Grasset, 2010).
Une vie, de Simone Veil (Stock, 2007).

Cet ouvrage a été imprimé en France par

CPI
BUSSIÈRE

à Saint-Amand-Montrond (Cher)
en septembre 2011

La photocomposition de cet ouvrage
a été réalisée par
GRAPHIC HAINAUT
59163 Condé-sur-l'Escaut

N° d'édition : 51819/01 – N° d'impression : 112048/1
Dépôt légal : octobre 2011